CŒUR *destiné*

Mary Calmes

CŒUR destiné

Mary Calmes

Publié par
DREAMSPINNER PRESS

5032 Capital Circle SW, Suite 2, PMB# 279, Tallahassee, FL 32305-7886 USA
www.dreamspinnerpress.com

Édition e-book en français : 978-1-63533-621-4
Édition imprimée en français : 978-1-63533-620-7
Première édition française : février 2017
v 1.0

Édité aux Etats-Unis d'Amérique.

GLOSSAIRE

Akhen-aten – Roi des semels.

Aker – Position de commandement dans une tribu. Il faut se battre pour le titre. L'aker dépend du maahes. Les akers sont toujours nommés par deux, un manu et un bakhu.

Amenta – Panthère qui vit sur le territoire d'une autre tribu sans en avoir la permission.

Apophi – Panthère qui est une honte et un fardeau pour la tribu.

Aset – Celle qui est choisie par la reah (et uniquement par elle) pour devenir la nouvelle compagne du Semel dans l'éventualité où la reah viendrait à mourir.

Beset – Ami privilégié de la reah.

Djehu – Position de commandement dans une tribu. À la différence des akers, les djehus sont élus.

Duat – Panthère qui a juré sous peine de mort de ne vivre que comme un humain et de ne jamais se transformer.

Epeboi – Initié.

Hathen – Domestique en charge du harem du semel-aten.

Heru – ur – Bacchanale qui a lieu pendant la Fête de la Vallée.

Khatyu – Soldat du Semel.

Khet – Terme signifiant littéralement « séparé par le feu ». Chaque partie n'existe plus pour l'autre.

Khonsu – Homme qui prend le rôle de second.

Krates – Personne adoptée en tant que frère ou sœur au sein d'une tribu, sans avoir à jurer allégeance au semel. C'est un grand honneur.

Maahen/s – Princesse/Prince d'une tribu, émissaire du semel.

Maat – Équilibre, harmonie, action juste.

Mastaba – Maîtresse de la maisonnée d'un Semel. Elle est souvent la veuve du précédent Semel.

Menat – Tribut.

Menthu – Gardien de la loi.

Menthuel – Défi d'honneur.

Phocal – Le chef du Shu, un groupe d'élite d'hommes-panthères au service du prêtre de Chae Rophon.

Reah – Véritable compagne du Semel.

Sekhem – Compagne/compagnon choisi par le semel-aten qui n'est pas une yareah. Désigné dans les textes anciens par « le cœur » ou « le bras » du Semel.

Semel – Chef de tribu.

Semel-aten – Chef de la première tribu de la capitale des hommes-panthères, Sobek. C'est lui qui crée les lois du monde des panthères.

Semel-netjer – Chef de tribu dont le véritable compagnon est un nekhene.

Semel-rê – Semel qui a trouvé sa véritable compagne, sa reah.

Sepat – Tournoi d'honneur.

Sheseran – Compagne du sheseru.

Sheseru – (Le fléau) Exécuteur de la tribu et gardien de la compagne du Semel.

Sylvan – (La crosse) Sage de la tribu, il conseille le Semel.

Taurth – Une yareah répudiée par un Semel qui a trouvé sa véritable compagne.

Wosret – Reah sans compagnon que le semel-aten revendique comme concubine.

Yareah – Compagne que le Semel se choisit, à défaut d'avoir trouvé sa véritable compagne.

Commençons
par le commencement...

Quand j'arrivai, avant de m'adresser à tout le monde, avant tout, je devais purger ma maison. Je laissai mon nouvel intendant, Kabore Nour, l'expliquer aux deux rangées de personnes, le personnel de la maison aligné en haut des marches de la villa dans l'entrée principale.

Je marchais d'un pas rapide, flanqué d'Yuri Kosa à ma droite et Crane Adams à ma gauche. Les gardes à l'extérieur des portes s'agenouillèrent et je leur demandai de ne plus jamais le refaire. Faire ce que je demandais, oui, mais toutes ces conneries de courbettes, c'était fini. Taj Chalthoum, mon *sheseru*, qui nous avait rattrapés, traduisit de manière fluide mon anglais en arabe. Les gardes semblèrent surpris, mais acquiescèrent rapidement. Je compris que j'étais différent, il leur faudrait du temps pour s'habituer à moi.

Mitchell Rayne et Nelson Adams, les pères respectifs de Jin et de Crane, n'avaient pas été placés en cellule, sur mon ordre, même si les circonstances avaient, bien évidemment, changé. À l'origine, ils avaient été acceptés dans la maison du précédent *semel-atem* alors tout ce que j'avais eu à faire avait été de les placer en résidence surveillée et de les confiner dans une suite de la villa.

Une fois les portes ouvertes, j'entrai dans la zone commune entre les deux chambres. J'y trouvai les deux hommes en train de prendre leur petit déjeuner, l'un lisant le journal, l'autre terminant un jus d'orange fraîchement pressé. Ce serait le dernier verre qu'il aurait.

— Qui êtes…

— Salut, dis-je d'une voix douce aux deux hommes, bouche bée.

Ce ne fut pas à cause de moi que l'un laissa échapper son verre tandis que les mains de celui qui lisait le journal tremblèrent. Ce fut Crane, mon *maahes*, lui seul. Ce fut sa présence ici, dans cette pièce, qui emplit les deux hommes d'effroi.

1

— J'étais le *maahes* de la tribu de Mafdet, annonçai-je lentement, goûtant le sang quand mes crocs inférieurs et supérieurs percèrent mes gencives.

Mes canines étaient longues et méchamment acérées, ce qui retroussa ma lèvre supérieure, me donnant, j'étais certain, un air sinistre.

— Vous, haleta le plus petit et le plus beau.

Son visage ressemblait assez à celui de Jin pour me rappeler le crime qu'il avait commis contre son fils unique.

Ils tombèrent à genoux, leur visage, un modèle de peur, de choc et de prise de conscience naissante.

— Moi, répondis-je en m'accroupissant et penchant la tête sur le côté pour les étudier. J'ai gagné le *sepat*, je suis le nouveau *semel-atem*. Mon nom est Domin Thorne et Crane Adams, ajoutai-je en pointant l'homme à ma gauche, est le nouveau *maahes* de la première tribu, la tribu de Rahotep.

Le père de Crane prit une inspiration tremblante.

Mes yeux se posèrent sur Mitchell Rayne, le père de Jin Church.

— Et cet homme, poursuivis-je avec un signe de tête en direction du second homme à mes côtés, est Yuri Kosa, anciennement *sheseru* de la tribu de Mafdet, protecteur du compagnon du *semel-netjer*, seule *reah* mâle au monde.

Les yeux de Mitchell s'emplirent de larmes. Je fus surpris que ces hommes, qui avaient si longtemps répandu la destruction et la mort, soient si lâches confrontés à la leur.

— Je suis là, proclama Crane en écartant les bras. Toujours. Et Jin est à la maison, avec son compagnon, avec Logan Church et ils seront bientôt pères. Rien de ce que vous avez fait ne nous a empêchés, lui ou moi, de vivre nos vies.

— Au moins, tu n'auras jamais d'enfants, cracha son père en parlant de la castration de son fils comme s'il était fier d'avoir manié le scalpel.

J'étais certain qu'il l'était.

— Si, j'en aurai, corrigea Crane. Ils ne seront peut-être pas de mon sang, mais ils le seront dans mon cœur. Et je les aimerai, puisque je ne l'étais pas, puisque Jin ne l'était pas. Nous vieillirons ensemble et quand je mourrai, je leur manquerai, ils me pleureront, mais ils se rappelleront l'amour, les rires, et ce que je leur ai enseigné.

Les larmes qui dévalaient le long des joues de Crane n'étaient pas pour les deux hommes devant lui, mais pour l'amour qu'il recevrait sûrement et

2

celui qu'il recevait déjà. Lorsqu'il se tourna vers moi, son sourire à travers ses larmes me serra le cœur.

— Merci, me dit Crane avant de tourner les talons et de quitter la pièce, refermant la porte derrière lui.

Je recentrai mon regard sur les hommes devant moi.

— Mon fils est une abomination, s'obstina le père de Jin. Et Crane Adams est pareil pour l'aimer comme il le fait.

J'émis un *tss* du fond de ma gorge. Cet homme était tellement aveugle.

— Vous, dit Yuri en pointant Mitchell, avez regardé votre fils être presque battu à mort quand il s'est transformé pour la première fois.

— Je…

— Et vous, tonna Yuri à Nelson, vous avez castré votre propre fils. Vous teniez la lame.

— Je le referais ! rugit l'homme à mon compagnon. Il est mort pour moi !

— Comme vous le serez pour lui dans peu de temps, répondit Yuri, la voix mortellement sombre et froide tandis qu'il commençait à se dévêtir.

Les deux hommes se levèrent et s'éloignèrent en trébuchant, le père de Crane bousculant et frappant la table, le père de Jin reculant jusqu'à ce qu'il heurte le mur.

— Vous avez l'intention de nous tuer, s'étrangla Mitchell.

— J'ai l'intention de vous réduire en pièces et de vous brûler avec les ordures, déclarai-je vaillamment d'un air suffisant.

— Vous ne pouvez pas ! Nous devons avoir les rites funéraires et être…

— Je suis *semel-atem*, le coupai-je en haussant les épaules tandis que Yuri achevait sa transformation et se tenait près de moi, immense panthère dorée se hérissant de pouvoir et de fureur. Je fais ce qui me plaît.

— C'est inhumain !

Le rugissement de Yuri emplit la pièce juste avant qu'il ne se jette sur Nelson. Homme et panthère basculèrent par-dessus le canapé, frappant le sol de l'autre côté. Les hurlements surgirent rapidement, bruyants, à vous glacer le sang.

Mitchell se mit à crier quand une épaisse éclaboussure de sang barbouilla les rideaux.

— C'est triste, dis-je par-dessus le grondement de Yuri, les cris de Nelson devenant des sanglots déchirants.

Je tendis la main, mes longues griffes acérées remplaçant mes doigts tandis que je finissais ma transformation.

— Je mourrai en croyant qu'il est une abomination.

— C'est votre droit, dis-je en avançant vers lui. Mais je n'aurai plus à l'entendre et lui non plus. Commençons avec votre langue.

— Vous êtes un *monstre* ! fut le dernier mot qu'il hurla.

Mais je savais qui était le véritable monstre.

I

CELA N'AVAIT aucun sens, ils étaient tous fatigués de m'entendre poser les mêmes questions. Mais tant que je n'obtiendrais pas une réponse compréhensible, comment étais-je censé simplement l'accepter ?

— Que vous a dit votre père lorsque vous êtes devenu *Semel* ? demandai-je à chaque chef de tribu qui visitait Sobek.

Ils m'avaient tous dévisagé étrangement, le dernier en date étant Maroz Amadu de la tribu de Serabit de Gizeh. Il était perplexe.

— Plus précisément, traduisit Yuri, il veut savoir ce qui se serait passé si vous aviez échoué comme *Semel*. Où votre peuple serait-il allé chercher de l'aide si, admettons, vous décidiez que deux panthères de race différente ne pouvaient pas se marier sur votre territoire.

— Mais c'est absurde, répondit-il à Yuri. Peu importe qui vous...

— Le *sekhem* du *semel-aten* émet une hypothèse, fit remarquer sa *yareah*, Hesi Amadu.

De toute évidence, nous avions besoin que nos compagnons parlent pour nous.

— Oh, je vois, dit-il en plaquant un sourire sur son visage. Eh bien, il m'a été dit que si je n'étais pas un bon dirigeant, les panthères de ma tribu pouvaient contacter le *semel-aten*, que celui-ci entendrait l'accusation portée contre moi et qu'il porterait un jugement.

— Exactement, assénai-je puis, je me tournai vers Yuri. Tu vois ?

Il croisa ses énormes bras musclés sur son torse volumineux et me fixa d'un regard qui remettait en question ma santé mentale.

— Que dois-je voir ?

— J'étais un mauvais *Semel*.

— 'Étais'. Au passé. Que...

— Cela signifie-t-il que personne ne m'a jamais dénoncé à Ammon El Masry lorsqu'il était *semel-aten* ? Ça paraît, étrange, non ?

— Je ne sais pas. Comment le saurais-je ?

— Et c'est là que réside ma question.

Il y eut un léger raclement de gorge derrière moi.

Je pivotai et découvris que Maroz et sa compagne étaient toujours là.

— Pouvons-nous aller au salon, Maître ? Nous sommes affamés.

— Oh, oui, allez-y, répondis-je en leur faisant signe de partir. Pardonnez-moi.

Maroz attrapa sa compagne par la main et l'entraîna rapidement loin de moi. Ils finissaient tous comme ça préoccupés par mon état d'esprit, j'en étais certain.

— D'accord, et maintenant ? demanda Yuri, en s'avançant face à moi.

— C'est ce qu'on m'a dit en tant que nouveau *semel*, ce qu'était Logan, ce que nous étions tous.

— Que le *semel-aten* viendrait si tu étais mauvais, paraphrasa Yuri. C'est ça ? Comme le Croquemitaine ?

— Oui. Si c'est vrai, si des millions de panthères sont supposées m'appeler ou m'envoyer un email pour se plaindre… où est-ce ?

— Quoi ? Tu demandes s'il y a un centre de commandes ou quelque chose comme ça pour toute cette correspondance ?

— C'est exactement ce que je demande. Je veux dire, qui vérifie et s'assure qu'aucune panthère n'est vue ? N'attaque ? En gros, qui maintient les métamorphes hors des radars humains depuis des siècles ?

Il me fixa, les yeux plissés.

— Peut-être y a-t-il une personne qui a commencé petit et qui maintenant couvre le monde entier.

— Tu es cinglé, tu sais ça ?

— Yuri, il doit y avoir un corps plus grand, un niveau au-dessus du *semel-aten*, un genre de CIA métamorphe ou quelque chose comme ça. C'est *obligé*. Une personne qui gère la situation et nous savons que ce n'est pas moi. Je suis une figure de proue sans pouvoir autre que sur tout autre *Semel* ou sur ma tribu ici.

— Tu fais loi pour tout le monde.

Ce que je rejetai d'un mouvement de la main.

— Et comme par hasard, la tribu Rahotep est la plus grande du monde.

— Oui, mais si tu mets les choses en perspective et dis que chaque panthère dans le monde…

Le nombre était stupéfiant.

— Qui fait ça ? Qui est responsable de tout le monde ?

— En toute sincérité, je pense que chacun est responsable de lui-même et peut-être de la tribu la plus proche de lui. Je veux dire, c'était à

6

Logan de te stopper quand tu étais hors de contrôle, peut-être est-ce comme ça que ça se passe partout.

Je secouai la tête.

— C'est trop simple. Penses-y. Et si Logan et Christophe étaient tout aussi aveugles que moi ? Si c'était vrai, alors tout le coin du Nevada aurait des panthères folles courant dans tous les sens.

— Oui, cependant Logan a mis fin à ta tribu, me rappela-t-il. Il a mis fin à ton règne comme *Semel*. Qui te dit que quelque chose de similaire ne se produit pas tous les jours ?

— Mais si les simples *semels* rétablissent l'ordre eux-mêmes, comment se fait-il que tout ne s'écroule pas, que nous ne passions pas aux journaux du soir ?

Il secoua la tête.

— Tu réfléchis trop.

Non, simplement, il ne comprenait pas. Il devait y avoir un Patron – c'était impossible autrement –, mais qui ou quoi était-ce, là était la question. Je ne voulais pas être une figure de proue. Je voulais faire la différence, sur une scène plus grande que ma propre tribu. Seulement, je n'avais aucune idée de comment le faire.

Néanmoins, j'avais le pouvoir de changer les lois et c'était là que j'avais l'intention de focaliser toute mon énergie, si seulement je savais par où et comment commencer. Tout devait être remanié, j'étais enfoui sous le poids de ce que j'*aurais dû* faire par rapport à ce que je *faisais*. J'en étais à ma deuxième diatribe de la soirée. Si la première fut contre la loi du silence, ma prochaine tangente serait le changement.

Yuri avait dit que le temps de me contenter d'être était fini. Je devais incarner la révolution que je voulais voir, pas uniquement l'espérer. Moi seul pouvais devenir le catalyseur de l'action.

— C'est impossible, fulminai-je en faisant les cent pas dans la chambre, allant et venant devant le lit où il était allongé à me regarder.

C'était toujours pareil, j'oscillais quotidiennement entre le fauteur de trouble et le calme.

— Comment puis-je m'attendre, moi l'infidèle, à bouleverser des milliers d'années de *voilà comment nous faisons* ?

Il agita les sourcils.

— Quoi ? criai-je.

7

— Tu n'as qu'à dire 'voilà comment nous allons faire à partir de maintenant'. Tu fais ce dont nous avons discuté – tu te proclames *akhen-aten* et tu commences ton nouveau règne avec *tes* joueurs à bord.

Je me retrouvai à le fixer.

— Ce n'est pas si facile.

— Je crois que si.

— Voilà pourquoi tu n'es pas *semel-aten* !

— Et tu ne l'es pas non plus, contra-t-il en inclinant la tête d'un côté. Du moins, tu ne veux pas l'être.

— Yuri…

— Tu détestes cet endroit, me coupa-t-il. Pas parce que tu es en Égypte, mais parce que tu n'aimes pas la façon dont les classes supérieures traitent les basses, la façon dont le prêtre garde son temple ou la façon dont tu es censé traiter tes serviteurs dans ta propre villa. Tu détestes qu'il y ait des classes au lieu d'une tribu unique qui tienne ensemble, tu détestes qu'une centaine de *semel-atens* avant toi ou qu'une centaine de prêtres aient conservé la ville au Moyen-Âge au lieu de la laisser rejoindre le monde moderne.

— Oui !

— Alors, merde ! Arrange ça, Maître, m'apaisa-t-il.

— Ce n'est pas si facile.

— Le changement n'est jamais facile, convint-il en haussant les épaules. Qui t'a menti en te disant que ce le serait ?

Je me laissai tomber au pied du lit.

Au bout d'un moment, je sentis le matelas se soulever et se creuser, me rendant compte qu'il se déplaçait derrière moi. Lorsque ses bras forts s'enroulèrent autour de mon cou, je grognai et m'appuyai contre lui.

— Tu feras ce qu'il faut.

Il semblait si sûr.

— Comment le sais-tu ?

— Parce que tu le fais toujours.

— Ce n'est pas vrai.

Je fermai les yeux, savourant la sensation de sa peau, la chaleur de son torse contre mon dos, sa mâchoire couverte de chaume éraflant la mienne.

Savait-il à quel point son contact était réconfortant ? Comment quelqu'un ne pouvait-il pas vouloir d'un compagnon ? Avoir une personne qui vous écoute quand vous épanchez votre âme et vous enlace toute la nuit ? N'était-ce pas une condition pré requise à vie ?

— Tu es foncièrement bon, dit-il, la voix vibrant comme un ronronnement contre la gorge. Dès que tu auras des vues sur un plan d'action, tu ne pourras pas le repousser de ton esprit.

Il avait tellement raison.

J'étais quotidiennement assailli par tout ce qui devait être changé et écrasé sous le poids du statu quo. L'avalanche d'obligations passant de vitales à sans intérêt ne cessait jamais. Il y avait des attentes, des demandes et des responsabilités sans fin.

Je détestais ça.

SIX MOIS s'étaient écoulés et j'avais toujours l'impression de me noyer. Je me réveillais chaque matin en me demandant si ce serait le jour où je trouverais enfin mes repères. J'attendais toujours. Je voulais revenir à cette nuit-là où Logan Church avait échangé sa place et m'avait regardé avec cette lueur dans ses yeux dorés, et lui dire d'aller en enfer.

— Tu devrais redevenir *Semel*, m'avait-il dit avec ce grondement rauque familier dans la voix.

Il n'avait aucune idée de l'effet qu'il avait sur moi, sur tout le monde, c'était simplement sa façon d'être, simplement, Logan.

— Tu es prêt, Domin. Tu dois sortir de l'ombre.

Deux ans auparavant, cet homme avait mis fin à mon règne. J'avais été le *Semel* d'une tribu de panthères, chef de la tribu de Manhit, il m'avait combattu dans la fosse et gagné. Il aurait pu m'arracher le cœur de ses griffes, mais au lieu de ça… au lieu de ça, il m'avait offert le chemin de la rédemption. Il m'avait ouvert sa maison, m'avait accueilli dans sa tribu et dans sa vie. Il me faisait confiance, mes conseils étaient écoutés, ma force invoquée. C'était un cadeau, le retour de l'amitié que nous partagions depuis notre enfance. J'avais craint d'être rongé par l'amertume et de me retourner contre lui, de le prendre par surprise, de le trahir puis de le tuer. Mais j'avais oublié mon cœur.

J'aimais Logan. Pas comme un amant, sans intention charnelle, mais – et c'était tellement cliché – comme le frère que je n'avais jamais eu. Je voulais davantage son retour dans ma vie que le blesser.

J'étais un chef merdique, égoïste, vindicatif, du genre que tout le monde voulait voir mort afin qu'ils puissent avoir quelqu'un de mieux, quelqu'un qui prendrait soin d'eux. Alors quand il m'avait battu dans la fosse, qu'il avait absorbé ma tribu et m'avait accepté dedans, j'avais capitulé.

Logan était une force de la nature et j'étais si fatigué de me battre contre lui, de me battre contre sa noblesse, son éthique et sa force que j'avais laissé l'amertume s'en aller. Rien de bon n'en ressortait. Il était temps de tenter quelque chose de nouveau.

Être son *maahes*, le prince de sa tribu, avait fonctionné pour moi. J'étais le second au pouvoir. Il prenait les décisions, je les appliquais. Il indiquait le chemin, je conduisais. J'avais été en mesure d'être son émissaire, car je parlais pour lui, pas pour moi. C'était si facile.

Ce qui vint comme une surprise fut que j'avais changé. J'avais perdu toute colère, toute vanité, toute douleur et étais devenu tout ce qu'il avait toujours vu en moi. La foi de cet homme m'avait rendu meilleur, sa conviction de m'investir dans l'avenir de sa tribu, dans son peuple, dans la croissance, la sécurité et le bien-être de tous. J'étais différent maintenant, je devais tout à mon vieil ami, mon nouveau *Semel*, Logan Church.

Alors quand il m'avait regardé de ses yeux couleur miel et m'avait dit qu'il voulait que je revendique mon droit d'aînesse, je n'avais pas discuté, car *il* y croyait. Je pouvais être non seulement un *Semel*, avait-il dit, mais *le Semel*, le *semel-aten*, maître du monde des panthères. Je serais capable de mener ceux qui désireraient me suivre grâce aux changements que j'avais moi-même expérimentés. Je serais capable de rallier ces panthères qui avaient perdu leur foi et leur chemin. Je serais le catalyseur du changement et ramènerais les prodigues au bercail, Logan en était certain.

— Tu es fou, avais-je répliqué. Ce devrait être toi. Tu es le plus fort.

Il avait secoué la tête.

— Tu as tort, c'est toi.

Mais personne n'était plus fort que Logan Church. Il était *semel-netjer*, la seule panthère au monde, dont le compagnon était un *nekhene*.

Jin Church, sa *reah*, était la plus redoutable des panthères que je n'aie jamais vues, que quiconque n'ait jamais vue, et seul Logan l'avait apprivoisé, avait pu l'apprivoiser, car seul Logan était son âme sœur. C'était ridicule de sa part de même songer que j'étais le plus fort.

— Tu peux aller n'importe où et faire n'importe quoi, m'avait-il assuré. Je dois rester où je suis né, diriger ma tribu et ne jamais partir. Tout ce que je veux est de me coucher chaque soir avec mon compagnon dans les bras et de me réveiller chaque matin avec ses beaux yeux gris. Tu comprends ? Tu es plus fort que moi, car tu peux être ce que tu veux. Je ne peux être que moi.

J'avais secoué la tête.

— Ça n'a aucun sens.

— Tu vas devenir *semel-aten*.

Je fus certain de n'avoir pas entendu correctement.

— Tu as perdu l'esprit.

— Non.

Il avait haussé un sourcil doré tout en me fixant dans les yeux.

— Écoute-moi puis tu me diras ce que tu veux faire.

Et tandis qu'il me parlait durant le long vol jusqu'à Beijing, je me demandais s'il savait de quoi il parlait.

— Et si quelque chose se passait mal ? Si toi et moi n'étions pas dans la fosse en même temps ? Si à la fin, c'était juste toi et le *semel-aten*, Ammon El Marsy, Logan ?

Il secoua la tête.

— Ça ne le sera pas. C'est impossible. Il voudra la garantie que je vais mourir. Il voudra en être sûr. Les lois disent que le *semel-aten* peut me défier seul ou avoir ses *maahes* avec lui. C'est ce qu'il fera, je n'ai aucun doute là-dessus.

— Il trouvera quelqu'un d'autre, Logan, insistai-je. S'il veut réellement te voir mort, il trouvera un sosie, quelqu'un d'une autre tribu.

— Ça ne changera rien, garantit-il, je peux maîtriser tout félin qui n'est pas un *Semel*. Tu es celui qui devra tuer Ammon. Peux-tu faire ça ?

Le pouvais-je ?

Est-ce que tout me conduisait vers un endroit où diriger était à nouveau possible ? Étais-je prêt à sortir de l'ombre de Logan et prendre position ? Avais-je foi en moi comme il avait foi en moi ?

Au plus fort de ses louanges, de sa foi et de son amour, je lui donnai ma réponse.

— Oui.

Logan sourit, de toute évidence heureux.

— Tu vas être incroyable.

J'avais prié pour qu'il ait raison.

Tout s'était passé si vite. J'étais devenu *semel-aten* et tout se mettait en place comme Logan l'avait dit. Maintenant, j'étais à Sobek, l'ancienne cité des panthères, *Semel* de la tribu de Rahotep, tribu du *semel-aten*, et tout le monde attendait de moi que je dirige. Ils pensaient tous que je saurais instinctivement quoi faire et au lieu de ça, je me noyais. J'étais complètement dépassé et maudissais Logan Church, car cet homme était un enfoiré égoïste.

Il avait fait de moi le *semel-aten* car, bien qu'il soit meilleur pour ce rôle, il n'en voulait pas. Il n'y avait aucun doute dans mon esprit que Logan aurait fait un meilleur travail que moi.

Je partageais mes pensées avec Yuri, mais personne d'autre. Même si tout menaçait de s'écrouler autour de moi, il était le seul à qui je faisais confiance avec ce secret.

LE PROBLÈME fut que même s'ils me connaissaient, les gens que j'avais emmenés lors de mon changement de statut s'attendaient brusquement à ce que je sache quoi faire. J'imaginais que c'était ce qui se passait quand vous deveniez parent. Tout à coup, vous étiez censé connaître des choses que personne n'aurait pensé que vous aviez besoin de connaître en temps normal. Le poids de leur regard insistant me faisait péter les plombs.

Un matin, tandis que je faisais ma promenade habituelle avec ceux qui m'étaient les plus proches – mon *maahes*, mon *sylvan* et mon *sheseru* – je dus à nouveau évacuer ma frustration. Il n'y avait aucun moyen de l'arrêter. J'avais essayé, mais même avec les meilleures intentions, à la minute où ils se tournaient vers moi pour des conseils, je m'énervais et piquais une crise. J'étais une horreur pour mon entourage et je le savais. J'étais la plus grande des têtes à claques envers Crane Adams, mon *maahes*, le prince de ma tribu. En temps normal, il m'aurait fermement remis à ma place. Il savait se défendre. Pourquoi ne le faisait-il pas ? Pourquoi encaissait-il tout ce qui me tracassait depuis un mois ? J'étais prêt à en découdre avec lui une bonne fois pour toutes.

— Donc, cet Elham, commençai-je doucement tout en marchant vers la villa en compagnie de Crane, Taj Chalthoum, mon *sheseru*, et Mikhail Gorgerin, mon *sylvan*. Il a beaucoup à dire sur moi.

— Oui, c'est vrai, acquiesça Crane. Je vais gérer ça.

— Ce qui veut dire ?

— Ce qui veut dire, répondit-il en soupirant, que je vais lui parler et que soit ça va dégénérer et je le rencontrerai dans la fosse, soit non et nous n'irons pas.

Mikhail se racla la gorge.

Tandis que je jetais un coup d'œil à Mikhail par-dessus mon épaule droite, il me fit un léger signe de tête. Mais comment pouvais-je laisser tomber ? Je pris une profonde inspiration.

— Crane. Tu réalises qui est cet homme ? Cet Elham est le frère d'Ammon El Masry, le dernier…

— Je sais exactement qui il est.

Crane m'adressa un petit sourire si différent que je manquai perdre le fil de mes pensées.

Crane Adams ne faisait jamais rien de *petit*. Il riait haut et fort, il avait des idées catégoriques sur des sujets qui n'étaient en rien ses affaires, il fouillait et insistait jusqu'à ce que vous lui confessiez votre cœur pour le faire taire. Il était fort, gentil, juste et tellement agaçant. Mais je ne l'avais jamais, jamais vu sombre et calme. Le fait que toute sa passion et sa vitalité aient été drainées hors de lui me rendait dingue. Il n'était plus lui-même. Il était simplement présent.

— Quel est ton putain de problème ? lui demandai-je en m'arrêtant net.

Il continua de marcher. Tous les autres restèrent avec moi, la procession stoppant sa marche.

— Crane ! aboyai-je.

Il poussa un profond soupir et se tourna vers moi.

J'attendis impatiemment.

Il pencha la tête sur le côté, car, de toute évidence, il m'attendait, moi.

— Crane…

— Mon *Semel*.

Je m'approchai rapidement, le doigt pointé sur son torse.

— Pas de *semel* avec moi, putain ! Qu'est-ce qui ne va pas avec toi ?

— Dans quel sens ?

— Dans tous les sens ! grondai-je.

Il croisa les bras.

— Ne suis-je pas le *maahes* de cette tribu ?

— Tu le sais bien que tu l'es ! Bon sang, que…

— Alors, permets-moi d'exercer les fonctions de mon poste et de conduire mes affaires comme je l'entends. Si j'ai besoin d'aide, j'en demanderai. Si je foire, tu en entendras définitivement parler. Jusque-là, ne t'inquiète pas.

— Je dois m'inquiéter ! Elham El Masry a annoncé son intention de rencontrer mon *maahes* dans la fosse !

— J'en suis bien conscient.

— Crane ! Il était en lice pour être *semel-aten* ! Puisque j'ai tué Ammon, il est hors jeu. À présent, il veut devenir *maahes* car s'il est à ton poste, il pourra s'attaquer à moi et à mes plans.

— Encore une fois, je le sais.

Il semblait ennuyé.

— Selon la loi, toute personne peut contester ta position et…

— Mon *Semel*…

— Crane, dis-je, ma voix augmentant de colère et de frustration. Je ne veux pas du petit frère d'Ammon El Masry dans mon cercle privé ! En tant que *maahes*, il détiendrait un pouvoir considérable et pourrait éventuellement rallier des gens à sa cause et…

— Domin…

— Tout le monde s'attendait à ce qu'il soit *maahes*. Asdiel Kovo, le nouveau prêtre, ne cesse de me demander quand cela se produira. Lui, plus que tout le monde, n'avait jamais envisagé que le frère d'Ammon ne serait pas *maahes*. Il dit que te choisir était…

— Je n'en ai rien à foutre, me coupa-t-il. Le nouveau prêtre est un con.

Taj, qui écoutait depuis le début, ricana derrière moi et, quand je détournai le regard vers lui, il ouvrit les yeux en grand et haussa les épaules.

— Quoi ? Crane a raison, c'est un con.

— Cet homme est amoureux du son de sa propre voix, renchérit Mikhail. Qu'il le croie ou non est sans intérêt pour nous. Crane a raison – ne t'inquiète pas de ces petits désagréments. Laisse ton *maahes* gérer les affaires qui incombent à sa position.

— Merci, grommela Crane puis il s'éloigna, d'abord dans le hall, puis je le vis dévier vers les escaliers menant à l'entrée arrière et au-delà dans les jardins.

Je fis face à Mikhail.

— As-tu perdu l'esprit ?

L'expression sur son visage refléta le pur ennui.

— Voilà ce qui va se passer, dit-il. Elham insistera pour le défier et ce sera lui et un autre dans la fosse avec Crane et celui qu'il choisira.

Je pensais qu'il y avait plus et quand je me rendis compte que c'était tout, je lui jetai un regard noir.

— Pour l'amour de Dieu, Mikhail, je le sais ! Mais ça ne peut pas être toi, ça ne peut pas être Taj ni aucun des *khatyus* ou du *Shu*, alors qui diable par ici irait dans la fosse en s'inquiétant pour Crane ou moi ? Voilà ce que j'essaie de lui faire comprendre. Peu importe celui qu'il prendra avec lui, il se repliera et le laissera se prendre une raclée, ou pire. Si quoi que ce soit arrivait à Crane sous ma garde, Jin…

— Alors tu n'aurais pas dû l'emmener, déclara Mikhail d'un ton abrupt. Si tu veux bien m'excuser, j'ai une réunion de *sylvans* à mener.

Il partit avant que je lui en donne la permission et Taj m'adressa un rapide signe de tête avant de prendre congé, s'éloignant dans la direction opposée.

— Merci ! criai-je. J'apprécie vraiment nos petites réunions matinales !

Mais personne ne m'écoutait.

LA VILLA était censée être la mienne. Je ne le ressentais pas comme ça. La résidence du *semel-aten*, à la différence d'un foyer, ressemblait plus à un vaste complexe et un campus réunis. Je ne connaissais pas la moitié des personnes qui se trouvaient en permanence dans cette immense demeure. L'endroit était tout simplement trop grand, trop rempli de colonnes en marbre, d'escaliers, de statues de dieux et déesses, de balcons, d'alcôves, bref d'espace. Beaucoup trop d'espace vide. C'était censé être mon paradis, mais mon sanctuaire ne serait pas rempli de sol en mosaïques ni de fresques courant le long des pièces et des couloirs. Vivre dans la villa du *semel-aten* était comme vivre dans un musée. Le seul moment où je ressentais un peu de paix était quand j'étais dans mes quartiers.

L'espace que j'occupais avec Yuri était petit – au vu des normes de la villa – et se situait derrière le jardin de papyrus au fond des jardins suspendus. Pour accéder à notre chambre, il fallait emprunter un escalier en colimaçon puis vous rencontriez une porte en fer forgé qui restait tout le temps verrouillée. Une fois ouverte, vous pénétriez sur une immense terrasse de béton damé avec vue sur la cour d'honneur et au-delà, des kilomètres de désert et de collines. Traverser le patio vous amenait à des portes en verre pivotantes et là, se trouvaient nos quartiers.

Dans la suite, sur la gauche, des fenêtres pivotantes, qui ressemblaient à des portes, mais deux fois plus petites, couvraient le mur du sol au plafond. Quand tout était ouvert, une brise chaude aérait l'espace. La chambre en elle-même faisait cent mètres carrés avec une salle de bain et un petit balcon du côté opposé qui empiétait dans la pièce. Il fallait traverser une portion de la terrasse principale pour accéder à nos quartiers ; une partie de cette zone était faite d'acacias, de papyrus, de lotus bleus qui poussaient près des miroirs d'eau et des bougainvilliers. Sur l'autre partie de l'enceinte se trouvaient une table, des chaises et de nombreuses somptueuses chaises longues. Il y avait aussi une immense voûte qui couvrait l'ensemble et des drains construits pour empêcher l'eau de pluie d'inonder l'espace, bien qu'en Égypte, la pluie soit rarement un problème. C'était calme et serein et j'y avais installé ma chambre durant ma deuxième semaine de présence à Sobek. C'était censé être l'endroit où le *semel-aten* se retirait pour réfléchir, mais je l'avais revendiqué pour Yuri et moi.

Les domestiques avaient été scandalisés que je prenne de tels arrangements pittoresques et ils furent encore plus abasourdis lorsque je convertis les luxueux quartiers de l'ancien *semel-aten* en plusieurs chambres d'invités plus petites. Personne ne comprenait pourquoi j'insistais autant sur ma vie privée. Je n'avais besoin de personne pour ranger ou dépoussiérer ma chambre et je ne voulais que personne d'autre que Yuri fouine ou mette son nez dans mes affaires personnelles. Le linge sale passait par la blanchisserie et c'était tout. Personne n'entrait ; les plateaux de nourriture étaient laissés à la porte et récupérés là-bas. Je savais que c'était étrange pour eux – j'étais étrange et le mot *kadish* était beaucoup utilisé.

— Qu'est-ce que ça veut dire ? avais-je demandé à Taj.

— Domin, avait-il répondu doucement, gentiment. Ils disent que tu es *kadish*, impur, car tu ne connais pas la vérité de ta position. Tu dois les laisser te servir.

— Je le fais ! Tous mes repas sont préparés, la villa est nettoyée, ceux qui me rendent visite sont pris en charge… je ne comprends pas.

— Tu dois être vu dans ta maison, tu ne peux pas te cacher là-haut dans les jardins.

— Je ne me cache pas ! avais-je insisté.

Le haussement d'un sourcil sombre disait le contraire.

À présent, seul, appuyé contre un énorme pilier en pierre, j'eus le temps de repenser à la situation dans laquelle je me trouvais.

Ça semblait être un problème sans fin. Les gens de ma maisonnée n'avaient l'impression de m'appartenir que si je leur donnais des ordres. Mais je voulais les traiter mieux que ça, je voulais demander au lieu d'ordonner, dire s'il vous plaît et merci. Mais apparemment, c'était de mauvaises manières de ma part. C'était épuisant. J'étais supposé être le genre de *semel* que je ne voulais plus être ; revenir à être un connard égoïste ne paraissait pas être un pas dans la bonne direction même si, après mon comportement des deux dernières semaines, tout le monde me traitait de tyran.

16

Je me rendis compte que j'irais mieux – en attitude, humeur, en tout – si mon compagnon n'était pas parti. Ces quatorze derniers jours sans Yuri me pesaient. Je n'avais pas pu lui parler, car il avait pris le mauvais téléphone et… il me manquait. Je voulais le voir, le toucher. Tout ça était du gâchis. Je n'aurais pas dû le laisser partir. J'étais un crétin.

— Je déteste ça, murmurai-je à personne en particulier.

— Qu'est-ce qui ne va pas ?

Me tournant, je trouvai Mikhail, ayant réapparu, qui me fixait comme si j'étais stupide.

— Je pensais que tu avais une réunion, râlai-je.

— Elle a été déplacée à quatre heures, m'informa-t-il.

— Par qui ?

— Par l'un de tes *akers*, un *manu*, Alhaji Yacouba, qui est revenu en retard d'une journée au Caire.

— Qu'est-ce que ça peut te faire ?

— À moi rien, mais apparemment, le *sylvan* d'Ammon, Traore Uago, lui, il a décidé de l'attendre.

Je l'étudiai, me demandant pourquoi il laissait cela se produire. Ce n'était pas comme si Mikhail permettait aux autres de changer son programme.

— Que vas-tu faire ?

Mikhail prit une lente inspiration.

— Je vais rappeler à Traore qu'il n'est plus *sylvan*, que son rang est à présent shefdew…

— Je crois que tu viens de le traiter de rouleau de papyrus, lui fis-je remarquer.

— Vraiment ?

Je haussai un sourcil.

— Alors comment dis-tu scribe ?

— Je chercherai, plaisantai-je. Ou plus probablement, je le demanderai à quelqu'un.

Il poussa un léger grognement.

— Bref, peu importe, Traore pense qu'il a toujours le pouvoir. Il ne l'a pas et il a besoin d'un rappel. Alhaji doit comprendre qui il doit écouter. Lui aussi sera éduqué.

— Comment ?

— Ton *sheseru* va les discipliner.

17

Comme si c'était le signal, Taj fut là, un énorme fouet enroulé autour de sa main droite.

— Je suis désolé, dit rapidement Mikhail. Je sais que tu préfères ne pas punir, mais il n'y a aucun recours.

— Ce sont eux qui devraient être désolés, répliqua Taj. Ils ne sont pas autorisés à t'insulter. Ce n'est pas *maat*.

Ça ne ressemblait pas du tout à Mikhail.

— Tu…

— Ils continuent de me tester. Je les ai convoqués, je leur ai infligé une amende, personne ne répond. J'en ai fini.

Je n'avais pas idée que Mikhail faisait dans le châtiment corporel.

— Ça ne te ressemble pas.

— Le respect se gagne et je le comprends, mais à défaut, la peur assurera l'intérim. J'en ai assez qu'on parle derrière mon dos et qu'ils parlent de moi en arabe, en égyptien ou en farsi. Ils pensent que je ne comprends pas ce qu'ils disent, mais je comprends. Ils pensent que je ne suis pas formé pour les lois, mais je le suis. Je suis le *sylvan* de ma tribu et quiconque veut, le souhaite, pourra débattre des lois avec moi, mais je gagnerai. S'ils n'aiment pas la façon dont je mène les affaires de ma position, ils sont libres de me défier dans la fosse. Mais je ne tolérerai plus l'insolence.

— Je ne me souviens pas avoir entendu dire que tu avais fouetté quelqu'un dans la tribu de Logan.

— Sauf ton respect, tant que tu ne croiras pas que tu es le *semelaten*, les gens ne le croiront pas. Personne n'a jamais remis en question le fait que Logan Church était destiné à diriger et être suivi. Mon respect découlait du sien.

— Alors, quoi ? Personne ne me respecte ?

Ses yeux, d'un cobalt profond, se verrouillèrent aux miens tandis qu'il attendait. Il avait un joli visage, ciselé et fort, frappant et anguleux. Vous vous souveniez de lui, mais il n'était pas beau, pas comme Yuri. En temps normal, Mikhail n'était pas le genre d'homme que vous remarquiez, mais maintenant, au milieu d'une ville égyptienne, il se démarquait. Avec sa taille, son mètre quatre-vingt et sa carrure mince, vous le remarquiez se déplacer à travers la foule. Au Nevada, d'où nous venions, on ne le regardait pas à deux fois, mais dans notre nouveau foyer, il attirait l'attention.

Sobek était situé entre Le Caire et Gizeh sur une terre qui ressemblait presque à un autre pays, avec ses frontières surveillées par des gardes armés et sa zone d'interdiction de vol au-dessus.

— Domin ?

Je secouai la tête.

— Dois-tu vraiment…

— Oui.

Sa voix normalement douce et soyeuse fut tranchante et glaciale.

— Je le dois. Personne ne change mon programme. Personne.

Puis il partit, Taj suivant derrière lui.

Je n'aimais pas les pénibles changements que je voyais chez chacun d'eux, ces hommes qui faisaient mon foyer, qui m'aidaient à diriger ma tribu.

Après avoir descendu l'un des nombreux longs escaliers, je pris à droite vers la grande bibliothèque, une pièce interminable remplie du sol au plafond voûté d'étagères de livres et de textes anciens que les gens, venus du monde entier, utilisaient.

Tandis que je traversais la pièce, les gens levaient la tête et m'accueillaient comme il en était de coutume.

— *Sah'eed nahharkoo*, me saluèrent-ils.

Ce qui signifiait 'Bonjour' en arabe et même si j'apprenais la langue, la tâche était ardue. Alors je leur fis un signe de la main et continuai. Alors que je passais devant l'une des nombreuses alcôves truffant la bibliothèque, je vis l'endroit où j'avais pour la dernière fois touché mon compagnon avant qu'il ne parte pour Ipsis deux semaines plus tôt. Je manquai de trébucher en regardant la fenêtre où il s'était tenu immobile, les yeux fixés sur le jardin.

Je m'étais avancé derrière lui et avais posé mes mains sur ses hanches.

— Vous savez, le *semel-aten* aura votre tête si vous touchez son compagnon, promit Yuri.

— C'est vrai ? chuchotai-je en inspirant son odeur musquée avant de pousser mon visage dans son cou et de l'embrasser.

— C'est vrai, répondit-il en prenant l'une de mes mains et me rapprochant jusqu'à ce que mon torse repose contre son large dos musclé, puis il la posa sur son cœur.

Il aplatit ma paume sur son pectoral dur, puis glissa ses doigts entre les miens.

— Il est très possessif.

— Pourquoi acceptes-tu cela ?

— Parce que s'il cessait, ça me tuerait.

Je réajustai ma position afin que mon aine frotte contre ses fesses pleines et rebondies. Elles étaient belles, fermes et douces à la fois, un

19

coussin quand je le prenais par-derrière duquel je ne pouvais ôter mes mains. Yuri était bâti de muscles consistants, de ses larges épaules, à ses pectoraux, ses bras et ses jambes. Sous ses vêtements, il était dur et massif, mais il pouvait aussi me serrer dans ses bras, m'envelopper de chaleur et....

Yuri.

Tout cela n'était que des conneries, tout, sauf lui.

Tout à coup, je le voulais nu au lit avec moi plus que je ne voulais respirer. J'avais besoin de lui – sa proximité arrangeait les choses que j'avais toujours pensé impossibles. Aucun des amants que j'avais eus ne m'avait offert d'avoir le contrôle derrière des portes closes.

Aucun, sauf lui. Je pouvais soumettre Yuri.

— Viens avec moi…

— Tu vois ça ? demanda-t-il brusquement en inclinant la tête, montrant la cour en dessous.

Je fus surpris de voir Ebere El Masry, la *yareah* de l'ancien *semelaten*, sortir d'une limousine, les domestiques l'accueillant immédiatement à la maison.

Ils lui apportèrent un bol pour se laver les mains ainsi qu'une serviette puis levèrent une immense feuille de palmier pour protéger son visage du soleil. Tout ce protocole, cette formation, ce niveau de service dans ma maison étaient toujours écrasants pour moi.

— Tu devrais aller saluer ta *mastaba*, suggéra Yuri en tapotant ma main avant de se retourner.

La chaleur dans ses yeux quand il me regardait… Seigneur, comment étais-je censé m'éloigner de lui ?

— Domin ?

Ça ne faisait que six mois que je l'avais réclamé comme mien et je trouvais que chaque jour passé me rendait plus fort, plus désespéré et accroché. Je peinais à me séparer de lui. Mais je me couperais la langue avant de lui avouer. Confesser mon cœur n'était pas une chose que je faisais. J'étais froid – glacial même – au vu de ce qui se trouvait en dessous… rien de bon ne pourrait en sortir.

— Maître !

— J'arrive, grognai-je à la servante qui était venue me prévenir qu'Ebere était arrivée.

Elle s'éloigna de moi d'un bond. Je vis le mal que j'avais fait en élevant la voix, à la fois dans son attitude et sa posture, suggérant que je m'en étais pris à elle, et pas seulement avec ma réponse acerbe.

— Votre *Semel* arrive tout de suite, promit Yuri, la voix pleine d'une infinie patience et de bonté.

C'était drôle qu'il ait été un *sheseru*, tout comme l'était Taj à présent, car il n'en restait aucune trace chez cet homme, ni exécuteur ni bourreau. Il était tout simplement mon roc.

— Bien, *sekhem*, répondit la femme en s'inclinant et reculant, son langage corporel transmettant qu'il avait apaisé ce que j'avais hérissé.

— Pourquoi prends-tu le temps de faire ça ?

— De quoi ? demanda-t-il d'une voix douce en me faisant face tandis que je m'écartais de lui.

Ce ne fut qu'à cet instant que je remarquai ce qu'il portait. On aurait dit qu'il était habillé pour aller à un safari, la seule chose qui manquait était l'immense chapeau.

— Apaiser leurs… Où diable vas-tu ?

Il plissa les yeux.

— Domin, je pars avec Constantine dans vingt minutes. Je pensais que tu étais venu me dire au revoir.

— Merde, gémis-je. C'est aujourd'hui ?

— C'est *maintenant*, répondit-il, un coin de sa lèvre se retroussant.

Je – *respire* – comment étais-je censé fonctionner sans mon compagnon ?

— Pourquoi dois-tu… ?

— Le *semel* de la tribu de Tegeret, Ehivet Milar, dit qu'il est sans nouvelles de son fils, Garai, qu'il a envoyé parler avec le *semel* de Feran, Hakkan Tarek, il y a un mois. Les messages répétés, et même un voyage à Ipsis, n'ont donné aucun résultat. Le *Semel* refuse de le voir et…

— Quoi ? Un *Semel* ne peut pas refuser d'en voir un autre.

— Je sais, c'est pourquoi il te demande d'intervenir sur ce point de loi.

— Comment… Qui encore ?

— Hakkan Tarek.

Il prononça le nom, ses yeux parcourant mon visage comme ils le faisaient toujours, avec une telle appréciation évidente. J'adorais la façon dont il m'aimait.

Je me raclai la gorge.

— Comment Hakkan Tarek peut-il ne pas laisser ce *Semel* voir son fils ? C'est insensé. Il pourrait déclencher une guerre tribale.

— Oui, je sais, acquiesça-t-il de sa voix basse et rauque. Alors avant que les choses ne dégénèrent, Ehivet a demandé de l'aide. Et il est très courtois. Il pense que le conflit en cours sur les terres d'Hakkan Tarek est la raison de la distraction et l'incapacité du *Semel* à lui répondre.

— Quel conflit ?

— Apparemment, ils ont une sorte de conflit territorial à Ipsis que le *semel-aten* devra donner un coup de main à résoudre.

— Je… mais pourquoi…

— La tribu de Feran a élu domicile près des catacombes d'Abtu et, visiblement, les catacombes elles-mêmes sont en litige.

— Pourquoi cet homme enverrait-il son fils dans une tribu si instable ?

— Il le devait. Il y a des années, il a accepté une alliance avec Tarek, quand leurs enfants seraient en âge, ils seraient accouplés. Tarek a une fille, Masika, qui a maintenant seize ans…

— Seize ans ? Elle devrait être au lycée.

— Domin, soupira Yuri. Ce n'est pas…

— Je vais faire passer une loi, Yuri. Tout enfant devra être éduqué. Tous. Garçons, filles, personne ne devra être exempté.

— Il appartiendra toujours aux *semels* de faire ce qu'ils veulent avec leurs enfants, Domin. Tu ne peux changer cela.

— Regarde-moi.

Il sourit chaleureusement.

— Ton cœur est au bon endroit.

— Continue de me parler, soufflai-je.

— Donc, Ehivet dit qu'il a simplement envoyé son fils à Ipsis afin que le *semel* sache qu'ils attendraient que Masika ait dix-huit avant d'effectuer le rituel d'union.

— Mais ?

— Mais il n'a aucune nouvelle de son fils ni des dix hommes qu'il a envoyés avec lui depuis plus d'un mois. Toutes ses tentatives sont tombées dans l'oreille d'un sourd et maintenant, il te tend la main afin que tu viennes arbitrer la situation.

— Alors je devrais aller avec…

— Domin, tu as à peine le temps de respirer chaque jour alors je…

— Non.

— Tu n'es pas raisonnable.

— Non, c'est ce Hakkan Tarek qui ne l'est pas. Qu'est-ce qui ne tourne pas rond dans sa tribu ?

Les yeux de Yuri restèrent doux, il n'éleva pas le ton. C'était comme si être avec moi, devenir mon compagnon l'avait changé, avait fait de lui une âme de force tranquille et de réflexion. Non pas que cela eût éteint sa passion pour moi, mais le tempérament qui l'avait habité avait simplement disparu. Il était différent, tout comme l'étaient les autres, mais tandis qu'eux s'étaient endurcis, lui avait fait tout l'opposé.

— Le *Semel* a deux factions au sien de sa tribu : le *PEQ*, constitué principalement de fermiers et de bergers qui vivent dans les collines, et le *Shen*, qui sont les marchands qui vivent dans la ville d'Ipsis. Apparemment, l'hostilité découle d'un différend sur la propriété des catacombes. Il y a eu une sorte de découverte là-bas, alors l'héritage de cette terre est remis en question.

— Comment sais-tu tout cela ?

— Les registres tribaux.

— Oh, grognai-je. Tu les as encore lus, n'est-ce pas ?

Il pouffa.

— C'est une sorte de prérequis pour être le compagnon du *semel-aten*, tu ne penses pas ? Je jure que je n'ai aucune idée comment la tribu de Hatheret a…

— Quoi ?

— La tribu de Hatheret à Paris. Leur *Semel*, Emi Lefevre. Sa famille a compilé et édité les registres depuis l'époque des Croisades.

— Je le sais ! aboyai-je.

— Alors pourquoi me poses-tu la question ?

Je grognai.

— Donc tout ce que tu viens de dire est dans les registres tribaux ?

— Comme tu le sais, il appartient à chaque *Semel* de rédiger sa correspondance hebdomadaire et de l'envoyer à la tribu de Hatheret afin qu'elle soit consignée.

— Ce n'est pas obligatoire, insistai-je.

— Non, mais peut-être cela le devrait-il.

— Ce travail doit être rébarbatif.

Je compatissais avec des gens que je n'avais jamais vus.

— Je suis sûr que l'allocation qu'ils reçoivent de chaque tribu dans le monde pour le faire compense amplement le désagrément.

— Peut-être.

Il m'embrassa sur le front, ce qui me rappela son départ et m'irrita à nouveau.

— D'accord, si le territoire d'Ipsis appartient au *Semel*, je ne vois pas…

— Nous ne parlons pas de ça, nous parlons de la terre.

— Alors il y a une famille qui possède la terre sur laquelle se trouvent les catacombes.

— Oui.

— Qui est-ce ?

J'obtins un sourire malicieux.

— Je ne sais pas, amour. Je dois y aller pour le découvrir.

Ce qui me fit à nouveau grogner.

— Pour l'instant, de ce qu'en disent les registres, Hakkan Tarek ne voit aucune solution à l'horizon, mais puisque cela n'affecte personne, il l'a laissé entre les mains des deux *djehus*.

— Cela affecte ceux en dehors de sa tribu à présent.

— C'est le tout nouveau développement. Avant cela, personne ne savait ni ne se souciait de ce qui se passait à Ipsis. Ammon ne le faisait pas, il n'y a rien dans les registres qui montrent qu'il y soit même allé.

— Mais nous nous en soucions brusquement à cause du *Semel* de la tribu de Tegeret.

— Oui.

— Sans lui, tu ne ferais pas ce voyage.

— Non, répondit-il d'une voix rauque en me regardant droit dans les yeux.

— Et que vas-tu faire précisément ?

— Premièrement, je vais rencontrer Hakkan Tarek et insister pour qu'il renvoie Garai Milar immédiatement chez son père. Puis je vais rencontrer les *djehus*, les chefs des deux factions de la tribu de Feran puis je te ferai mon rapport. S'il est question de loi, j'enverrai Mikhail. Si c'est plus, alors je…

— Dès que tu auras géré la situation avec Garai, fais le point immédiatement avec les deux chefs des factions belligérantes et reviens, l'informai-je. Ne tente pas d'arranger quoi que ce soit d'autre que de renvoyer ce garçon à sa tribu. Je veux que tu recueilles des informations, c'est tout.

— Ne devrais-je pas rester là-bas et résoudre le problème si je le peux ? se moqua Yuri.

J'étais concentré sur ses paroles, mais cela devenait de plus en plus dur. Il était difficile de ne pas remarquer et être hypnotisé par la courbe de ses lèvres, la fossette sur son menton et ses épais sourcils expressifs.

— Domin ?

Je me raclai la gorge.

— Non. Tu me feras ton rapport et je déciderai de quoi faire à ce moment-là.

— Oui, Maître, singea-t-il de manière sérieuse, la déférence exagérant la malicieuse condescendance.

— Ce n'est pas ce que je voulais dire, grommelai-je, pas d'humeur à plaisanter avec lui.

Ça me tuait qu'il parte.

— Tu dois juste rentrer à la maison !

— Pourquoi ?

— Parce que c'est ton devoir.

— Mon devoir ?

Il me taquinait encore.

— Tu es censé te tenir près de moi ! criai-je.

Je le vis se rendre compte avec surprise que j'étais réellement contrarié.

— Je le ferai alors, répondit-il calmement. Je rentrerai aussi vite que je peux.

Je pris une grande inspiration.

— Je ne me souviens pas que tu m'aies parlé de ça.

— Eh bien, je l'ai fait. Je te l'ai expliqué en long, en large, et en travers, hier soir ainsi que de nombreuses fois la semaine dernière.

L'écoutais-je ? Jamais ?

— Ton intendant…

— Kabore, oui, répondis-je d'un ton brusque. Je l'ai rencontré, continue.

À en juger par l'étincelle dans ses yeux, je l'amusais clairement.

— Il a suggéré que j'allégerais un peu ta tâche en y allant à ta place.

— Et si je ne voulais pas que tu y ailles ?

Ses yeux étaient du bleu le plus clair que j'aie jamais vu de ma vie et quand ils étaient fixés sur moi, je sentais un poids réconfortant s'installer en moi, répandant le calme.

— Est-ce ce que tu me demandes de faire ?

J'y songeai un instant.

— Les autres compagnons font-ils ce genre de choses ?

— Bien sûr, répondit-il. Les missions de bonne entente sont ce que font les compagnons d'hommes importants.

— Et si c'était dangereux ?

— Ça ne l'est pas. Comment ça pourrait l'être ? Je serai là pour aider à ramener un garçon auquel le *semel* de Feran n'a probablement seulement pas eu le temps de penser. Cet homme a une guerre civile menée sur ses terres, je te parie tout ce que tu veux que le garçon est un oubli. Il m'accueillera les bras ouverts et lorsque je lui dirai que je rassemble des informations pour toi, afin que le *semel-aten* puisse l'aider à trouver une solution, il pourrait même m'embrasser.

— Il ne ferait mieux pas.

Ses yeux se réchauffèrent.

— Ne t'inquiète pas pour moi. Tout le monde sait que de nuire au compagnon du *semel-aten* est une condamnation à mort. Personne ne s'y risquerait.

Je n'étais pas convaincu.

— Tu prendras trente hommes avec toi.

— Vraiment ?

— Cesse de répondre à mes ordres avec des questions !

— Est-ce ce que je fais ?

Il était si maître de lui, si calme.

— Oui ! hurlai-je comme un idiot. Et c'est très condescendant !

— Cesse de crier, ordonna-t-il avec un demi-sourire, la voix à la fois douce et sexy. Maintenant, écoute. Trente hommes pour une mission de médiation sont exagérés.

— Je ne suis pas d'accord, dis-je sur la défensive.

— J'étais *sheseru*, me rappela-t-il d'un ton apaisant. Je sais combien d'hommes prendre, Domin. Ne t'inquiète pas.

— Je ne m'inquiète pas ! m'indignai-je. Je veux juste que tu sois en sécurité et…

— Tout se passera parfaitement bien, je vais rencontrer un *Semel* et les *djehus*. Si j'ai trop d'hommes avec moi, cela donnera l'impression que je suis là pour imposer ta volonté au lieu d'une discussion. Suis mon conseil.

— Qu'est-ce qu'un *djehu* ?

C'était la deuxième fois qu'il utilisait ce mot.

— Je comprends que c'est une sorte de chef, mais le mot est nouveau pour moi.

— Un *djehu* est comme un *aker*, sauf qu'il est élu. Apparemment, c'est comme ça que fonctionne la tribu de Feran. Hakkan Tarek permet aux *djehus* d'être choisis par le peuple au lieu de se présenter au *sylvan*.

— Pourquoi ?

— Car ce sont deux groupes très divers qui vivent à part, ne se mélangent jamais et n'ont essentiellement rien en commun.

— Hormis que ce sont tous des panthères.

— Hormis cela.

— Tu sais, tu n'as pas à me l'expliquer de cette façon. Je ne suis pas un enfant.

— Non. Tu n'en es pas un, répondit-il d'une voix sensuelle, emplie de chaleur.

Je déglutis difficilement.

— Donc je vais rencontrer le *Semel*, ramener Garai puis parler aux *djehus* et je te rapporte leurs préoccupations, quelles qu'elles soient.

— Très bien, ronchonnai-je, hérissé de frustration.

— Bien, m'apaisa-t-il. Voulais-tu m'embrasser ou…

Je fus laconique.

— Pars.

Au lieu de m'écouter, il prit mon visage entre ses grandes mains, me hissa près de lui et m'embrassa, durement, profondément, de manière possessive. Quand il inclina ma tête en arrière, ma bouche s'ouvrit, sa langue balayant l'intérieur, s'accouplant avec la mienne.

J'attrapai sa lourde veste, mes mains s'enroulant autour des revers tandis qu'un gémissement remontait du fond de ma gorge. J'avais besoin de plus, je voulais plus, j'en voulais au monde entier, car être *semel-aten* signifiait que je ne pouvais pas réclamer mon compagnon quand je le voulais.

Les règles, le protocole, les audiences accordées et la myriade de personnes que je voyais au cours d'une journée me tenaient sans cesse éloigné. Et quand je le voyais, ça explosait souvent, car j'étais en colère et qu'il était le seul sur – ou en – qui je pouvais évacuer mes frustrations, ce qui me rendait agressif, hurlant, combatif…

Je voulais que tout aille bien entre nous avant qu'il parte. Je déversai tout ce que je pensais, ce que je ressentais dans ce baiser. Il devait savoir à quel point je l'aimais. Je devais l'enraciner en lui, qu'il le reconnaisse et le comprenne.

J'aspirai sa langue dans ma bouche, puis ma langue glissa sur la sienne, la caressant d'avant en arrière, prolongeant le baiser, sentant un frisson le traverser. Je gémis bruyamment quand ses mains agrippèrent fermement mes fesses.

— Domin, murmura-t-il.

Je l'embrassai jusqu'à ce qu'il arrache ses lèvres des miennes pour respirer.

— Essayes-tu de me tuer ?

— Juste de faire bonne impression, répliquai-je en relevant ma bouche pour le baiser suivant, resserrant mes bras autour de son cou afin de le ramener à moi.

— Je ne vais jamais partir d'ici, fit-il mine de se plaindre tout en soudant ses lèvres aux miennes.

Quand il me repoussa, quelques instants plus tard, je fus surpris.

— Quoi ? demandai-je, pantelant.

— Je dois y aller.

— Yuri...

— Amour...

Ce ton, cette accalmie, cette adoration me firent sortir de ma brume alimentée par les phéromones.

— Je dois y aller, répéta-t-il.

— Prends ton téléphone.

— Il est dans ma poche.

— D'accord.

— Tu es adorable.

Face aux yeux bleu clair pétillants de mon compagnon, je ne pus même pas lui grogner dessus. Au lieu de ça, je forçai un sourire pour masquer mon inquiétude, ma peur, mon cœur douloureux, et plus que tout, mon besoin dévorant de le garder près de moi.

— Combien de temps ? demandai-je aussi nonchalamment que possible.

— Deux semaines, je pense.

— À quelle distance se trouve Ipsis ?

— Une dizaine d'heures de trajet, répondit-il en prenant mon menton dans sa main, ses lèvres effleurant doucement les miennes. Je serai à la maison avant que tu ne t'en rendes compte. Je t'aime.

Je me dégageai d'une torsion du poignet. La lueur diabolique dans son regard indiquait que je ne le trompais pas le moins du monde.

Le regarder partir fut une douleur quasi physique. Que diable étais-je censé faire deux semaines sans mon compagnon ?

II

Yuri ne m'avait appelé qu'une fois en chemin pour s'excuser d'avoir accidentellement pris le mauvais téléphone. Il avait pris l'habituel, pas le satellite, de sorte que la réception serait au mieux chaotique. Ce qui ne m'avait pas amusé.

— Tu l'as fait exprès, avais-je râlé.

— Non, vraiment pas, avait-il répondu en riant. Mais s'il te plaît, ne t'inquiète pas. Je suis sous ta protection. Qui oserait me toucher ?

Je n'étais pas rassuré. Je n'avais pas été en mesure de lui parler depuis. Je n'étais pas réellement inquiet – plus ennuyé qu'il n'ait pas été plus prudent –, mais je n'avais même pas le temps de m'en faire correctement, car tout tourbillonnait autour de moi. J'avais la chance qu'un nouveau *Semel* n'accueille pas la Fête de la vallée avant sa seconde année de règne. J'aurais été royalement mal barré puisqu'elle aurait lieu dans à peine trois semaines. Comment était-ce possible qu'on soit déjà en juillet ? Je n'en avais aucune idée.

— Elham, dit Ebere, en se levant lorsque j'entrai dans la pièce.

Je ne savais toujours pas ce qu'elle faisait à Sobek. Peut-être était-il temps de le découvrir.

— Quoi ? répondis-je sèchement, ayant l'impression de prendre une conversation déjà en cours.

— Nous n'avons toujours pas parlé de lui.

— Premièrement, que diable fais-tu à Sobek ? Le Caire est soudainement devenu trop ennuyeux pour toi ?

— J'allais y venir.

Elle était contrariée, mais tenta de ne pas me laisser l'entendre dans sa voix.

— Et non, j'aime Le Caire. Je suis venue te parler d'Elham. Je…

— Qu'as-tu fait de tes enfants ? Tu les as bazardés quelque part ?

Elle me fusilla du regard.

— Mes enfants sont en sécurité avec ma mère et leur tante, Maître. Merci de t'en inquiéter.

— Alors de quoi veux-tu me parler ? grommelai-je. Tu n'as pas voulu m'informer de quoi que ce soit depuis ton arrivée.

— Je sais, je suis désolée.

— Et maintenant, tu veux parler du frère de ton défunt mari ?

— Oui. S'il te plaît.

— Pourquoi voudrais-je parler de lui ?

— Parce que nous le devons.

— Pourquoi ? grondai-je.

Nous étions devenus amis six mois après mon arrivée alors, seuls, derrière des portes closes, je pouvais la traiter comme je le voulais. Elle était la compagne du dernier *Semel*, sa *yareah*, et je l'avais sauvée de la perte de tous statuts après avoir tué son compagnon dans la fosse. En faisait d'elle ma *mastaba*, la maîtresse de ma maisonnée, je l'avais placée, elle et ses enfants, sous ma protection. Si jamais je n'avais pas de descendance, la sienne serait mes héritiers. Et même si elle avait deux filles et qu'aucune d'elles ne pouvait être *semel-aten*, celui qui serait nommé après moi leur devrait protection en tant que ma progéniture. Tout était en ordre et j'aimais cela. Tout comme elle. Mais maintenant, il y avait un problème, un dont elle était de toute évidence prête à discuter.

— Parce qu'Elham était le frère d'Ammon, dit-elle. S'il combat Crane dans la fosse et le vainc, il deviendra ton *maahes* et pourra me réclamer de pleins droits. Tu ne pourras pas refuser, sa lignée lui donne la priorité.

— C'est barbant de parler de vieilles histoires que je connais déjà, rétorquai-je.

— Tu ne prends pas tout cela au sérieux, répliqua-t-elle à la volée. Où est ton *sylvan* ? Il doit te conseiller.

— Je n'ai pas besoin de mon…

— Elham va devenir ton *maahes* et me prendre à toi s'il bat Crane Adams dans la fosse.

— Crane peut le battre, la contrai-je en rejetant ses préoccupations tandis que je m'avançais vers l'énorme monstruosité de bureau qui était compris dans le job de *semel-aten*.

Il était sculpté à la main dans un bois disparu qui avait sûrement dû ombrager un joli petit ruisseau quelque part.

— Ce n'est pas simplement une épreuve de force dans la fosse, tu sais.

Mes yeux se posèrent sur elle.

— Tu vois, poursuivit-elle en levant les mains en l'air. Tu n'as aucune idée de…

Un coup sur la porte l'interrompit.

Je grognai puis criai à la personne d'entrer.

La porte s'ouvrit et Kabore Nour pénétra dans la pièce. C'était mon intendant, responsable de la villa et de mon personnel privé. J'avais le sentiment qu'il ne m'approuvait pas, bien que ça n'ait certainement rien à voir avec le fait que je sois gay. Il aimait beaucoup Yuri, mais là encore, tout le monde le faisait.

— Oui.

J'étais irritable.

— Vous avez un visiteur, Maître. Koren Church du Nevada. Il requiert une audience.

La cerise sur le gâteau de la semaine. Koren.

— Fais-le entrer.

Fut un temps où mon cœur se serait retourné à la nouvelle que Koren Church était quelque part près de moi. J'avais été follement, éperdument, désespérément amoureux de lui et notre relation en dents de scie n'avait fait qu'ajouter de l'huile sur le feu. J'avais voulu de lui, mais je n'avais pu l'avoir, il avait voulu de moi, mais notre timing avait été mauvais, ça avait tourné en rond. Nous étions stupides, égocentriques, chacun de nous voulant que l'autre cède. La dernière fois qu'il était parti avait failli me tuer. Mon cœur avait été trop lacéré et la jalousie qui me rongeait n'en valait pas la peine. On ne pouvait pas éternellement se demander si la personne qu'on aimait nous aimait en retour. À un moment, il fallait savoir et s'en contenter.

Je me levai lorsqu'il entra.

Il s'arrêta sur le pas de la porte. L'homme était toujours agréable à regarder. D'épais cheveux blonds courts, des yeux d'un vert olive profond, des rides de rire, un long nez droit aquilin, des lèvres pleines, une peau dorée, des mouvements gracieux… rien ne manquait dans cette beauté.

J'ouvris la bouche pour le saluer lorsque Samani Baro, *hathen* de ma maisonnée, se glissa devant lui dans la pièce.

— Je dois vous parler, dit-elle rapidement.

À cet instant, je vis les yeux de Koren parcourir cette superbe femme – il aimait ce qu'il voyait.

Parfois, la vie vous donnait des rappels que personne d'autre n'avait besoin de savoir. Stupidement, pendant une seconde, mon cœur s'était ouvert, il était si bon de le revoir. Mais les mots étaient vides à présent que j'avais vu son intérêt pour quelqu'un d'autre. C'était aussi simple que ça. Quand j'étais dans une pièce, Yuri ne voyait personne d'autre que moi.

J'étais habitué à être ce qu'il y avait de plus important. Je ne renoncerais à ça pour rien au monde.

— J'étais… commença Koren.

— Attends, l'interrompis-je en me tournant vers Samani.

Absolument pas distraite par le bel homme parmi nous, elle était concentrée sur moi.

— Oui, Samani ?

— Le contingent de la tribu d'Aswanet m'a interdit de passer voir les concubines dans leurs quartiers. Votre *khatyu* doit enfoncer la porte pour entrer et rien ne peut être détruit dans votre maison sans votre permission.

Pourquoi devais-je être dérangé avec de telles conneries mondaines ? Ne savait-elle pas que je m'en foutais ?

Elle grimaça.

— Je sais que vous n'aimez pas vous occuper de ce genre de choses, mais votre *sekhem*, qui gère normalement ces demandes est absent. C'est la raison pour laquelle je devais venir vous voir.

— Que dit-il d'habitude ?

— Il dit de faire ce que je pense être le mieux.

— Ça me paraît un bon conseil. Fais ça.

— Ai-je votre permission pour agir en votre nom ? s'assura-t-elle.

— Tu l'as.

Elle fit mine de partir.

— Attends.

Ses yeux se reposèrent sur moi.

— Fais-moi savoir si les filles sont blessées.

— Bien sûr.

Elle me fit une rapide révérence, partagea un hochement de tête avec Ebere et partit.

Koren la regarda quitter la pièce.

— Je l'ai toujours appréciée, dit Ebere, jovialement. Elle manipulait toujours si bien Ammon. Il avait l'habitude de venir dans ma chambre en fulminant, car elle avait déjoué ses plans encore et encore.

— Ton compagnon se plaignait de ne pas pouvoir la mettre dans son lit ?

Elle inclina la tête avec un soupçon de sourire.

— C'est un miracle que tu ne l'aies pas tué toi-même.

Son regard croisa le mien.

— Je suis content que tu ne me détestes pas.

Elle fut catégorique.

— Il n'y a rien à détester.

Je me raclai la gorge.

— J'aime avoir Samani ici.

— Tu as été intelligent de l'élever au rang de *hathen*.

— Quelqu'un devait le faire et tu ne voulais rien avoir affaire avec le harem.

— Non, se moqua-t-elle.

— Excusez-moi.

Nous nous concentrâmes sur Koren.

— Tu as un harem ?

J'agitai les sourcils.

— Tous les *semel-atens* ont des harems. Tout le monde le sait.

Ebere instruisait Koren, la censure évidente dans sa voix.

— Je n'en ai pas, avouai-je.

— Non ?

Mon rire bref lui fit battre des cils avant qu'elle ne jette un regard à Koren.

— Qui êtes-vous, si je puis me permettre ?

Il s'avança, main tendue.

— Koren Church.

Elle accepta la main offerte.

— Oh, oui, je vois la ressemblance avec le *semel-netjer* à présent. Ravie de vous rencontrer.

— Vous connaissez Logan ?

— J'ai ce plaisir, oui, soupira-t-elle. Et de rencontrer son compagnon aussi. Votre tribu est bénie de les avoir.

— Nous le pensons.

— Quand Yuri doit-il rentrer ? demanda-t-elle, reportant son attention sur moi.

— Dans quelques jours.

— Où est-il encore parti ?

— Encore, répétai-je en poussant un soupir. Il est allé parler à un *Semel* pour moi.

— D'accord, mais où est-il allé spécifiquement ? Je ne te l'ai pas demandé et tu ne l'as pas dit.

— Tu aurais pu interroger Kabore.

— Ce serait inconvenant de ma part d'enquêter auprès de ton intendant quand je peux te poser la question.

— Il est parti à Ipsis rencontrer le *Semel* et les *djehus*.

— Pour ?

— Le *Semel* de la tribu de Tegeret…

— Ehivet Milar, c'est ça ?

— Son fils a disparu.

Elle plissa les yeux.

— Si le fils d'Ehivet a disparu, pourquoi diable Yuri serait-il impliqué ? Et pourquoi se rendre à Ipsis ? Il devrait aller à Minya où…

— Ehivet a envoyé son fils à Ipsis.

— Quelque chose m'échappe.

— Lui et le *Semel* de la tribu de Feran ont une alliance avec leurs enfants.

— *Oh,* je vois.

— Il doit aussi parler aux deux *djehus* de Tarek. Ils ont un conflit territorial ou quelque chose comme ça. Les catacombes y jouent un rôle.

Sa respiration s'accéléra d'enthousiasme, ce qui me surprit.

— Va-t-il visiter les catacombes pendant qu'il y est ?

— Je pense, oui. Pourquoi ?

— Oh, j'ai toujours voulu visiter la grande caverne, mais Ammon n'a jamais voulu m'y emmener.

— Pourquoi ? demandai-je, instantanément sur la défensive. Est-ce dangereux ?

— Non, bien au contraire. De ce que j'ai compris, les catacombes sont magnifiques et tout à fait sûres.

— Alors pourquoi ?

— Ammon disait que tant que cette vendetta n'aurait pas pris fin, il n'honorerait pas le *Semel* de sa présence ou de la mienne. Il pensait que… oh, je ne me rappelle plus son nom…

— Hakkan Tarek.

Elle sembla soulagée.

— Oui, Tarek. Il estimait qu'en tant que *semel*, il devait discipliner sa tribu et prendre les choses en main.

— Je déteste être d'accord avec un tyran assoiffé de pouvoir, mais, oui, Hakkan Tarek doit envoyer son *sheseru* et ses *khatyus* chez chaque *djehu*, les ramener chez lui et tout le monde y reste jusqu'à ce que les choses soient arrangées ou il se contente de les exécuter et repart à zéro.

— Domin !

— Quoi ? C'est vrai, insistai-je.

— Tu dois comprendre les problèmes, pas négocier de la pointe d'un couteau.

— Je pense que tu oublies quelque chose. Il n'y aurait pas de négociations.

— Ce sont deux groupes distincts, fit-elle remarquer. Ils doivent apprendre à coexister.

— Ce sont des panthères, ils doivent passer à autre chose.

— Tu te rends compte que tu ne parles pas seulement d'Ipsis, n'est-ce pas ? Ce scénario est valable pour le monde entier. Pourquoi les gens ne peuvent-ils pas s'entendre ? Ils sont tous humains.

Je secouai la tête.

— Ce n'est pas la même chose.

— Bien sûr que si.

— Les panthères doivent suivre les lois. Nous sommes tous liés à notre *Semel* et nos tribus. Le *Semel* a fait une erreur en autorisant ces deux factions à coexister au sein de sa tribu. Il a aggravé son erreur en leur permettant d'élire l'un des leurs pour adresser leurs plaintes.

— Oui, mais ils ont tous dû apprendre à s'entendre au sein de ce qu'ils avaient construit.

— C'est des conneries. Si Yuri revient et me dit que ces deux *djehus* sont déraisonnables, j'irai chercher ces hommes, les ferai asseoir et en discuter. Si ça ne marche pas, eh bien, je prendrai des sanctions.

Elle me lança un regard noir.

— Quoi ?

— Les choses ne sont pas si simples, tenta-t-elle de m'impressionner.

— Parfois, elles le sont, répliquai-je, puis quelque chose me traversa l'esprit. Alors Ammon était conscient de ces problèmes ?

— Oui.

— Donc ça dure depuis longtemps.

— Les luttes entre ces deux groupes sont permanentes. Tout le monde sait que la tribu elle-même a un conflit interne, des troubles civils. Mais le *Semel* n'a jamais contacté Ammon.

— Il ne l'a pas contacté aujourd'hui non plus, c'est Ehivet Milar qui n'a aucune nouvelle de son fils, qui m'a contacté. Si Hakkan Tarek voulait que personne ne mette son nez dans ses affaires, il aurait dû renvoyer le garçon à son père.

— Peut-être y a-t-il une raison à son silence.

— Eh bien, Yuri le découvrira ou l'a déjà fait. Il me fera un rapport complet dès qu'il rentrera.

Elle eut l'air triste.

— Pourquoi fais-tu cette grimace ?

— Oh, ce n'est rien. Je… j'aurais aimé savoir que Yuri allait là-bas. J'aurais adoré l'accompagner voir les catacombes.

— Tu pourras y aller dès que nous saurons ce qui se passe, ricanai-je. J'enverrai une délégation avec toi pour te protéger.

— Peut-être la prochaine fois que je te rendrai visite, dit-elle, les yeux chaleureux tandis qu'elle m'étudiait. Combien d'hommes enverras-tu avec moi ? Le même nombre que tu as envoyé avec Yuri ?

Elle plaisantait, mais sa question me fit réaliser que je n'avais aucune idée de la réponse à donner.

— Domin ?

Pourquoi ne le savais-je pas ?

— Combien d'hommes as-tu envoyés avec Yuri ?

Je n'en avais aucune idée.

— Je ne suis pas sûr, en dehors de Constantine. Il est le seul que Yuri ait mentionné.

— Il est donc possible que ton compagnon soit parti avec un seul de tes *khatyus*.

— C'est le capitaine de la garde.

Elle m'étudia du regard.

— Tu ne sais vraiment pas qui est parti avec ton compagnon ?

Je ne le savais jamais. Yuri prenait soin de lui-même. Bien sûr, il avait été *sheseru*, il savait ce qu'il devait faire pour se protéger. N'est-ce pas ?

— Yuri n'a pas besoin que je le dorlote, que je le contredise ou que je supervise ses préparatifs.

Elle fronça les sourcils.

— Tu es vraiment sur la défensive, je ne suis pas en train de t'attaquer.

— Je…

— Je te demande pardon, mais si. Cet homme est ton compagnon, le compagnon du *semel-aten*. Il ne fait plus rien seul. Tu es responsable de lui, tu fais les lois, il les suit.

Mais j'avais regardé Logan s'en prendre à Jin et Logan ne gagnait jamais.

— Un *Semel* ne devrait pas diriger son compagnon. Il devrait…

36

— Un *semel* devrait parler à son compagnon et prendre des décisions ensemble, oui, mais le compagnon d'un *semel* est précieux, il devrait être traité comme tel.

— Je le sais.

Elle ne parut pas convaincue.

— Tu traites Yuri comme je te soupçonne de l'avoir toujours fait. Tu ne lui poses aucune limite.

— Je veux qu'il sache qu'il a sa liberté.

— À quel prix ?

— Aucun prix, répondis-je d'un ton sec. Il est en sécurité, je sais qu'il l'est, et si son foutu téléphone captait, je te le prouverais.

— Je pensais qu'il avait un téléphone satellite ?

— Il en a un.

— Alors pourquoi ne fonctionne-t-il pas ?

— C'est... peu importe.

Ses yeux s'écarquillèrent.

— L'a-t-il égaré ou...

— Il a pris le mauvais.

— Et tu n'as pas insisté pour qu'il revienne chercher le bon ?

— Non, bien sûr que non.

— Pourquoi ?

— Parce qu'il était déjà... Pourquoi cet interrogatoire ? criai-je presque.

— Parce que même si Ammon était un monstre, il était bien plus possessif envers moi que tu ne l'es envers Yuri. Il ne m'a jamais aimée et pourtant, il prenait beaucoup plus soin de ma sécurité que tu ne prends soin de celle de Yuri.

— Ce n'est pas vrai.

— Si, ça l'est. Tu penses que parce que Yuri est un homme, les mêmes contraintes ne sont pas nécessaires pour lui, mais tu as tort. Ton compagnon est la plus précieuse de tes possessions, toutes les protections doivent être prises, tout le temps. Il ne dit pas, *tu* dis ! Tu es le *Semel*, il est le compagnon.

Mais encore une fois, j'avais vu Logan et Jin se mener une guerre incessante : Logan campant sur ses positions, Jin repoussant les limites. Je ne voulais pas avoir les mêmes confrontations avec Yuri, surtout car je voulais qu'il soit mon ami, pas seulement mon compagnon.

— Pense à ce que j'ai dit. Je ne voudrais pas que tu aies des regrets.

— Je le ferai, promis-je.

— Domin ? renchérit Koren de là où il se tenait, toujours près de la porte. Tu n'es pas vraiment inquiet pour Yuri, n'est-ce pas ? À quelle distance se trouve Ipsis ?

— Dix heures, répondis-je sans quitter Ebere des yeux, répétant ce que mon compagnon m'avait expliqué.

— Tu peux toujours faire en sorte que Jamal envoie les membres du *Shu* après lui, maintenant qu'ils sont sous ton commandement, suggéra-t-elle.

— Oui, en convins-je.

— Tu contrôles le *Shu* ?

Koren paraissait surpris.

Je lui jetai un coup d'œil, interrompant mon duel visuel avec Ebere.

— Oui. Mais je n'ai pas à demander au prêtre de les envoyer, comme les autres *semel-atens* devaient le faire. Je peux le faire moi-même.

— Comment ? s'enquit-il en se rapprochant de moi.

— Lorsque Asdiel Kovo a dissous le conseil d'Ennead, le *Shu* est devenu mien.

— Tu m'as perdu.

— Le *phocal* a annoncé à tous que le *Shu* ne serait plus gardien du temple Satis, mais me protégerait à la place.

— Pourquoi ? voulut savoir Koren.

— J'ai permis à Jamal de décider qui, il pensait avoir le plus de valeur, moi ou le nouveau prêtre.

Ebere soupira.

— Je me souviens avoir pensé à l'époque que c'était très intelligent.

— Le commandant en second du *Shu*, Shahid Alon, n'a rien voulu savoir.

— Oh, oui, acquiesça-t-elle. Je m'en rappelle. Il disait que c'était une erreur que le *Shu* abandonne son devoir sacré de protéger le prêtre en ta faveur.

— Tout à fait son discours, dis-je de manière sarcastique. Qui aurait dit qu'il était aussi dévoué ?

— Oh, il n'était pas dévoué, ricana-t-elle, brisant la tension d'il y a quelques instants. Ou il n'aurait jamais été dans ton lit.

— Qui était dans ton lit ? voulut savoir Koren.

— C'était il y a des siècles, me moquai-je de ma *mastaba*.

— Et pourtant, il a trouvé que le prêtre le méritait plus que toi.

— Il pensait le prêtre sacré et moi profane.

— Avec qui as-tu couché ? demanda Koren d'une voix plus forte.

— Ce qui est drôle, considérant le fait que tu es devenu *semel-aten* grâce à un *sepat* mandaté par l'ancien prêtre, se dit-elle. Et Kovo est devenu le nouveau prêtre juste après qu'il a dissous le conseil d'Ennead, le même conseil qui avait voté pour lui.

— Jamais je ne les aurais dissous.

— Mais ils ne le savaient pas. Ils pensaient que tu étais le diable.

— Pourtant l'ancien prêtre, Hamid Shamon, avait confiance en moi et m'appréciait.

— Ce qui tend à prouver que les gens craignent vraiment ce qu'ils ne connaissent pas. Je veux dire, le conseil a fait confiance à Asdiel au lieu de toi et il les a destitués du temple, les a laissés pourrir dehors, nus. Il disait que ce n'était que des vieillards inutiles.

— Tu ne sais pas ce qu'il a dit, me moquai-je.

— Si. Je me suis longuement entretenue avec chacun des neuf et ils ont tous dit la même chose. Asdiel pensait qu'ils devaient être mis dans la tombe en même temps qu'Hamid Shamon quand il est mort. Il a décrété qu'ils ne conseilleraient jamais un autre prêtre.

— Ils ne le feront pas, acquiesçai-je. À présent, ils conseillent mon nouveau *sylvan*.

— Oui, sacré exploit.

— Que veux-tu dire ?

— Tu as accepté chez toi le conseil d'Ennead, les hommes qui t'appelaient le profanateur. Tu leur as donné un abri, alors même que Jamal commençait à avoir des doutes quant à être gardien du nouveau prêtre.

— Peut-être.

— Pas peut-être – c'était ton plan.

— Tu me donnes beaucoup trop de crédit.

— Je ne crois pas, murmura-t-elle. Tu es très intelligent, Maître. J'ai entendu dire que tu avais rencontré Asdiel Kovo et juré que tant que le conseil serait toujours à Satis avec lui, il ne détiendrait jamais le pouvoir seul et que tu ne le craindrais jamais vraiment.

— J'ai dit ça ? Moi ?

— Oui, toi, Maître, gloussa-t-elle.

— Hum.

— Et quand Kovo a trahi son propre conseil comme le chacal qu'il est, tu étais là pour ces vieux hommes.

— Eh bien, c'était gentil de ma part, pas vrai ?

— Oui, ça l'était. À présent, ils enseignent dans le forum, travaillent pour la grande bibliothèque et conseillent ton *sylvan* dans tous les domaines de loi. Il a ces hommes avec toutes leurs années de connaissance à sa disposition, il les appelle par leurs prénoms et ces mêmes hommes s'adressent à lui en tant que maître.

— C'est ce que j'ai entendu dire.

— Tu as donné à chacun d'eux un foyer et un nouveau but. Je ne les ai pas vus si heureux depuis des années.

Je haussai les épaules, car ça avait été l'idée de Mikhail, son fait.

— De qui parlez-vous ? aboya Koren. Avec qui as-tu couché ?

Il continuerait de poser la question jusqu'à ce que je lui réponde. Je le savais, je le connaissais.

— Pourquoi te soucies – tu de quelque chose qui…

— Shahid Alon, répondit Ebere. L'une des nombreuses conquêtes de Domin Thorne.

— Oh, je me souviens que tu m'en as parlé… je pensais que c'était une nouvelle… murmura Koren.

Ebere fit la moue.

— Non. À la différence de l'ancien *semel-aten*, notre nouveau maître ne couche qu'avec son compagnon.

— À vous entendre, on dirait que c'est très important.

— C'est une qualité plus grande que vous ne le pensez, répondit-elle sérieusement. La loyauté ne doit jamais être sous-estimée.

— Et j'ai besoin de l'estime de chacun maintenant que le nouveau prêtre veut ma peau.

— Tu devrais prendre sa vendetta plus sérieusement, me prévint-elle.

Je levai les yeux au ciel.

— Comme si ce qu'il faisait m'importait. Le prêtre n'a rien à dire sur rien et il est sans ressources puisqu'il a été banni de son ancienne tribu.

— J'ai été surprise quand son frère l'a dénoncé.

— Pas moi, répondis-je malicieusement. Il m'a déclaré une guerre ouverte. Son frère, Selem, chef de la tribu de Dosret a envoyé son *maahes* parler avec Crane. Selem voulait s'assurer que nous savions que les sentiments de son frère n'étaient pas les siens. Il ne voulait pas que lui ou sa tribu soit peint avec le même pinceau de la trahison.

— Quelle tristesse d'être abandonné par sa famille.

— C'est ce que font les vrais *semels*, non ?

— Je ne sais pas, répondit-elle d'un air pensif. Un vrai *Semel* place-t-il sa tribu avant tout et tout le monde ?

— Oui.

— Alors tu dis que Selem n'avait pas le choix ?

— Oui.

Koren s'immisça dans la conversation.

— Parfois, je me pose des questions sur le rôle d'un *Semel*.

— Que veux-tu dire ?

Mon ton fut plus tranchant que lorsque je parlais à Ebere.

— Un *Semel* qui aime son compagnon ferait-il passer sa tribu en premier ?

— Je crois, oui. Un bon du moins.

Il eut un petit sourire satisfait.

— Dans ce cas, la tribu de Rahotep l'emporte sur Yuri.

Même le son des mots parut faux.

— Eh bien ? insista-t-il.

— Crois-tu que je le ferais ?

— Oui, répondit-il. Je le pense.

Ebere intervint.

— Je ne crois pas. Je crois que Yuri passe en premier, puis la tribu.

— Ce n'est pas propre aux vrais *semels*, répliqua Koren, catégorique. Un vrai *semel* place toujours les besoins de l'ensemble en premier avant ceux de quelques-uns ou un seul.

Je restai calme lorsque ses yeux croisèrent les miens.

— Je pense que tu ferais ce qu'il y a de mieux pour la tribu, Domin.

— Pourquoi ai-je l'impression que ce n'est pas un compliment ?

— Je pense que tout vrai *Semel* le ferait. Même Logan.

— Tu crois que Logan, s'il devait venir à devoir choisir entre sa *reah* et sa tribu, choisirait sa tribu ?

— Oui.

Il sembla très sûr de lui.

— Pourquoi ?

— Parce que s'il choisit Jin, il lui faudrait voir la déception sur le visage de Jin pour le restant de sa vie, il saurait qu'il a déçu sa *reah*. Je pense que si la situation dégénérait, Logan choisirait sa tribu.

— Je crois que tu as tort.

— Si Dieu le veut, nous ne le saurons jamais, conclut Ebere, avant que ses yeux n'étincellent légèrement. Dîneras-tu avec moi plus tard ?

41

— Bien sûr.

— Bien.

Elle sourit en s'avançant vers mes bras ouverts, venant me donner un baiser avant de prendre congé, adressant un petit signe de la tête à Koren, comme elle le faisait toujours. La première fois que les domestiques l'avaient vue faire, ils avaient été abasourdis. Apparemment, elle me montrait beaucoup plus d'affection qu'elle n'en avait jamais montré à son compagnon, l'ancien *semel-aten*.

Lorsqu'Ebere sortit, Samani revint, les deux femmes se serrant les mains en se croisant.

— Quoi ? marmonnai-je, assis sur le bord de mon bureau tandis qu'elle se plaçait devant moi.

— Rien, je voulais seulement vous dire que tout le monde va bien. Le fils d'un *Semel* pense qu'il est amoureux et tentait de faire sortir Salome en douce de la villa.

— Laquelle est-ce, Salome ?

— Celle avec les boucles noires et les yeux verts, me rafraîchit-elle la mémoire.

Je ne me souvenais pas d'elle, mais ce n'était pas surprenant. Je n'avais rencontré le harem qu'une seule fois.

— Veut-elle partir ?

— Qui ?

— La fille, euh… m'interrompis-je puis je claquai des doigts. Salome. Veut-elle partir ?

— Eh bien, oui, mais…

— Alors, laisse-la s'en aller, ajoutai-je rapidement. Si le fils du *Semel* la veut, si elle veut y aller et que c'est d'accord avec le *Semel*, laisse-la partir. J'essaye de dégrossir le harem, tu te souviens ?

— Bien sûr, je m'en souviens, mais…

— S'il n'y a plus de harem, tu n'auras pas à être ici et tu pourras vivre ta vie hors de cet enfer. N'est-ce pas ce que tu veux ?

— Je…

— N'est-ce pas ? insistai-je.

— Je… vous… commença-t-elle. Ce n'est pas un enfer. Nous vivons dans le luxe et je…

— Domin, prononça Mikhail d'un ton sec en entrant. J'ai besoin de toi dans la cour, immédiatement.

— Je suis en train de lui parler, s'indigna Samani, sa voix s'élevant tandis qu'elle fusillait Mikhail du regard.

— Suis-je invisible ? cria Koren en levant les bras au ciel.

— Ton problème est-il une question de vie ou de mort ? demanda d'un ton grinçant Mikhail.

— Je…

— Un simple oui ou non suffira.

— Non, mais…

— Très bien alors.

Ses yeux se posèrent rapidement sur moi.

— J'ai besoin de toi dans la cour, *maintenant*.

— Pourquoi ?

— Je punissais ceux qui s'étaient opposés à moi et plusieurs autres m'ont défié. Tu dois venir en tant que témoin.

Mon estomac se contracta.

— Mikhail.

— Contente-toi de venir, dit-il en se dirigeant vers la porte et apercevant Koren. Que fais-tu ici ?

— C'est comme ça que tu m'accueilles ? s'indigna Koren en fronçant les sourcils vers mon *sylvan*. Tu n'es pas heureux de me voir ?

— Pourquoi diable serais-je heureux de te revoir ? grogna Mikhail en se ruant vers la porte.

— Depuis quand me déteste-t-il ? demanda Koren, complètement perdu.

Je ricanai.

— Il t'a toujours détesté.

— Vraiment ?

Je lui adressai un signe de tête condescendant.

Samani courut après Mikhail, l'attrapant par le bras avant qu'il n'atteigne la porte. Il s'arrêta et leurs regards se croisèrent.

— Un *sylvan* ne combat pas dans la fosse. Tu as des champions pour cela, insista-t-elle.

— Je fais mes propres combats, répondit Mikhail entre ses dents serrées.

L'animosité entre eux était palpable depuis le premier jour. Ils étaient comme l'eau et l'huile – aucun mélange possible. Cette haine m'amusait, mais Yuri me disait que j'avais tort, que ce que je voyais comme froid et glacial était tout autre.

— Tu ne le devrais pas. Et si...

— Tout se passera bien, murmura-t-il en libérant son bras afin de se diriger vers la porte.

Elle se glissa devant lui, coupant court à sa fuite.

— Tu ne peux pas.

— Il le faut, insista-t-il gentiment, mais fermement.

Elle leva la main vers son visage avant de s'immobiliser puis de la rabaisser.

— Je ne le supporterais pas.

— Ne regarde pas, riposta-t-il en la contournant.

— Tu devrais faire attention ! cria-t-elle.

Il s'arrêta à nouveau, penchant la tête en arrière, comme si elle était simplement épuisante.

— Tu devrais te mêler de tes affaires.

Elle fulmina lorsqu'il quitta la pièce.

— Samani ?

— Cet homme !

Sa colère me fit sursauter tandis qu'elle rejoignait la porte au pas de charge, prenant de la vitesse comme si elle allait le suivre.

— Pourquoi doit-il toujours prouver quelque chose ?

Habituellement, elle était imperturbable. Je ne savais même pas qu'elle *pouvait* se mettre en colère. Cette franche hostilité n'était réellement que dirigée vers Mikhail.

— Samani ? répétai-je.

Lorsqu'elle me fit face, je vis que ses lèvres étaient pincées, que ses beaux yeux couleur teck étaient cerclés de rouge, emplis de larmes contenues, et que ses mains étaient serrées en poings.

— Pourquoi ne peut-il pas renoncer ? Pourquoi ne peut-il pas... laisser tomber ?

Bonté divine, j'étais si aveugle.

— Tu le veux, murmurai-je, totalement estomaqué.

Elle retint son souffle.

— Plus que tout au monde.

Je faillis en tomber à la renverse. J'avais complètement loupé cela.

— Veut-il de toi ?

Elle commença à pleurer.

— Oui !

J'avais vraiment besoin que Yuri soit là pour gérer ce...

— Mais il veut que je voie le monde et que je complète l'éducation qu'on ne m'a pas autorisé à finir à cause de la dette de mon père. Il déteste que je sois votre *hathen*. Il veut de moi, mais il ne permettra pas que je m'installe ici.

Je fis un geste en direction de la porte.

— En quoi est-ce un problème ?

— Dites-le-lui, pas à moi ! se plaignit-elle amèrement.

— Voilà pourquoi tu ne laisseras pas ces filles…

— Je dois aller voir ce qu'il fait, me coupa-t-elle d'une voix rauque, se précipitant hors de la pièce sans ma permission.

Je courus derrière elle et la vis remonter le couloir à toute vitesse. La suivant rapidement, il me fallut une minute pour me rendre compte que Koren courait près de moi.

— Ta maisonnée est vraiment passionnante, me taquina-t-il.

— Tu n'en sais pas la moitié, marmonnai-je.

Parce que j'étais en mouvement, brusquement tout le monde l'était aussi. Il y avait des gardes, qui me dégageaient le passage et Kabore sprintait à mes côtés.

— Où allons-nous, Maître ? demanda-t-il d'une voix agréable alors même qu'il courait.

— On suit Samani et Mikhail.

— Excellent, répondit-il comme si tout était parfaitement normal.

Des papyrus luxuriants et des cassiers bordaient les deux côtés de la cour d'honneur, l'ombrageant du soleil d'après-midi. Lorsque je l'atteignis, je vis Mikhail à une extrémité et un autre homme à une quinzaine de mètres de là. Taj était derrière mon *sylvan*, qui ôtait ses vêtements.

— Attendez ! hurlai-je du haut des marches qui menaient à la cour pavée.

Samani se trouvait sur le premier palier, penchée sur la balustrade, en pleurs.

— S'il te plaît !

— J'ai dit non ! aboya Mikhail.

Je m'arrêtai près d'elle et posai ma main sur son dos.

— Que se passe-t-il ?

Elle tremblait.

— Il m'a interdit d'y aller. Il peut m'ordonner de rester, car une *hathen* est au-dessous d'un *sylvan* et…

— Je te donne la permission.

Elle se déplaça rapidement, me contourna et vola en bas des marches. Je me penchai sur le côté pour observer sa descente.

— L'aimes-tu ? lui criai-je.

— Vous n'en avez pas idée, répondit-elle tandis qu'elle arrivait en bas et courait vers lui.

Mon *sylvan* pivota et Samani se figea, chaque partie de son corps tremblant, je pouvais le dire, il lui hurla de bouger, de venir près de lui.

— Mikhail, connard ! criai-je. Quand allais-tu me le dire, bordel ?

Tous les yeux se posèrent sur moi, tous.

— Ce n'était pas les affaires de mon *Semel* et elles ne les sont toujours pas, m'assura-t-il en arrachant sa chemise, la jetant à Taj et s'attaquant à sa ceinture.

— Qui est l'adversaire ? demandai-je en descendant l'escalier, Kabore me suivant de près.

Les gardes empêchèrent Koren de m'emboîter le pas.

— Traore Uago, l'ancien *sylvan* d'Ammon.

Je ne pus voir Mikhail quelques secondes lorsque je descendis l'escalier en colimaçon avant d'arriver sur le sol sablonneux, mais je l'entendais alors je me dirigeai vers l'endroit où il se tenait avec mon *sheseru*.

— Taj.

Il m'accorda son attention.

— Amène l'ancien *sylvan* et son second ici.

Alors qu'il s'éloignait, je vis les yeux de Mikhail se poser sur Samani. Elle leva son menton tremblant.

— Réclame-la maintenant et je la dépouillerai de sa position d'*hathen*. Elle sera ta compagne désignée, sans autre devoir. J'accomplirai le rituel d'union lorsque Yuri rentrera, puisqu'un *Semel* doit être assisté de son compagnon pour effectuer le rituel. Comme le dit la loi.

— Non, grimaça Samani, ses yeux humides suppliants. J'ai mon mot à dire.

— Marché conclu, dit Mikhail en lui tendant la main. Viens et sois mienne.

Elle était déchirée. Si elle acceptait sa rétrogradation, elle serait la compagne désignée de Mikhail et personne d'autre que lui n'aurait de domination sur elle. Mais… elle allait devoir faire ce qu'il lui dirait, suivre quelle que soit la mission établie. La plupart des femmes n'acceptaient plus le rôle de promise, car cela donnait le droit à leur promis d'agir à leur guise avec elles. En temps normal, seules celles épousant un *Semel* acceptaient le rituel d'union – elles étaient déjà liées à lui en étant membre de sa tribu ou en étant sa promise.

— Samani, dit Mikhail, et je vis ses yeux s'adoucir d'une façon que je n'aurais jamais crue possible.

Je n'avais aucune idée que son regard pouvait fondre à la vue d'une autre personne.

Elle se jeta dans ses bras et il la tint serrée contre son cœur. Ils étaient beaux ensemble ; la peau sombre de Samani comparée à la teinte claire de Mikhail créait un magnifique contraste. La manière dont il la tenait comme si elle était une petite chose fragile et précieuse me plaisait. J'aimais voir le cœur de Mikhail battre à l'air libre, j'appréciais sa vulnérabilité alors qu'il enfouissait son visage dans les cheveux de la femme qu'il aimait. J'aurais aimé que Yuri soit là pour le voir.

— Tu m'appartiens désormais, lui assura-t-il. Tu auras la vie qu'Ammon El Masry t'a prise quand ton père t'a vendue à lui.

Je connaissais cette partie de l'histoire, car elle l'avait partagée avec moi. Son père avait remboursé ses dettes de jeu avec le *semel-aten* en vendant sa fille. Elle étudiait à l'étranger quand brusquement sa vie de panthère avait interféré avec sa vie humaine et elle était venue vivre dans la maisonnée du *semel-aten*, s'attendant à faire partie du harem et servir non seulement Ammon El Masry, mais aussi ses invités.

— Tu ne comprends pas, pleura-t-elle. Je ne veux que toi, ignorant.

Il se mit à rire doucement tandis qu'elle enroulait ses bras autour de son cou et s'accrochait à lui comme si sa vie en dépendait.

Je jetai les mains en l'air.

— Je rate tout.

J'aperçus Koren ricaner tandis que Taj me ramenait Traore Uago et son second. Chacun d'eux semblant prêt pour le défi.

— Mon *sylvan* ne va pas se battre aujourd'hui, annonçai-je. Je vais le faire.

De nombreux halètements se firent entendre dans l'assistance, la tête de Mikhail se redressa brusquement, tout le monde commençant à crier en même temps.

— Silence ! rugit Taj et la cour, à présent remplie d'une centaine de personnes, devint silencieuse et immobile. Mon *Semel* plaisante. *Je* me battrai aujourd'hui.

Même si j'aurais vraiment aimé démanteler l'ancien *sylvan* d'Ammon, ce n'était pas ma place. Je m'inclinai devant Taj qui s'avança et commença à se déshabiller.

Traore Uago cavala vers moi.

— Maître, débuta le *sylvan* rétrogradé, la main sur le cœur. J'ai été fou d'accepter un tel défi…

— Oui, le remis-je en place du regard. Donc, Traore Uago, voulez-vous réellement continuer votre rébellion ou jurerez-vous allégeance à mon *sylvan* et nous n'entendrons plus parler d'irrespects déguisés en retard ?

Il me fixa et je soutins son regard jusqu'à ce qu'il baisse les yeux au sol.

— Pardonnez-moi, mon *Semel*.

— Maître, corrigeai-je.

— Maître. Je vous en prie, j'implore votre pardon.

— Accordé, dis-je d'un air ennuyé, inclinant la tête vers mon *sylvan*. Maintenant, implore le sien.

Mikhail se tourna pour faire face à l'homme, mais je remarquai qu'il ne lâcha pas la main de Samani.

— Depuis quand Mikhail a-t-il une petite amie ?

Koren était abasourdi et quand je lui lançai un regard en coin, je vis que Jamal était présent, lui aussi. Le *phocal* savait qui était Logan et s'était probablement assuré que mes hommes sachent que le frère du *semel-netjer* n'était pas une menace.

— Et s'il avait tenté de me tuer ? demandai-je à Jamal en agitant la main vers Koren.

— Il serait mort avant d'atteindre son arme, Maître.

— Si tu le dis, grommelai-je.

Un soupir lui échappa rapidement, car il comprit que je le charriais. Il lui avait fallu un certain temps pour comprendre les taquineries et le sarcasme, mais à présent ça allait.

— Domin…

— Non, coupai-je Koren. Ne te permets pas de me parler comme si nous étions amis.

— Domin, je…

— Non, l'interrompis-je à nouveau avant de me tourner vers Kabore. Veille au confort de M. Church, donne-lui ses quartiers dans l'aile des invités. Je dîne seul avec ma *mastaba*.

— Oui, Maître.

— Domin…

Kabore informa mon ancien amant :

— On s'adresse au *semel-aten* en tant que Maître.

Je n'attendis pas d'entendre ce que répondait Koren.

III

EBERE ME regardait faire les cent pas.

— Mon propre compagnon me cache que mon *sylvan* et ma *hathen* sont amoureux !

Lorsque je me rendis compte qu'elle ne répondait pas, je me retournai pour lui faire face.

Elle tricotait.

— Qu'est-ce que tu fais ?

— Oh, c'est à moi que tu parles ?

Elle feignit la surprise.

— Tu vois quelqu'un d'autre ici ?

Son grognement transmit combien elle me trouvait ennuyeux.

— Ce n'est pas étonnant que ton ancien compagnon préférât la compagnie d'autres femmes si tu étais aussi intéressante quand vous étiez mariés.

Mais elle ne mordit pas à l'hameçon, elle ne fit que bâiller.

— Peut-être que ton compagnon voyage, car il a besoin de s'éloigner de ta compagnie.

Je plissai les yeux.

Elle haussa un sourcil avant de reporter son attention sur ce qu'elle faisait.

— Qu'est-ce que c'est ?

— Un bonnet pour le fils du *semel-netjer*, Ilia.

Je croisai les bras et baissai les yeux vers elle.

— C'est gentil de ta part. Je dois toujours envoyer un cadeau. Yuri voulait y aller, mais je lui ai demandé d'attendre que nous puissions faire le voyage ensemble à l'automne.

— Pourquoi ?

— Et s'il n'était pas revenu ?

Elle pouffa de rire.

— Cet homme ne te quitterait jamais de son plein gré.

— Il l'a fait ! aboyai-je. Il est parti à Ipsis !

— Oh, mon Dieu, je n'avais aucune idée qu'il te manquait autant.

— Il m'a quitté, répétai-je, aussi irascible que la première fois.

— Pour une mission diplomatique que lui seul pouvait entreprendre, dit-elle dans une tentative d'apaisement. Mais il a prévu de revenir aussi vite que possible. J'ai vu la façon dont il te regarde, il rentrera toujours aussi vite que possible.

Mon grondement fut bruyant tandis que je m'affalais sur une chaise en face d'elle.

— Ton compagnon était-il en colère que tu lui demandes d'attendre de voir le fils de Jin et Logan ?

Peut-être ; je n'étais pas sûr. Dernièrement, quand Yuri me parlait, je décrochais et me concentrais à la place sur sa peau mouchetée de taches de rousseur, le jeu des muscles de son dos, ou sa lèvre inférieure pleine qu'il mordillait parfois quand je suçais l'un de ses tétons ou quand je caressais…

— Ça semble absolument décadent.

Je sursautai.

— Quoi ?

— Ton gémissement ressemble à du sexe pour moi.

Je me renfrognai, ce qui la fit ricaner.

— Peux-tu me dire, s'il te plaît, comment Jin et Logan ont eu leur fils déjà ?

J'étais perdu.

— Je te demande pardon ?

— J'ai dû louper quelque chose à propos de l'enfant.

— À propos de…

— Comment ont-ils eu leur enfant ? Explique-moi.

— Qu'entends-tu par *comment* ?

— L'enfant est né quatre mois après leur retour de Mongolie. Comment ?

— Oh, eh bien, c'est simple. Le fils de Jin est l'enfant d'un *nekhene*, répondis-je d'un ton neutre. Comme on me l'a expliqué, le gène panthère dans son sang l'emporte sur tout le reste, du coup, la gestation n'était pas humaine, mais féline.

— Ce qui veut dire ?

— Comme tu le sais, la gestation moyenne d'un gros félin est de quatre-vingt-dix à quatre-vingt-seize jours. Pour un léopard, je pense que c'est cent un jours. Le fils de Jin est né trois mois après l'insémination de la mère porteuse.

— C'est incroyable, n'est-ce pas ?

— Ce le serait pour quiconque sauf pour Jin Church.

— Son ADN doit être quelque chose. Je suis sûre que tout scientifique dans le monde aimerait mettre la main sur lui.

Je ricanai.

— Comme si Logan allait permettre à Jin, son enfant ou la mère porteuse d'approcher de près ou de loin d'un hôpital humain.

— Je ne dis pas le contraire, c'est juste une observation.

— Je sais.

— C'est vrai ce qu'on dit sur le bébé ?

— De quoi ?

— Qu'il est né sous sa forme de panthère ?

— Oui.

— Aucun doute qu'il sera un *Semel* alors.

— Non, tout le monde dit qu'il n'a jamais vu quelque chose comme ça. Je veux dire, aucun de nous n'a jamais muté avant l'adolescence, mais le fils de Jin et Logan est né transformé.

— Le fils de Jin et Delphine, corrigea-t-elle.

— Ne te méprends pas, la mis-je en garde. La lignée de Logan mélangée avec celle de Jin... c'est leur enfant.

— Je sais, c'est juste... c'est... je ne peux pas imaginer.

— Je sais, acquiesçai-je. Apparemment, il a fallu que Logan tienne son fils pour qu'il se change en humain.

— Pas Jin ?

— Non, j'imagine que les phéromones de Jin ne faisaient que donner à son fils l'envie d'être pleinement panthère.

— Attends, dit-elle, voulant s'assurer qu'elle avait bien entendu. La seule *reah* mâle, Jin, ne peut pas apaiser son propre fils.

— Oui et visiblement, ça le mine. Je sais que tu ne connais pas très bien Jin, mais je vais te dire, il n'y a aucun moyen qu'il supporte quelque chose comme ça sans broncher. Je suis sûr qu'il se sent blessé et inutile en ce moment.

— Mais il est toujours le père de son fils.

— Mais tu sais aussi bien que moi que les *semels* se lient avec leur père et pas...

— Jin est son père.

52

— Je veux dire les *semels* se lient avec leurs pères qui sont *semels*. Ilia sera naturellement plus détendu auprès de Logan, il le cherchera. C'est comme ça.

— Ça ne veut pas dire que Jin est inutile.

— Non, mais si Jin était une femme, il subviendrait à son alimentation, mais comme il ne l'est pas...

— Oh, je vois précisément ce qu'il fait alors.

— C'est ça. Rien. Je suis certain qu'il pense n'avoir aucune valeur.

— Pauvre Jin.

— Je devrais peut-être laisser Yuri aller le voir.

— Ou peut-être un autre.

Seuls elle et Yuri me donnaient des conseils – toujours.

— Crane ?

— Oui. Imagine à quel point son *beset* doit manquer à sa *reah*, surtout maintenant.

— Je ne pourrais jamais faire ça à Crane.

Elle me jaugea du regard.

— Faire quoi ? Lui enlever son statut de *maahes* ?

— Oui.

— Pourtant il lui sera peut-être enlevé s'il perdait dans la fosse contre Elham.

— Tu ne veux simplement pas être la compagne de cet homme.

— Non, c'est vrai, mais je ne veux pas non plus le voir écorcher Crane.

— S'ils sont dans la fosse ensemble...

— Ce n'est pas ce genre de défi. Ce sera l'un de ses hommes contre l'un des hommes de Crane. Un combat pour le statut de prince n'est pas relevé par les *maahes* eux-mêmes, mais par deux hommes qu'ils choisissent.

— Alors Crane ne sera pas dans la fosse pour défendre son statut ?

— Bien sûr que non, dit-elle en fronçant les sourcils. En as-tu parlé avec ton *sylvan* ?

— Non, mon *sylvan* était bien trop occupé à punir son peuple et s'envoyer en l'air avec ma *hathen* !

— C'est le chaos dans ta maisonnée, Maître.

— Tu crois ?

Elle m'observa tout en penchant la tête sur le côté.

— Puis-je te poser une question ?

Je lui fis signe de continuer.

— Pourquoi restes-tu ? Pourquoi restes-tu *semel-aten* ?

Je ne répondis pas, car je n'étais pas sûr de ce qu'elle voulait dire.

— Domin ?

— Le destin.

— Je te demande pardon ?

Comment l'expliquer…

— Avant j'étais *Semel*, puis ça m'a été enlevé, mais à présent, je le suis à nouveau.

D'après l'expression de son visage, je pouvais dire qu'elle ne l'avait jamais envisagé auparavant.

— Tu pourrais te retirer, libérer la place pour Elham, alors il ne s'en prendrait pas à Crane, il ne commencerait même pas cette campagne pour t'usurper.

— Est-ce ton conseil ?

— Non, je te pose la question, c'est tout. Pourquoi t'accroches-tu à quelque chose, à laquelle tu ne devrais pas ?

C'était une très bonne question.

APRÈS LE dîner, je me promenai dans les jardins avec Mikhail, autour des piscines, regardant les carpes koi nager d'un bassin à l'autre et je me rendis compte combien j'étais en colère contre Yuri. Comment avait-il pu me cacher des secrets ?

Peut-être ne le savait-il pas, m'avait dit Ebere plus tôt.

Mikhail me remit les idées en place, inhalant toutes les senteurs tourbillonnant dans l'air de la soirée.

— Il le savait. Je lui ai avoué, mais je lui ai aussi fait jurer de ne le dire à personne, surtout pas à toi.

C'était une trahison… et pourtant je comprenais. Les amis devaient compter les uns sur les autres pour garder leurs secrets.

— Si tu l'avais su, cela t'aurait affaibli, ainsi que les choix que tu as faits pour elle et moi, médita Mikhail.

— Et maintenant, que vas-tu faire ?

— Je vais la renvoyer à Boston finir son master afin qu'elle puisse avoir la vie qu'elle souhaite.

— Et ne jamais l'épouser.

Il secoua la tête.

— Ce n'est pas sa place.

— Peut-être pas, il y a trois ans, quand son père l'a ramenée ici, mais les gens changent, peut-être veut-elle rester à tes côtés. Que penses-tu de ça ?

— Elle est jeune, elle ne sait pas ce qu'elle veut.

— Elle a vingt-six ans, Mikhail. Je crois qu'elle le sait très bien.

Il ne voulait pas l'entendre. Je ne voulais pas crier, alors je le laissai aller dans ses quartiers afin qu'ils puissent discuter.

Plus tard, alors que j'étais assis sur l'épais bord en pierre de l'un des balcons des salons du deuxième étage, j'entendis du mouvement derrière moi.

— Puis-je venir avec toi ?

— Bien sûr, murmurai-je.

Avec ma tête appuyée contre le mur et mes chevilles croisées, j'étais dans un équilibre précaire. C'était drôle, Yuri ne m'aurait jamais permis de m'asseoir comme ça, trop effrayé que je tombe. Les hauteurs le rendaient nerveux.

Koren s'approcha d'un pas tranquille, mais s'arrêta assez loin pour ne pas me toucher.

— À quel point puis-je approcher le *semel-aten* ?

— Les gardes sont au premier étage, répondis-je. Seules les personnes de confiance sont autorisées au second et seuls Yuri et moi le sommes sur le toit.

— Je vois.

Je vis ses yeux verts briller à la lueur d'une lanterne.

— Pourquoi es-tu là ? demandai-je d'un ton ennuyé tout en l'étudiant.

— Parce que bien sûr, j'ai compris qui je voulais vraiment à la seconde où l'on m'a informé que tu ne reviendrais pas.

— Bien sûr.

Il se rapprocha.

— À quoi joues-tu ? lui demandai-je.

— Que veux-tu dire ?

Il me fixait, ne manquant rien.

— Yuri ?

— Eh bien quoi, Yuri ?

— Depuis quand, Domin ? Depuis quand *vois*-tu Yuri ?

Le ciel bleu foncé d'été succombait lentement au crépuscule. C'était superbe.

— Je t'ai vu regarder Samani Baro aujourd'hui, l'ancienne *hathen* de ma maisonnée. Elle est charmante, n'est-ce pas ?

— Elle appartient à Mikhail.

— Ce n'est pas ma question. Je t'ai demandé si tu la trouvais jolie.

— Eh bien, oui, très.

— Quand je suis arrivé ici, j'ai découvert que mon prédécesseur avait un harem. En réalité, chaque *semel-aten* en a un. Le savais-tu ?

— Non, comme je te l'ai dit plus tôt, je n'en avais pas la moindre idée.

— Pourquoi l'aurais-tu su ? Mais pour moi, sans elle, j'aurais été perdu. Je veux dire, qu'aurais-je fait avec un harem féminin ? J'ai toujours été gay.

— Je ne comprends pas…

— Mais si tu étais devenu *semel-aten* et que tu t'étais retrouvé avec un harem, tu n'aurais eu aucun problème avec ça.

— Domin…

— Je n'ai aucun problème avec le fait que tu aimes les femmes, dis-je en l'épinglant du regard. J'ai un problème avec le fait que tu avoues une chose alors que tes yeux te trahissent.

— Tu es sérieux ? se moqua-t-il. J'ai des ennuis parce que j'ai regardé Samani plus tôt ? Tu remarques une belle femme et…

— Yuri ne voit personne d'autre que moi.

Il lui fallut une seconde pour comprendre.

— C'est nouveau, Domin ! C'est tout nouveau ! Bien sûr qu'il ne regarde personne ! Si j'en pinçais pour toi depuis mes seize ans, je…

— Précisément, l'interrompis-je. Si.

Le silence fut brutal, maladroit, étouffant.

— Tu es ridicule, finit-il par dire. Tu ne peux pas comparer nos années communes aux mois avec Yuri. Je te connais. Il n'en a aucune idée.

— Peu importe ce qu'il ne sait pas, il apprendra, répondis-je, descendant de la balustrade, prêt à passer près de lui.

Il me saisit par le biceps.

— Tu ne peux pas l'aimer juste parce que tu penses que tu le devrais, parce que tu seras en sécurité.

Mes yeux croisèrent les siens.

— Tu dois laisser ton cœur être blessé. Tu sais que Yuri ne te fera jamais de mal et parce que je l'ai fait tant de fois, trop de fois, tu l'as choisi quand il s'est offert sur un plateau d'argent.

Je libérai mon bras de son emprise.

— Tu ne sais rien de Yuri.

— Mais je te connais, toi.

— Non, pas réellement, et c'est ça le problème.

— Domin…

Je lui fis face.

— Dis-moi, es-tu vraiment amoureux ?

— C'est le plus…

Je levai la main pour l'interrompre.

— Non. Vraiment, Koren, penses-y.

Il me dévisagea avant que son regard vert foncé ne se pose finalement sur ma bouche.

— Oui. De toi.

— Koren.

— Tu me manques.

Lorsque je vis qu'il avait l'intention de m'embrasser, je reculai rapidement d'un pas.

— Je…

— Tu vis avec Jin et Logan.

Il plissa les yeux.

— Oui ? Et ?

— N'as-tu pas envie de quelqu'un qui te regarderait de la façon dont Jin regarde Logan et vice-versa ?

— Jin est l'âme sœur de Logan, tu ne peux pas comparer…

— Je t'en prie. Tout ça, c'est de l'amour.

— Non. Ils ont un lien parfait. Personne n'a ça, à part un *Semel* et sa *reah*.

— C'est des conneries. L'attraction biologique, chimique de ton corps ne crée pas l'amour. Elle crée l'envie et ce n'est pas ce qu'il y a entre Logan et Jin. Ils s'aiment.

— Ils s'aiment à cause du lien. Si Jin n'était pas la *reah* de Logan, il serait marié à Simone à l'heure actuelle, purement et simplement.

— Tu as tort, insistai-je. Lien ou pas lien, Logan aurait vu Jin et l'aurait voulu.

Il secoua la tête.

— Tu es ridiculement sentimental. Logan était hétéro avant de trouver son compagnon. Si Jin n'avait pas été sa *reah*, il n'aurait eu aucune chance avec Logan.

Puisque je ne voulais pas me disputer, je m'éloignai. Il m'appela alors que je traversais la pièce.

— C'est tout ? Tu ne vas pas te battre pour ce que tu veux ? Le *semelaten* ne sait plus comment faire ?

— Tu n'as rien que je veux, lançai-je. Pourquoi nous battrions-nous ?

— Je ne te crois pas.

Je m'arrêtai à la porte et lui jetai un regard par-dessus mon épaule.

— Pourquoi me joues-tu cette mascarade ? Ce n'est pas comme si tu voulais vraiment gagner.

— Je le veux, proclama-t-il. Et je le ferai.

Je croisai les bras.

— Que se passe-t-il ? Qu'est-ce qui t'effraie tellement que tu as traversé la moitié du monde pour me trouver ?

— *Quoi* ?

— Oh, *vraiment* sur la défensive, remarquai-je en penchant la tête sur le côté. Laisse-moi deviner, une jolie dame panthère veut tes petits ?

Il me pointa du doigt.

— Dis-moi que tu ne te souviens pas de nous au lit et à quoi ça ressemblait.

Je m'en souvenais. J'avais aimé l'avoir sous moi, mais encore plus, je me souvenais d'à quel point tout cela avait été volatile. À présent, j'avais une nouvelle définition de ce qui se passait sous la couette.

Maintenant, je mangeais au lit avec Yuri étendu près de moi. Nous débattions des lois et des décisions que j'avais prises, mais… nous avions aussi de longues discussions intenses à n'en plus finir sur pourquoi il aimait les émissions de télé-réalité et moi non, pourquoi il pensait que regarder *Grey's Anatomy* me grillerait le cerveau et pourquoi je refusais de regarder la série *Firefly*, qu'il possédait en DVD ainsi que quelques films du même acabit. J'étais contrarié quand mes émissions d'History Channel étaient effacées au profit d'une minisérie de Syfy. Il disait que la télévision par satellite avait de la place pour tant de choses.

Je l'avais interpellé à ce sujet et il avait été perdu en voyant combien j'étais indigné.

— Tu ne racontes que des conneries !

— Tu es tellement mignon quand tu es en colère, avait dit Yuri en faisant la moue. Viens ici, bébé.

Ma colère l'avait fait éclater de rire.

Le fait était que je n'avais jamais expérimenté avec personne d'autre ce que nous avions au lit.

Nous discutions, nous jouions, nous luttions, nous faisions des projets pour les vacances dans des endroits froids, nous nous disputions. Il bavardait au téléphone avec sa mère, Rosetta, qui était si fière de lui, si heureuse et qui voulait toujours me dire au revoir. Il avait commencé à m'apprendre le russe, des choses importantes comme *lyubov*, qui signifiait mon chéri, et je grommelais que si je ne pouvais m'en servir qu'avec lui, en quoi cela allait-il m'aider ? Mais ses yeux mi-clos, emplis d'amour, faisaient palpiter mon ventre, alors ça aussi c'était un cadeau. Nous riions énormément, hors du lit aussi, mais fondamentalement, j'avais une appréciation totalement différente de l'endroit où je dormais ces jours-ci qui n'avait rien à voir avec le sexe.

— Domin ?

— Désolé.

Je me rendis compte que je souriais comme un idiot avant de passer la porte.

— Domin !

Je gémis puis m'arrêtai tandis qu'il me contournait rapidement, pénétrant mon espace personnel.

— Pour une raison quelconque, tu ne me vois pas maintenant, alors je vais traîner dans le coin jusqu'à ce que ce soit le cas, d'accord ?

Alors que je me tenais là, je me rendis compte, pour la millième fois, que Koren Church était vraiment un homme magnifique. Mais également qu'il n'était vraiment pas ce dont j'avais besoin.

Puis cela me frappa.

— Oh ! Peut-être pas une femme. Peut-être un homme.

— De quoi parles-tu ? s'exclama-t-il.

— Qui est la personne avec qui tu couches et qui te fiche une frousse de tous les diables ?

— Je... je... tu... non.

— Oh, Koren, gloussai-je. Allez. J'ai mis en plein dans le mille. Dis-moi tout.

Il s'éloigna sans un autre mot, mon rire le suivit.

— Maître ?

Je vis Kabore se diriger vers moi.

— Oui ?

— Qui est-ce ?

Je croisai son regard.

— Un ex-amant.

— Ce qui explique son manque total et absolu de respect pour votre position. Avait-il votre permission pour partir ?

— Non, il ne l'avait pas.

— Vous devriez le faire fouetter.

— Non, viens plutôt te promener au marché avec moi.

— Laissez-moi prévenir vos *khatyus*.

— Non. Allons-y, juste toi et moi.

Il secoua la tête comme il le faisait toujours lorsque j'essayais.

— Maître, commença-t-il. Permettez-moi de vous expliquer…

— Viens avec moi, priai-je en cognant son épaule avant de m'éloigner. Il me cria d'attendre.

IV

J'AIMAIS FLÂNER sur le marché au crépuscule et encore plus, la nuit. Les tentes, les lumières des lanternes et des braseros, les petits groupes fourmillant dans les allées, les odeurs de cuisson de viande sur les poêles à bois, la saveur de l'encens, la senteur persistante des fleurs du désert et des épices ; tout contribuait à m'apaiser et m'enchanter. Il n'y avait pas grand monde, j'avais pourtant l'impression de mouvements avant que la nuit ne se transforme en aube.

Les gens qui me saluaient, qui me faisaient des signes, qui s'avançaient pour me toucher ou m'étreindre, tandis que je me promenais avec cinq de mes gardes, avaient tous le même émerveillement sur le visage. Ils étaient heureux de me voir et je savais pourquoi. Je n'étais pas, ni ne jouais, le chef des nantis. J'étais, au lieu de cela, plus porté sur l'amélioration de la qualité de vie de toute ma tribu. Je n'étais pas seulement intéressé par l'élite, j'étais intéressé par l'Homme.

J'avais ouvert l'étage principal de la villa à tout le monde. Des gardes étaient positionnés au bas des marches intérieures, pas à l'entrée. La bibliothèque, les innombrables salles de lecture, les étagères, tout était à la disposition de tous ceux qui voulaient faire des recherches ou en apprendre plus sur l'histoire des panthères. J'avais fait déplacer tous les textes du temple du prêtre à Satis à la villa. Lorsque j'avais fait le voyage pour voir le nouveau prêtre, Asdiel Kovo, il avait été horrifié de constater que j'étais là pour prendre ce qu'il considérait comme des tomes sacrés des voûtes qui n'avaient pas été ouvertes depuis des années. Cependant, Mikhail était venu avec moi et, armé de son savoir ainsi que de ses nouveaux mentors – l'ancien conseil d'Ennead – il était devenu clair que Kovo ne pouvait rien y faire. La bibliothèque pouvait être n'importe où, il n'y avait pas de lois disant qu'elle devait résider à la résidence du prêtre à Satis. Alors Kovo avait dû regarder, impuissant, alors que je déménageais les pièces sous sa villa.

Tout en me promenant avec Kabore, je repensai à la dernière fois où j'avais visité Satis avant cela. C'était deux mois avant que je n'affecte

Kovo à son poste. J'étais venu voir Hamid Shamon, l'ancien prêtre de Chae Rophon. Il m'avait appelé sur son lit de mort et personne n'avait été plus surpris que moi. J'avais pris une chaise à son chevet, heureux quand il m'avait pris la main.

— La route du changement est périlleuse, m'avait-il prévenu. Fraye-toi ton chemin. Maintiens les traditions, elles doivent être ce dont les gens pourront se servir dans leur vie quotidienne, accepte-les, comprends-les.

Je m'étais alors rendu compte que ses froncements de sourcils désapprobateurs me manqueraient, tout comme ses mots gentils et ses tapes sur l'épaule quand il me voyait.

— Tu essayes de faire des changements pour le meilleur, tu dois réaliser que l'homme qui viendra après moi voudra le pouvoir. Sois prêt.

Je ne savais pas à quel point il aurait raison à l'époque.

Asdiel Kovo était le successeur d'Hamid Shamon et il me haïssait avec une passion née d'un fanatisme des lois. C'était au-delà de moi. Il était celui qui m'avait étiqueté comme *kadish* – impur. Il était celui qui avait dit qu'Elham El Masry aurait dû être *semel-aten*, pas moi.

Je n'étais pas issu de la tribu de Rahotep. Je n'étais pas égyptien. Je ne parlais ni arabe ni farsi. Je ne portais pas l'habit traditionnel et ma vision de l'éducation, des sans-abri, du rôle de la femme et des unions de même sexe était hérétique. Il me considérait comme une menace pour la tribu et un frein pour le monde des panthères. J'étais un profane, impur, simplement une abomination. Il y avait un arrangement entre nous depuis le jour où il avait assumé son nouveau rôle. Nous étions ennemis.

Au fil du temps, il était devenu évident que même si j'étais nouveau, j'étais entouré de personnes formidables, incorruptibles, et que je savais ce que je faisais. Lorsqu'il s'était rendu compte qu'il ne pouvait pas me déshonorer ou me contrer, le nouveau prêtre avait eu recours à l'ancienne méthode ; il avait tenté de me tuer.

Avant que je ne les prenne à mon service, les membres du *Shu* étaient venus une nuit. Ils auraient pu me tuer, mais comme Taj, qui était mon nouveau *sheseru*, avait été l'un de leurs membres, il savait comment me protéger. Lorsque nous avions attrapé trois hommes vivants et les avions réunis avec leur *phocal* – leur chef, Jamal Hassan – celui-ci m'avait supplié de leur laisser la vie sauve. Que je les aie en ma possession disait tout ce qu'on devait savoir sur leur crime.

Je m'étais rendu avec ma propre garde au temple de Satis, attendant le nouveau prêtre, et lorsque Kovo s'était enfin présenté devant moi, je lui avais fait savoir que le *phocal* avait déjà plaidé afin que j'épargne ses hommes. J'avais simplement besoin d'un aveu du prêtre pour me retenir de les tuer. Son refus ne m'avait pas surpris, mais Jamal, si. J'avais regardé le *phocal* réorienter sa loyauté sans hésiter tandis que je faisais le point au sujet de qui ferait ce qu'il était nécessaire de faire, même ramper pour la vie de ceux en dessous d'eux, et qui ne le ferait pas.

— Supplieriez-vous pour ma vie, Maître ? m'avait demandé Jamal.

— Je le ferais, lui avais-je répondu, mes yeux ancrés dans les siens, avant de dire à ses hommes de se relever et d'aller se tenir près de lui.

Je les avais autorisés à vivre, bien que s'ils avaient mené leur mission à terme, j'aurais eu le cœur arraché. Yuri n'avait pas eu la même propension au pardon. Il avait interdit à Jamal d'être seul en ma présence. Pour un *phocal*, être sanctionné était une grave insulte.

Jamal s'en était pris à Yuri, il avait saisi la robe qu'il portait par-dessus ses vêtements et l'avait repoussé vers le mur. Mais avant que j'aie même pu ouvrir la bouche, la voix de Yuri avait rugi :

— Comment oses-tu poser la main sur moi ? Je suis le compagnon du *semel-aten*… je pourrais te tuer pour cette insulte.

J'avais vu Jamal se replier sur lui-même, sa stature se dégonfler, ses épaules s'affaisser, ses mains se desserrer. Quelles que soient les pensées du prêtre au sujet de Yuri et moi, j'avais annoncé au monde entier des panthères que cet homme m'appartenait, que je l'avais revendiqué et qu'il fallait le considérer comme le *sekhem*, 'bras du *Semel*' dans certains textes et 'cœur' dans d'autres. Je n'avais aucune idée qu'un tel terme existait jusqu'à ce que je me plaigne à Mikhail que je ne voulais pas appeler Yuri 'consort', qui était le terme prévu.

C'était la faute de Jin.

Les *reahs* étaient tenues par la loi de se présenter devant le *semel-aten* à leur seizième anniversaire pour voir si, premièrement, avant tout le monde, le maître du monde des panthères était leur compagnon. Le fait était que je ne voulais pas le savoir. Si j'avais une compagne femelle quelque part et qu'elle était amenée devant moi enfant, qu'étais-je censé faire ? Il était impossible de résister à l'attrait d'une âme sœur, je le savais pour avoir vu Logan passer par là. Je ne prendrais pas ce risque. Je ne voulais pas trouver ma *reah*, jamais. J'étais parfaitement heureux de vivre sans cette autre moitié supposée de moi. J'avais proscrit la pratique par laquelle le *semel-aten* voyait la *reah* en premier, parce que même si la première partie de la loi m'effrayait, la seconde était vraiment horrible pour la pauvre *reah*.

Si le *semel-aten* décidait de la garder dans sa maisonnée, il le pouvait. C'était son droit. Sous son toit, elle était sienne et devait faire ce qui lui plaisait, et son éventuel compagnon devrait être reconnaissant envers le *semel-aten* de l'avoir protégée. Si la *reah* ne trouvait jamais son âme sœur, elle resterait pour toujours dans la maisonnée du *semel-aten* en tant que *wosret* ou *consort*...

Chaque année, à la Fête de la vallée, il pouvait la présenter et la laisser chercher son compagnon dans la mer d'yeux ébahis. Bien sûr, les chances que quiconque, encore moins le *semel-aten*, voie une *reah* était d'une sur un million. Cette histoire, cette impossibilité, nous avait été racontée depuis toujours, et pourtant, j'avais déjà vu deux *reahs* dans ma vie. L'une était le compagnon de Logan Church et l'autre avait été la *wosret*, ou *consort*, de mon prédécesseur, Ammon El Masry. Elle s'était enfuie loin de lui et à la fin, elle avait été si rongée par l'idée de ne jamais retomber dans ses griffes qu'elle s'était focalisée dessus et était devenue folle. Elle avait perdu toute raison avant qu'il ne soit tué. Bien qu'il n'y ait eu d'autre choix pour elle que de mourir, cette décision avait été regrettable et inutile. Je me souvenais d'elle, déséquilibrée et vengeresse. Ce dont se souvenaient ceux de ma maisonnée était qu'Amirah avait été la dernière *consort* de la villa. Je ne permettrais jamais que Yuri soit appelé par son titre. Mikhail avait trouvé le mot *sekhem* et m'avait confirmé ce qu'il signifiait. J'avais annoncé à tout le monde que dorénavant, c'était en ce terme que l'on devait s'adresser à mon compagnon.

Jamal Hassan avait été disgracié en raison de son nouveau maître, le nouveau prêtre, et lorsqu'il était secrètement arrivé à la villa, deux semaines plus tard, je l'avais rencontré avec Yuri, Mikhail et Taj et avais accepté son vœu de fidélité. Il avait juré pour lui et ses hommes de se mettre au service du *semel-aten*. Yuri avait levé son interdiction d'être seul en ma présence et l'avait accueilli comme un frère. Jamal avait été plus touché que je ne l'aurais pensé, comme en avaient témoigné son vif hochement de tête et la façon dont il avait fermement tenu le poignet de Yuri, sans aucune parole.

Ça avait été amusant à regarder.

Taj, aussi, avait été submergé, stupéfait, mais ravi d'avoir le soutien du *Shu*. Aucun *semel-aten* n'avait jamais pris au prêtre l'élite de sa garde. C'était un coup d'éclat et je savais que Kovo me blâmait pour cette perte. J'attendais simplement qu'une autre tuile arrive.

C'était comme si je passais ma vie à anticiper ce qui allait se produire, et pas seulement de la part d'hommes qui avaient des intentions meurtrières envers moi. La pensée que je m'attendais toujours à ce que quelqu'un me quitte, me déçoive ou me questionne me frappa tandis que je me promenais avec Kabore à mes côtés, passant devant les vendeurs de rues, les restaurants, les arômes mêlés à l'air estival, lourd et humide. Ce qui me faisait constamment anticiper. Même Koren, qui était apparemment venu me courtiser alors que je n'étais pas dans mon état normal. C'était fatigant d'entendre ceux qui étaient les plus proches de vous parler de vos échecs puis entendre des louanges de la part d'étrangers. Le seul qui ne le faisait pas, qui ne me critiquait pas ou ne me traitait pas comme un idiot était Yuri. Je l'aimais pour ça.

— Maître !

Je pivotai et découvris Jamal, le visage blême, les yeux sombres et inquiets tandis qu'il courait vers moi avec cinq hommes à sa suite.

— Tu te fous de moi ? Je ne suis même pas parti depuis une demi-heure, que peut-il bien se passer ?

— Nous avons été informés qu'Elham El Masry était arrivé et le *Semel* de la tribu de Wepwawet, Rahab Bahur, l'accompagne.

Je patientai.

— Maître ?

De toute évidence, il attendait une réaction.

— Je suis désolé. Qui est Rahab Machin et pourquoi devrais-je m'en soucier ?

— Vous ne savez pas qui est Rahab Bahur ? demanda Kabore à ma gauche.

Je reportai mon attention sur lui tandis que Jamal jetait les bras en l'air, apparemment démoralisé par mon manque flagrant de connaissances.

Kabore était abasourdi.

— Crachez le morceau ! ordonnai-je.

— Mon Maître, le *Semel* de la tribu de Wepwawet fait commerce du pétrole et de gaz naturel, qui sont les richesses légales de la tribu. Rahab a aussi de nombreuses activités qui ne sont pas…

— Légales, finis-je pour lui.

— Oui.

— Donc c'est un malfrat.

— Non, il est à la tête du syndicat du crime qui gère les drogues, les personnes…

— Tu veux dire la prostitution ?

— Oui. Il vend aussi des armes et…

— C'est un criminel.

— Eh bien, oui, mais…

— Et quel était le rôle du *semel-aten* dans sa vie ?

Il se racla la gorge.

— Lui et Ammon avaient un arrangement tant que ses intérêts n'amenaient pas d'interactions humaines, il pouvait faire à sa guise.

— Mais ? Je sens un 'mais' arriver.

— Il est ici avec un champion pour défier Crane dans la fosse pour sa position de *maahes*. Sa tribu est la plus petite de toutes, mais c'est la seule à ma connaissance qui ne soit pas basée en ville ou dans la région, mais plus comme un syndicat. Les membres de la tribu de Wepwawet vivent dans tous les pays du monde et travaillent comme ouvriers, rien de plus.

Le nœud du problème était qu'il n'était pas un véritable *Semel*, pas un chef, mais la tête d'une famille du crime. C'était un conglomérat, pas une tribu ni une famille, en aucune façon. Ils ne chassaient pas ensemble, ne se rassemblaient jamais. Ils avaient juré allégeance à un chef de guerre, pas à un roi qui les protégerait, les mènerait, les guiderait et les nourrirait. J'avais raison – c'était un malfrat.

— Maître, me supplia presque Kabore. Vous devez prendre ce défi au sérieux. Pourquoi un homme comme Rahab Bahur se rangerait-il du côté d'Elham El Masry ? Pourquoi veut-il réclamer Ebere pour son nouvel ami ? Que gagne-t-il en tuant Crane ?

— L'accès à moi, confirmai-je. De toute évidence, votre seigneur du crime veut qu'Elham soit d'abord *maahes*, puis *semel-aten*.

— Voilà, acquiesça Jamal. C'est exactement ce qu'il veut.

— Au moins, nous le savons maintenant, ajoutai-je en haussant les épaules.

— Et cela ne vous fait pas peur ? me cuisina Kabore.

— As-tu rencontré l'homme de Rahab ? Penses-tu qu'il peut battre celui de Crane ?

— Je ne sais pas. Je n'ai pas encore rencontré celui de Crane, répondit-il. Avez-vous rencontré son champion ?

— Non, et quand je lui ai demandé, il m'a seulement assuré que tout était sous contrôle. Peut-être devrais-je aller lui parler ?

— Je ne sais pas comment tu pourrais accomplir cela puisqu'il est parti au Caire, plaisanta Jamal.

— Au Caire ? Pour quoi faire ?

Il expira lourdement, apparemment irrité.

— Je n'en sais pas plus que toi.

— Rahab est-il à la villa avec Elham en ce moment ?

— Non, mais son arrivée est imminente, ainsi que les hommes qu'il amène avec lui, son *sylvan* et son *sheseru*, répondit Jamal.

Je poussai un profond soupir, soudainement épuisé.

— Nous ferions mieux d'aller les accueillir alors.

— Oui, Maître.

— Je me dois de vous avertir d'être très prudent dans vos relations avec…

— Je le serai.

— Maître, intervint Jamal. Tu dois comprendre que ces deux hommes sont très puissants…

— Je pense comprendre ce qu'est le pouvoir, insistai-je.

Il resta silencieux un instant, se rendant compte de toute évidence de ce qu'il avait dit, avant de s'incliner profondément.

LE SILENCE ne me décevait jamais. Lorsqu'Elham El Masry se présenta devant moi avec Rahab Bahur à sa gauche, j'attendis.

— Nous proclamons notre défi envers votre *maahes*, m'annonça Elham, ainsi qu'à Mikhail, Taj, Jamal et Kabore.

Il parlait de Crane, qui brillait par son absence.

— Nous demandons à ce qu'il se déroule demain à midi.

J'attendis.

Ils restèrent silencieux.

Je haussai lentement un sourcil.

— Est-ce tout ?

Elham me lança un regard noir.

— Je pense que ce sera tout.

Je me raclai la gorge.

— Mon *maahes*, Crane Adams, accepte votre défi et rencontrera votre champion au forum à…

— Nous aurons besoin du Colisée, Maître, à cheval c'est une condition nécessaire.

Je n'avais aucune idée de ce que cela signifiait.

— Bien sûr, répondis-je en faisant signe à Taj. S'il te plaît, emmène ces hommes dans leurs quartiers et place les membres du *Shu* sur leurs balcons et devant leurs portes.

67

Rahab ricana.

— J'ai entendu dire que vous aviez acquis le *Shu* du prêtre. Lorsqu'Elham sera *semel-aten*, nous rendrons ces hommes à Asdiel Kovo.

Et voilà, les cartes étaient jetées.

— Vous souhaitez qu'Elham El Masry soit *semel-aten* ?

— Oui, professa-t-il avant qu'Elham ne lui saisisse le bras pour le stopper. Vous êtes un infidèle, votre règne est un sacrilège. Vous êtes *kadish*, vous faites de nous la risée de tous.

Je pris un instant pour laisser les mots être absorbés, remplir l'espace autour de nous, être assimilés par mon contingent et le sien, afin que personne ne puisse prétendre ne pas avoir entendu ses paroles traîtresses.

— M'avez-vous entendu ?

— Oui, dis-je en croisant son regard. Et pour ces paroles, lorsque le champion d'Elham sera vaincu, je vous enverrai en exil et ferai de votre héritier le *Semel*.

Rahab ricana, de toute évidence sûr du champion d'Elham.

— Faites donc ça, *semel-aten*.

Je haussai les épaules, lui faisant voir que je n'étais pas inquiet, avant de poser mon regard sur Elham.

— Et vous, quand l'homme de Crane aura vaincu le vôtre, vous renoncerez à toutes prétentions sur ma *mastaba* et Ebere et ses enfants n'entendront plus jamais parler de vous.

Sa colère explosa.

— Je suis son beau-frère et l'oncle de ses...

— Les enfants sont à moi, rugis-je. Je les ai revendiqués, reconnus, ils sont autant les miens qu'ils étaient ceux de leur père. Je...

— Ce sont ceux d'Ammon, enfoiré ! Vous ne sauriez même pas quoi faire dans le lit d'une femme ! Vous êtes un sodomite et...

— Silence ! siffla Mikhail. C'est au *semel-aten* que vous parlez si librement. Vous pourriez...

— Vos paroles ont scellé votre destin, les interrompis-je en faisant un pas en arrière. Demain, lorsque le champion de mon *maahes* entrera et gagnera, vous deux perdrez la vie en même temps que votre homme.

— Et si mon homme gagne, fanfaronna Elham, serai-je autorisé à réclamer la vôtre, Maître ?

Il était vraiment sûr de lui.

— Si vous gagnez et devenez *maahes*, répondis-je avec un rictus, mes jours seront sûrement comptés, n'est-ce pas ?

Je vis sa haine briller dans ses yeux sombres.

— En effet, ils le seront, Maître.

AUX ENVIRONS d'une heure du matin, j'ordonnai l'effervescence dans le cabinet d'Ebere.

La dame, elle-même, était en colère contre moi.

— Que cela va-t-il accomplir ?

Les domestiques virevoltaient autour de nous, emballant rapidement ses affaires, se préparant à un départ imminent.

— Si Crane perd, j'appartiendrai à Elham, peu importe où je serai. Je préfère rencontrer mon destin à tes côtés.

— Putain, non ! grognai-je. Tu retournes au Caire, tu prends tes filles et si Crane perd, Kabore t'appellera et tu prendras un avion pour aller chez Logan. Il te protégera.

— Oui, mais…

— Pas de *mais*. Il y a les lois, puis il y a Logan. Il fait ce qui est juste et lui et son compagnon te protégeront, toi et les filles d'Elham El Masry.

— Mais, Domin…

— Voyons les choses en face ; personne ne veut se frotter au *nekhene*. Point.

— Je ne discuterai pas sur ce point, plaisanta-t-elle.

Je me précipitai vers elle, l'attrapai fermement et la serrai dans mes bras jusqu'à ce qu'elle retienne son souffle.

— Fais ce que je te dis, ma *mastaba*.

Elle enroula ses bras autour de mon cou et enfouit son visage dans mon épaule.

— Tu m'as montré plus d'amour et de respect en tant que *mastaba* qu'on ne m'en a jamais accordé en tant que *yareah*. Je suis si fière de t'appartenir, Domin Thorne.

— Quand je t'ai revendiquée, je l'ai fait pour me protéger d'avoir à prendre une compagne pour me reproduire, mais à présent, je le referais même si tu n'avais pas d'enfants. Je t'aime beaucoup.

— Je t'aime beaucoup aussi.

Je baissai la tête et lui embrassai la joue.

— S'il te plaît, vas-y et fais ce que je te dis.

69

— Je le ferai.

— D'accord.

Je soupirai, mais ne la relâchai pas et elle ne s'écarta pas.

Je perdis le compte des minutes où nous restâmes enlacés.

V

Je ne fermai pas l'œil de la nuit. Tout était suspendu à ce défi sur lequel je n'avais aucun contrôle.

Crane était introuvable et personne ne l'avait vu. Ses quartiers étaient vides, son lit était fait et je ne parvenais pas à le joindre par téléphone. Je ne pensais pas pouvoir être plus inquiet jusqu'à ce que Kabore vienne me voir dans ma suite privée au deuxième étage, dans l'un des plus petits salons.

— Où est Lilitha ? demandai-je, car le matin, je voyais habituellement la même femme m'apporter mon thé.

Il était nerveux, le visage blême.

— Je suis désolé, Maître, mais elle est morte.

Je croisai les bras et ancrai mon regard dans le sien.

— Pourquoi ?

— Ce matin, je l'ai aperçue mettre du miel dans votre thé.

Je plissai les yeux.

— Mais je n'aime pas le miel.

Il parut triste.

— J'en suis bien conscient, Maître. Vous n'aimez que le lait de chèvre et seulement le soir.

— Oui, acquiesçai-je.

— Alors vous comprenez mon inquiétude lorsque je l'ai vue en ajouter.

— Et ? priai-je, même si je connaissais déjà l'issue.

— Alors je l'ai confrontée et quand elle a tenté de me dire qu'elle avait simplement fait une erreur, je lui ai demandé de boire le thé.

Kabore grimaça, ses yeux cherchant les miens.

— Elle s'est excusée, a insisté sur le fait qu'elle vous appréciait, mais qu'Elham El Masry était le seul et unique véritable souverain de Sobek.

— Évidemment.

— Ce fut rapide et indolore, affirma-t-il doucement. Elle est morte en quelques secondes. Ça aurait été la même chose pour vous. Elle ne souhaitait pas que vous souffriez.

Je pris une profonde inspiration, traversai l'espace jusqu'au bord du toit et contemplai la vue depuis le balcon. Ça faisait mal d'apprendre sa trahison, mais c'était aussi terrifiant. Ma première pensée fut pour Yuri : et s'il avait été là ? Ma seconde fut : et si Kabore n'avait pas été si vigilant et que le thé était arrivé dans ma chambre ? Yuri prenait son thé avec du miel. Il aurait pu… pendant un instant, j'eus du mal à respirer.

— Maître ?

J'aimais bien Lilitha. Son doux visage, son rire, la façon dont elle s'assurait que s'il y avait des grenades à la cuisine, elle en mettait toujours une de côté pour moi. Elle se souciait de moi ou de ce que je pensais. De toute évidence, j'avais terriblement mal jugé le personnage.

Il me fallut un moment pour me ressaisir.

— Merci de m'avoir sauvé la vie, exprimai-je enfin, pas encore prêt à le regarder. Il semblerait que chaque jour, je comprenne un peu plus pourquoi tu étais l'intendant d'Ammon avant d'être le mien.

— Pardon, Maître, mais je n'étais pas l'intendant d'Ammon.

Ça, c'était nouveau. Je lui jetai un regard par-dessus mon épaule.

— Je suis venu du Caire avec Ebere. Je n'étais qu'un parmi d'autres et lorsqu'elle est rentrée, je suis resté.

— Je ne le savais pas, dis-je.

— Quand vous êtes arrivé, ils ont demandé à tous qui voulait tenir la maisonnée de l'infidèle et j'ai répondu que moi, Kabore Nour… je le ferais. Je pense que c'était le destin.

Je fronçai légèrement les sourcils.

— Puisque je suis de la maisonnée d'Ebere, de la tribu de Khepri, et pas de la tribu de Rahotep, je n'aurais jamais à gagner la confiance d'un autre *Semel*.

Ça avait du sens.

— Mais vous, le *Semel* dissident venu d'Amérique…

— Dissident ? le taquinai-je.

— C'est la vérité, Maître, insista-t-il en me désignant de la main. Vous êtes un pécheur, n'est-ce pas ?

— Je suis un pécheur ?

Voilà qui était nouveau.

— Vous êtes impur, vous n'appartenez pas à la première tribu, ils disent que votre règne est hérétique, mais je ne le pense pas.

— Ah, non ?

— Vous me semblez être un homme qui a vécu une épreuve de foi, mais votre destin était d'être *semel-aten*. Sinon pourquoi seriez-vous ici ?

C'était un argument valable.

— Vous avez traversé le monde, vous avez tué Ammon El Masry en Mongolie, un endroit où, je vous le parie, il n'avait jamais mis les pieds. Tant de chemins devaient se croiser pour vous amener là où vous deviez lui ôter la vie. Je trouve cela fascinant, mais pour moi, lorsque la question m'a été posée, c'est ce que j'ai répondu.

— J'en suis heureux.

— Je suis fier d'être votre intendant, Maître.

— Merci.

— Je resterai avec vous et les autres jusqu'à ce que les choses changent.

Nous nous fixâmes du regard un long moment.

— Ne veux-tu pas avoir ta propre vie, ta propre famille ?

— Tous les hommes ne sont pas destinés à être accouplés, Maître, et certains, comme vous, à ne pas engendrer d'enfants, mais servir prend de nombreuses formes, n'est-ce pas ?

C'était la vérité.

— Je suis là pour vous servir, vous et votre *sekhem*, Maître.

Je me devais de poser la question.

— Tu ne vois aucune abomination dans le fait que mon compagnon soit un autre homme ?

— Qui suis-je pour remettre en question les rouages du destin, Maître ?

En effet.

— Merci de m'avoir sauvé la vie.

Cela valait la peine de le répéter.

— Merci de m'avoir facilité les choses, répondit-il d'une voix rauque. Si vous aimiez le miel dans votre thé, les choses seraient vraiment différentes en cet instant.

— Peut-être es-tu mon gardien ?

— Peut-être.

Tandis que je relatais l'histoire à Jamal dans la salle du trône, une demi-heure plus tard, je poussai un soupir.

— Il semblerait que je ne puisse faire confiance à personne en dehors de mon proche entourage.

— Non, Maître, tu peux avoir confiance en moi, assura-t-il. Moi, comme Kabore, pouvons avoir ta confiance. Je suis ton homme.

Comment pouvais-je le croire sur parole ? Jamal parut peiné.

— J'ai des nouvelles et elles ne sont pas bonnes.

Je m'adossai au bord en pierre de la terrasse.

— À quel point ? Qu'est-ce qui peut être pire que d'entendre que la femme en charge de m'apporter mes repas vient juste d'essayer de me tuer ?

— Shahid Alon est le champion d'Elham El Masry.

L'ancien commandant en second du *Shu*. L'homme qui avait renoncé à sa position au lieu de choisir de me protéger serait celui qui allait défier le champion de Crane. Il me fallut un instant pour l'assimiler.

— Alors voilà où il est allé lorsque vous m'avez tous juré allégeance.

— Oui. Je t'avais dit qu'il avait démissionné de son poste, mais je n'avais aucune idée d'où il était allé.

— Comment aurais-tu pu ? Ce n'était plus ton problème.

— Je veux simplement qu'il n'y ait aucun malentendu entre nous. Je ne correspondais pas avec lui, je ne savais pas qu'il avait juré vie et loyauté à Elham.

— Je sais, répondis-je doucement. Si tu l'avais su, tu m'aurais prévenu.

— Oui, je l'aurais fait.

— Je ne savais pas qu'Elham pouvait s'attacher des hommes, vu qu'il n'est pas *Semel*.

— Même s'il n'a pas sa propre tribu, il est en fait membre de ta tribu, celle de Rahotep. Il peut s'attacher des hommes en tant qu'héritier du *Semel*.

— Il n'est pas mon héritier, le corrigeai-je.

— Il l'est par la loi, et comme tu n'as pas présenté le nouvel héritier, si tu venais à mourir…

— Alors il serait *semel-aten*.

— Oui.

Je me mis à rire.

— J'annoncerai le nouvel héritier ce soir.

— Excellent, Maître, mais au sujet de Shahid…

— Quoi ?

— Tu n'es pas inquiet ?

— Bien sûr que je le suis, répondis-je d'un ton brusque. Mais que veux-tu que je fasse ?

Jamal se rapprocha.

— Maître. J'ai tenté de parler à Shahid, tout comme Taj, mais il ne… il semble fermement résolu et…

— Je suis sûr qu'il l'est.

Il s'approcha encore plus près.

— Peut-être que si tu…

— Même s'il aimait se retrouver au lit avec moi, même s'il s'en souvenait, ça ne plaiderait en rien ma cause, dis-je en reportant mon regard sur la vallée et les montagnes au-delà. Il pense que je suis souillé et peut-être le sait-il mieux que quiconque.

Il n'y eut que le silence derrière moi, alors je présumai que Jamal n'avait rien de plus à ajouter. J'étais capable de choquer si je le voulais.

IL FAISAIT chaud, comme toujours. Il y avait différents degrés de chaleur, mais il ne faisait jamais frais, sauf à l'ombre et parfois la nuit. Alors sur l'estrade, à l'une des extrémités du Colisée, même sous le couvert de la canopée de soie tendue au-dessus du trône, je cuisais dans mes robes. Les couches me faisaient suffoquer même si le tissu en lui-même était léger. Mais c'était le cadet de mes soucis. La pire était la scène devant moi.

Crane réapparut lorsqu'il fut appelé à relever le défi, pénétrant dans la cour, ses foulées calquées sur celles de son homme. Je ne reçus aucune explication ; il ne fit même pas mine de me connaître tandis qu'il s'avançait, avec l'intention d'atteindre le forum aussi vite que possible. Je ne pouvais pas stopper le combat, même pour dire un mot à mon *maahes* absent. Ce n'était pas autorisé. Tandis que je le suivais des yeux, je commençai à concevoir toutes les manières créatives dont j'allais le tuer.

Je retins mon souffle. Je n'avais jamais vu une épreuve comme celle-ci. Elle était appelée *Guerriers du Dieu Soleil*, ou *Khatyus de Ra* – elle ne serait pas sanglante, mais plutôt rapide. Chaque défi que j'avais vu dans la fosse avait été bête contre bête ou *Semel* contre *Semel*, sous leur forme de panthère, tentant mutuellement de s'arracher le cœur. Je n'avais jamais assisté à une course.

Le défi était simple : le meilleur homme d'Elham contre celui de Crane.

J'étais assis sur le trône, Mikhail d'un côté, Jamal de l'autre, sachant que si Elham gagnait, il demanderait la tête de Crane et prendrait place dans mon cercle, pouvant, par là même, répandre son venin et réclamer Ebere, de par la loi, comme compagne. Rahab Bahur aurait accès à tout ce que je possédais et, entre lui et Elham, ils siphonneraient lentement mon pouvoir, un peu à la fois, jusqu'à ce que je sois prisonnier dans ma propre maison. Pour couronner le tout, ils pourraient par la suite me prendre Yuri lorsqu'ils m'auraient dépouillé de tout le monde.

J'en étais malade.

J'étais furieux que Crane ait permis à sa fierté de tracer un chemin, non seulement vers sa destruction, mais aussi la mienne. J'avais un goût de bile dans la gorge.

Jin ne me pardonnerait jamais si Crane mourait, et pire que cela, il y avait Logan.

Je frissonnai bien que le soleil brûlât au-dessus de moi.

— Tu avais juré que tu avais une réponse à ce défi, criai-je à Crane au bas des marches.

Il resta silencieux tandis que les deux cavaliers pénétraient dans l'arène pleine à craquer, chacun chevauchant un splendide étalon arabe. Je n'avais jamais vu de chevaux si beaux, l'un noir, l'autre blanc, comme il convenait.

Crane se tenait cinq marches en dessous de moi, sur ma droite, Elham sur ma gauche. Il me jeta un coup d'œil par-dessus son épaule et m'adressa un petit sourire narquois.

— Domin.

Levant la tête, je me retrouvai englouti par le regard vert sombre de Koren Church.

Puis-je te soutenir durant ce défi, Maître ?

J'acquiesçai, cette planche de salut plus que nécessaire.

Bien.

Il s'installa à mes côtés et posa une main sur mon épaule.

Le prêtre de Chae Rophon, Asdiel Kovo, se mit debout trois sièges plus loin tandis que les trompettes résonnaient. Les cavaliers apaisèrent leur monture puis les dirigèrent vers la ligne de départ. Il y eut une deuxième explosion puis les animaux se jetèrent en avant. Cette magnifique démonstration de force était belle à regarder, le mouvement fluide de l'homme et de la bête ne faisant qu'un.

Personne ne parlait, personne ne faisait un bruit, seuls la respiration des chevaux, le martèlement de leurs sabots frappant la terre battue et les cris pressants des hommes étaient entendus.

Tout le monde avait les yeux rivés sur les chevaux qui grondaient en direction du virage. Les cavaliers étaient supposés descendre de leur monture, se déshabiller et se transformer, et revenir à toute allure vers les marches où se tenait leur 'maître'. Le premier arrivé gagnait. Dans la légende, le *khatyu de Ra*, était censé être capable de se battre dans chaque forme – humaine ou panthère – en une seconde. Seuls les membres du *Shu* étaient capables d'une telle démonstration de prouesse en ces temps modernes et Elham avait été suffisamment chanceux pour en trouver un pour le représenter dans ce défi.

En regardant Crane, je remarquai combien il était fier tandis qu'il levait la robe qui était censée recevoir son cavalier. Elham fit pareil, son ricanement de mépris aisément entendu alors qu'il jetait un regard à Crane.

— Voilà la transformation, chuchota Koren.

Les deux hommes guidèrent leur monture, sautèrent du dos du cheval, mais ce fut là que la comparaison prit fin.

Le cavalier de Crane toucha le sol déjà transformé, libéré de la robe lâche, du turban et des autres vêtements, émergeant du tourbillon blanc pour révéler les lignes musculeuses et épurées de la seule panthère noire au monde.

La foule se leva comme un seul homme et le rugissement fut étourdissant alors que le cavalier d'Elham mutait presque instantanément. Ce qui aurait pu être impressionnant si l'autre – le changement du *nekhene* – n'avait pas été exposé à la vue de tous. Il se déplaça en un éclair, montant les marches tandis que l'autre panthère courait en une vaine tentative de le rattraper.

Il était déjà enveloppé dans la robe, l'avait cintrée à sa taille, et faisait face à la foule, ses longs cheveux noirs fouettant son visage, au moment où Shahid Alon atteignit le bas des marches et leva les yeux vers Elham.

Tout le monde cria lorsque Jin Church, *reah* de la tribu de Mafdet, compagnon du *semel-netjer*, se tourna avec Crane Adams et se prosterna devant moi.

— La requête d'Elham El Masry est refusée, annonça à haute voix à la foule rassemblée le prêtre du Chae Rophon.

Je pus entendre le regret dans sa voix. Cet homme voulait voir Crane mort et moi en danger, mais cela n'allait pas arriver.

— Qu'en dites-vous, *semel-aten* ? Réclamez-vous son cavalier comme vôtre ?

Cette question n'était pas conforme au rituel ; il ne s'attendait pas à une réponse.

Je jetai un regard à Shahid, revenu à présent à sa forme humaine, et vis la terreur sur son visage.

— Je le réclame à nouveau pour le *Shu*, annonçai-je en me levant. Et s'il est accouplé, je réclame aussi sa compagne et tous les descendants de cette union.

J'étais toujours minutieux.

L'homme ferma les yeux et je le vis respirer à nouveau.

Enfoiré.

Shahid avait quitté le *Shu*, s'était marié et avait engendré un enfant. Bien sûr, il ferait n'importe quoi pour les protéger et Dieu seul savait où Elham et Rahab gardaient sa famille. Peut-être que Shahid n'était pas venu à eux, mais qu'au lieu de cela, mes ennemis l'avaient pourchassé, à la recherche d'un leurre, d'un ancien membre du *Shu* qui gagnerait.

Parfois, les choses m'échappaient, mais à d'autres moments, j'y allais à l'instinct. Je pensais, coûte que coûte, que Shahid ne me haïssait pas, et voilà que j'avais raison. Il protégeait des gens dont je ne savais même pas qu'ils lui appartenaient.

— Vous ne pouvez pas ! rugit Elham El Masry.

— Il fait ce qu'il lui plaît, répondit le prêtre avant que je ne puisse le faire. Il est le *semel-aten*.

Je n'aurais jamais imaginé entendre des milliers de voix clamer mon nom en même temps. 'Domin Thorne' résonnait comme le tonnerre dans l'arène.

Lorsque je remarquai Elham, je le vis penser à frapper Shahid, la panthère qui l'avait déçu, simplement car il n'y avait aucun félin au monde plus rapide que Jin Church. Mais alors, Jamal Hassan, le *phocal* du prêtre, chef du *Shu*, s'interposa entre les deux hommes, brandissant sa menace.

— Comme demandé par le *semel-aten*, je m'attends à ce que la famille de cet homme soit là dans moins de trois jours et si l'un d'eux devait être blessé d'une façon ou d'une autre, le *Shu* viendra réclamer votre tête.

Il était impossible d'oublier que même si le *Shu* me protégeait, ils étaient aussi des assassins, les plus meurtriers du monde des panthères.

— Je te l'avais dit, intervint Crane avec un sourire suffisant tandis que je posais mon regard sur lui. J'ai toujours une solution.

Il me fallut chaque once de maîtrise de soi pour ne pas aller l'étrangler. Au lieu de ça, je tapotai la main de Koren avant de me lever et de me diriger vers Jin.

Il était beau. Je l'avais remarqué la première fois que j'avais posé les yeux sur lui. Ses cheveux noirs brillants aux reflets bleus qui tombaient au milieu de son dos, ses grands yeux gris en forme d'amande, ses traits délicats et ciselés, il était tout simplement à couper le souffle. Mais ce qui le rendait exquis pour moi, comme pour tous ceux qui le connaissaient, était son cœur. Jin était l'incarnation de la *reah* – il soutenait, conseillait et se tenait dévotement aux côtés de son compagnon.

Il pouvait aussi être absolument *terrifiant*.

— Maître.

Jin s'inclina, je posai ma main sous son menton et relevai son sublime regard vers moi. Ses yeux étaient comme des bijoux liquides dans lesquels parfois, pendant un instant, je pouvais me perdre.

— Il est venu à toi quand il aurait dû venir à moi, me parler.

Jin se redressa et prit une inspiration.

— Oui. Je lui ai dit clairement que c'était une erreur. Je lui ai crié dessus.

Mais même s'il avait réprimandé Crane, lui disant qu'il avait tort, il avait quand même répondu à sa demande en un battement de cœur. Je me demandai durant un instant ce qu'on devait ressentir, d'avoir ce filet de sécurité, de savoir que la plus puissante des panthères du monde traverserait l'océan pour être à vos côtés.

— J'ai moi aussi été un *maahes*, dis-je d'une voix douce, mais sérieuse. Je n'aurais jamais laissé mon *Semel* s'inquiéter, peu importe combien je voulais prouver mon point de vue.

Le pouvoir de Jin s'éleva, je le sentis se tendre, s'enrouler autour de moi comme un chat, frotter ma peau, me traverser dans une douce vibration avant de reculer, ne laissant une fois de plus que Jin. La raison était facile à comprendre.

Oui, il était d'accord avec moi et oui, Crane avait eu tort, et pourtant, au fond, Crane était le *beset* de Jin, le compagnon de la *reah* et je l'avais pris à partie. Encore plus, j'avais permis à Crane de se mettre en danger.

— Jin…

— J'ai fait une erreur, avoua-t-il, une légère rougeur fleurissant sur ses joues.

Nous avions tous les deux fait une erreur, en ce qui concernait Crane Adams.

Me retournant, je vis le *Shu* arrêter Elham El Masry et Rahab Bahur. Alors qu'ils étaient reconduits ailleurs, les acclamations devinrent assourdissantes.

RAHAB BAHUR avait envie de me tuer. Ça se voyait dans ses yeux sans qu'il ait besoin de l'exprimer. Il tremblait de rage. À sa droite, enchaîné à une barre, se trouvait Elham El Masry.

— Nous implorons votre pitié pour eux, Maître, eut les couilles de me demander le prêtre de Chae Rophon.

Le *sheseru*, le *sylvan*, et le *maahes* de la tribu de Wepwawet étaient tous à genoux devant moi. Elham n'avait personne pour le soutenir, car sa tribu était l'ancienne tribu de son frère, qui était maintenant la mienne. Toute personne ayant prévu de me défier avait renoncé dès que la solution infaillible avait été anéantie devant tout le monde. Pour ceux qui n'étaient pas présents, il serait reporté partout dans le monde que le *maahes* du *semel-aten* avait facilement remporté le défi pour sa position. Si Crane avait perdu, si n'importe qui d'autre que Jin avait été dans la fosse pour lui, cela aurait signifié le coup de grâce pour moi. J'aurais été mort, pas en un jour ou une semaine, mais sûrement en un mois. Mon règne aurait pris fin. J'aurais été renversé et un nouveau *semel-aten* aurait été couronné. Tel que c'était, tel que les événements s'étaient produits, ma position avait été confirmée et réellement, une autre tentative était peu probable. Cela avait été leur meilleure chance ; ils avaient été si sûrs d'eux qu'ils avaient dévoilé leur rébellion. Ce qui avait été une erreur.

On m'attendait depuis des heures. Je m'étais enfermé dans mes quartiers, dans ce que j'appelais mon bureau, mais qui était plus une grande salle de réception. Si Yuri avait été là, je n'aurais pas eu à passer ces appels. Mais comme il ne l'était pas, il n'y avait qu'un seul endroit où j'obtiendrais des conseils.

— Allô ?

Elle semblait aller bien, même par téléphone satellite.

— Delphine.

— Domin, soupira-t-elle avant de grincer des dents. Je veux dire, Maître, je veux dire…

— S'il te plaît, laisse-moi être Domin, priai-je. S'il te plaît.

J'entendis un léger gloussement.

— D'accord.

80

— Puis-je parler à Logan ?

— Oh ? Domin, je suis désolée, mais nous sommes un peu dans tous nos états ici et c'est le milieu de la nuit…

— S'il te plaît.

Il y eut le silence, puis des bruits et des voix étouffées avant que Logan réponde avec son charme habituel.

— Qu'est-ce que tu veux ?

Je grognai.

— J'ai ton compagnon, *semel-netjer*.

Il y eut un long silence et, je le savais pour avoir grandi avec cet homme, Logan Church se calmait avant de dire autre chose. Il lui en fallait beaucoup pour le faire exploser.

— Je te demande pardon ? demanda-t-il d'une voix rauque.

— Tu m'as bien entendu. Crane avait besoin de Jin, il l'a appelé et Jin est venu, car nous savons tous les deux qu'il pense honnêtement que tu n'as pas besoin de lui pour l'instant.

Logan inspira profondément.

— Je vais l'étrangler à mains nues.

— Vraiment ?

— Je le jure devant Dieu, oui, murmura-t-il, irrité.

— Le feras-tu avant ou après être tombé à ses pieds pour le vénérer ?

— Je ne vénère pas mon… grommela-t-il.

— Si tu le fais. Nous le faisons tous. Il est comme une sorte de dieu égyptien devenu réalité. Pour ce que nous en savons, les histoires au sujet des dieux étaient des exemples d'observations de panthères. Jin est le seul lien à notre divinité et encore plus… il est ton compagnon, mon ami. Il est l'autre moitié de toi.

— Cette autre moitié de moi est d'être ridicule.

— C'est pourquoi il n'a pas la moindre idée d'une véritable relation parent/enfant. Jin croit réellement qu'il ne peut y avoir qu'un seul amour fondamental ; il ne sait pas que rien ne changera entre lui et toi. Il ne comprend pas que tu peux ajouter ton fils dans ton cœur et que ce que tu ressens pour lui ne diminuera pas le moins du monde.

Il se mit à rire et je me renfrognai, car je pensais que c'était une observation très sage.

— Va te faire voir, Logan.

— Jin sait tout ce qu'il y a à savoir de l'amour entre un enfant et un parent, Domin. Ses sentiments sont blessés, car il pense, comme tu l'as dit,

81

que je n'ai pas besoin de lui pour l'instant. Il pense que j'ai mon fils et que je vais bien.

— Est-ce le cas ?

— Qu'est-ce que tu crois ? aboya-t-il. Mon compagnon devrait être dans mon lit chaque nuit. Je ne peux pas être moi s'il n'est pas là.

— Qu'en est-il de ton fils ?

— Mon fils a dépassé le stade de l'imprégnation, il a besoin de sentir un pouvoir supérieur au sien pour l'apaiser, pour qu'il le fasse, essentiellement.

— Pour qu'il fasse quoi ?

— Se soumettre. C'est un enfant, sa puissance augmente et il sait que celui qui le porte, peu importe qui il est, est plus faible. Il a forcé Markel à se transformer hier.

J'en fus abasourdi.

— Tu es sérieux ?

— Très.

C'était terrifiant.

— Markel était mon *sheseru*.

— Je sais.

— Que vas-tu faire ?

— J'imagine que je vais prendre un avion et venir chercher ma *reah* et le *beset* de ma reah.

Il n'y eut aucun moyen d'endiguer ma colère.

— Et si je ne libère pas Crane Adams ?

— Tu le feras. Tu le dois.

Il ne pouvait pas se permettre de me dire ce que…

— S'il te plaît, Domin, soupira-t-il. Je ne peux pas être le seul à faire entendre raison à ma *reah*. Jin n'écoute que Crane et moi. Et c'est tout, sur toute cette maudite planète.

— Viens réclamer ton compagnon et son agaçant ami, dis-je, utilisant les propres mots d'affection de Logan pour Crane. Je les veux tous les deux hors de chez moi, *semel-netjer*.

— Merci, mon *Semel*.

Je ne pus m'empêcher de sourire, je me sentais trop bien.

— Arrête ça. Tu sais, tu peux rester là, je te jure de te les renvoyer tous les deux aussitôt que…

— J'ai besoin de lui *maintenant*, répondit Logan, d'une voix rauque et sombre.

Il était fort, il était censé l'être, mais l'absence de Jin était déjà pesante. Je comprenais, enfin, ce que cela pouvait être.

— Alors je t'attends.

— Oui.

— Dois-je lui dire que tu arrives ?

— Il le sait.

Je raccrochai sans un au revoir, car c'était notre façon de faire. Aucun mot affectueux n'allait et ne venait entre nous.

Après avoir parlé à Logan, j'appelai Orso Bataar, *Semel* de la tribu de Khertet, en Mongolie. Il fut très content de m'entendre et j'en fus heureux puisque j'avais une faveur à lui demander.

Lorsque je sortis enfin de ma chambre, tout le monde m'attendait, regroupé dans le hall principal, où tous les *semels* et leur suite en visite en ce moment ainsi qu'autant de personnes que possible se bousculaient dans l'enceinte. Il n'y avait que des places debout, je fus le seul à m'asseoir, sur mon trône.

— Je vais à présent prononcer la sentence, annonçai-je à la foule, ma voix portant à chaque coin grâce à l'acoustique.

Le silence fut retentissant.

— J'ai été traité d'infidèle plus de fois que je ne peux les compter, déclarai-je à la foule rassemblée. À présent, je vais enfin agir comme tel.

Il n'y avait aucun bruit, nulle part.

Je jetai un regard à Jin, qui se tenait près de Crane, à Mikhail, qui tenait la main de Samani, au prêtre, qui ricanait de là où il se tenait près de mes prisonniers, et à Taj, qui se trouvait près de Jamal, flanqués des autres membres du *Shu*.

— Par la présente, je bannis Elham El Masry et Rahab Bahur dans la tribu de Kherket, où ils deviendront *khatyus* d'Orso Bataar. Puissent-ils être bénis par Ra dans leur nouvelle vie.

Il y eut des halètements, des chuchotements, du choc et de l'indignation alors que le *sheseru* et le *sylvan* de Rahab se redressèrent brusquement. Son *sylvan* fut le premier à retrouver sa voix.

— Maître, vous ne pouvez pas croire que nous allons permettre une telle...

— Vous le ferez, assurai-je en me levant. Sinon, je les emmène à la fosse dès maintenant, et mon *sheseru* leur ôtera la tête, l'un après l'autre. Le choix vous appartient.

— Mais Maître...

— Ce sont des traîtres à mon règne, déclarai-je. Je suis *semel-aten*, que vous l'aimiez ou non. Le *Shu* en répond à moi, vous *tous*… en répondez à moi. Je ne tolérerai pas la trahison. Par la loi, je peux les tuer tous les deux. En Mongolie, ils ont une chance de reconstruire leur vie, de prendre un nouveau départ. S'ils choisissent de ne pas le faire, si quiconque tente d'interférer lorsqu'ils seront en transit ou dès qu'ils seront arrivés, ils seront tués. Ceci est mon exigence et a été accepté par Orso Bataar.

— Maître…

— Vous êtes le *sylvan* de la tribu de Wepwawet, n'est-ce pas ?

— Oui, Maître.

— Qui est l'héritier de votre *Semel* ?

Il sembla sur le point d'hyperventiler.

— Son frère, Zaki.

— Prévenez-le qu'il est à présent le *Semel* de la tribu de Wepwawet.

— Mais Maître…

— Vous croyez que je ne sais pas tout ce qu'il y a à savoir sur votre tribu ? lui demandai-je avec insistance. Peut-être est-il temps que votre gang en devienne enfin une.

— Une quoi, Maître ?

— Une véritable tribu.

Il tremblait.

— Vous ne savez rien de…

— Je connais tout de la différence entre un peuple et une tribu, entre ceux qui donnent et ceux qui ne font que prendre. J'étais *Semel* d'une tribu autrefois et c'était comme ça.

Il aurait pu être étrange pour moi d'avoir tous les yeux rivés sur moi, tout le monde me fixant silencieusement. Mais quelque part au cours de ces six derniers mois, je m'y étais habitué.

— Peut-être Zaki Bahur peut-il réaliser ce que son frère n'a pas pu.

Le *sheseru* et le *sylvan* de la tribu de Wepwawet attendirent.

— Je sais que votre tribu se targue de son argent et de son pouvoir, mais vous devez comprendre que c'est le monde des hommes, dis-je doucement, permettant à mes mots d'être assimilés. Et je sais que nous devons tous vivre dans ce monde, mais pour nous il y a plus. Il y a toujours la tribu, notre famille. C'est de cela dont nous parlons – de vous en tant que panthères, de la loi et de votre *semel*. Nous parlons de votre *Semel* et d'Elham El Masry qui croient être au-dessus des lois, qui pensent être jugés

84

en tant qu'hommes et pas en tant que panthères, en tant que membres d'un ensemble.

Voilà la véritable question que tant de gens manquaient.

— Le jugement du *semel-aten* concernera toujours ce qui est le mieux pour une panthère, pas nécessairement ce qui est le mieux pour l'homme.

— Oui, Maître.

Ce n'était pas ce qu'ils voulaient entendre, mais au moins, cela avait du sens. Je n'étais pas un despote fou et assoiffé de pouvoir ; j'étais un *Semel* disciplinant les membres de sa tribu. Toute cause avait un effet absolu dans le monde des panthères, les gens venaient juste de se le rappeler.

— Je m'attends à ce que Zaki Bahur se tienne devant moi et me jure fidélité dans un mois. C'est compris, *sheseru* ? C'est compris, *sylvan* ?

— Oui, Maître, répondirent-ils d'une même voix.

Lorsque je tournai le regard vers lui, je vis combien Rahab avait l'air fou, ses yeux, qui avaient été meurtriers et bouillonnants de haine, projetaient à présent la terreur. Tout cela, car ce que je disais avait du sens. Son peuple comprenait – ils ne tenteraient pas de le libérer. Il avait joué et perdu, il était temps de payer. Tout comme dans la nature, quand le chef était défié, le challenger battu était banni.

Jamal s'avança pour prendre le contrôle des prisonniers, mais avant qu'il ne puisse donner ses ordres, je l'arrêtai :

— Offre le job à Shahid, dis-je en faisant un signe de tête en direction de l'homme qui avait été victime de chantage dans ce complot machiavélique en vue de me renverser. Il va s'en occuper.

Le regard de Shahid croisa le mien un instant avant qu'il ne s'incline.

— Merci de ta confiance, Maître. Je ne te décevrai pas.

— Je sais. Et quand ta femme et ton enfant arriveront, mon *sheseru*, Taj Chalthoum, les accueillera et les protégera jusqu'à ton retour.

Taj ne savait pas qu'il allait être de garde, mais il s'avança rapidement, posa sa main sur son cœur et promit à Shahid qu'il massacrerait quiconque oserait les blesser.

Le soulagement, l'appréciation, la ruée d'émotions visibles envahirent Shahid, qui ne put qu'acquiescer, clairement submergé.

— Vas-y, ordonnai-je.

Il pivota, fit signe aux autres membres du *Shu* et ils sortirent les deux hommes, la foule s'écartant rapidement pour eux.

— Quant à vous, dis-je, interrompant Kovo avant qu'il ne puisse dire un mot. Je veux Jamal ici, puisque je le nomme héritier de mon trône, héritier du *semel-aten*.

Bien que debout, les mains levées, il me fut impossible de faire taire la foule. Au lieu de cela, je m'assis, tandis que Taj appelait les messagers.

En règle générale, les cors me donnaient la migraine, mais parfois je comprenais pourquoi on en avait.

Jin se déplaça sur le côté de mon trône et se baissa à mon oreille.

— Oui, ma *reah* ?

Ses yeux brillaient d'inquiétude.

— As-tu parlé à Logan ?

— Oui.

— Et ?

— Tu crois que Logan et ton fils n'ont pas besoin de toi, exprimai-je en tournant la tête afin de pouvoir croiser ses magnifiques yeux gris. Tu avais besoin de t'éloigner et la crise de Crane t'a donné une raison de le faire. Tu t'es enfui sans en informer Logan et maintenant tu es là.

Il se redressa abruptement, prêt à s'éloigner de moi. Je l'agrippai par le poignet, le gardant à proximité.

— Lâche-moi.

— Où était Logan ? À un rassemblement ?

— Oui.

— Tu ne voulais pas y aller ?

Jin se racla la gorge.

— Je ne suis plus autorisé à assister aux rassemblements. Yusuke va avec lui.

Je levai les yeux au ciel.

— Vraiment ? Tu crois que ta *maahen* peut prendre ta place à ses côtés ?

Il resta silencieux.

— Ou Danny ? Si le *sylvan* de Logan y va aussi, peut-être que ton cousin peut te remplacer ?

Il tira sur son bras, mais j'étais plus fort. Sous sa forme de *nekhene*, Jin pouvait m'éviscérer. S'il libérait son pouvoir, il pourrait même me forcer à me transformer.

Peut-être.

Je l'avais ressenti avant et y avais résisté, mais il n'avait jamais été pleinement dirigé vers moi.

— N'augmente pas ton pouvoir, sale gosse, marmonnai-je.

Son regard croisa alors le mien, ses pupilles étaient dilatées. Je voyais une chose sauvage, instable, car son compagnon n'était pas avec lui.

— Tu es le seul *nekhene* au monde, ton compagnon et ton fils ont désespérément besoin de toi.

— Que tu dis, répliqua-t-il, puis ses paupières papillonnèrent et je fus, à nouveau, aussi rapidement, en présence d'une *reah*.

La différence était telle que la nuit et le jour – il pouvait être féroce un instant puis l'instant suivant représenter la quintessence du foyer. Je n'avais aucune idée comment Logan pouvait chevaucher quotidiennement cette vague. Mon compagnon était tout simplement celui qui voulait me garder, m'aimer, être mon sanctuaire.

— Yuri te manque.

Je ne répondis pas alors qu'il se redressait et me souriait.

— Ne le nie pas, je le vois sur ton visage, je le sens battre entre nous.

— Je ne sais pas de quoi tu parles.

— Que fait Koren ici ?

— Je pensais qu'il était venu avec toi.

Je fus indigné lorsque le son des cors emplit la pièce et que le silence qui suivit fut instantané.

Tous les yeux se tournèrent vers moi tandis que je me levai une fois de plus, me dirigeant vers le bord de l'estrade, baissant les yeux vers le prêtre qui commençait à contester.

— Vous avez perdu la raison si vous croyez que je permettrai à un homme qui…

— Silence ! criai-je, ma voix se déversant dans la pièce. J'ai pris ma décision. Moi seul. Vous n'avez pas votre mot à dire, vous n'êtes pas plus divin que je le suis. Si vous préférez, je peux séparer votre tête de votre corps et montrer à tout le monde la couleur de votre sang.

Toute couleur disparut de son visage et je pus dire qu'il était assez intelligent pour savoir ce qui allait se passer.

— Le temple de Satis ne sera plus la maison du prêtre de Chae Rophon, car à partir de ce jour, il n'y aura plus de prêtre de Chae Rophon. Je vous destitue de votre titre et de votre position et vous bannis dans la tribu de Mafdet, pour y servir le *semel-netjer*. Vous comprendrez le véritable pouvoir lorsque vous serez près de lui.

— Je…

— Satis deviendra une école, continuai-je, ma voix s'élevant. Où quiconque pourra apprendre et vivre tout en étudiant les lois. Toutes les voûtes et les chambres seront ouvertes et leur contenu répertorié. Aucun mystère ne restera – toutes les illustrations, les trésors trouvés seront partagés et toute la richesse cachée à Satis sera restituée à la tribu de Rahotep.

Le rugissement d'approbation fit frémir le prêtre.

— Le personnel de Satis restera en place, ils se présenteront à Jamal Hassan, qui prendra la position de gardien de la loi, le *menthu* de Satis.

Je souriais alors que je tournais rapidement les talons et vis Jamal me fixer comme s'il avait vu un fantôme.

— Tu es digne de ce titre, proclamai-je, content de moi. Le *Shu* ne me servira plus, il te protégera. Mon *sheseru* et ma garde privée assureront ma protection. Ils pensent peut-être que j'ai perdu foi en eux, mais ce n'est pas vrai.

Je n'eus pas besoin de regarder Taj pour savoir qu'il était touché par ma confiance en lui et en ses *khatyus*.

Presque.

J'avais failli faire l'erreur de prendre mes distances avec ma maisonnée, faisant confiance à des assassins au lieu de ceux qui m'étaient loyaux. Mais maintenant que le *Shu* avait son propre chef à protéger, pour leur plus grand plaisir, il n'y aurait plus de conflits de loyauté. J'avais revendiqué mon propre *sheseru* et mes *khatyus*, ils m'emplissaient de fierté. Il me fallait un certain temps parfois, mais j'allais faire en sorte que cela fonctionne.

— Je ne serai plus le *semel-aten*, comme notre bien-aimé prêtre Hamid Shamon m'avait baptisé, je serai dorénavant *akhen-aten*. Mon règne va changer de direction et je vais apporter de grands changements. La nouvelle ère de Sobek sera *Harmakhet*, la nouvelle aube.

La pièce explosa sous les acclamations.

— Nous allons balayer l'ancienne Sobek et créer une nouvelle ville moderne qui s'élèvera sur les cendres de l'ancienne et sera un haut lieu de prospérité. Le monde extérieur sera autorisé à Sobek, l'industrie se développera, rien ne sera comme avant.

On ne pouvait rien entendre dans le vacarme des centaines de voix s'élevant ensemble.

Il y aurait de la résistance, je le savais, mais l'ancienne Sobek était finie et une nouvelle arrivait. Cela prendrait des années, mais la construction commençait dès maintenant.

J'avais besoin que toutes les panthères à travers le monde viennent et s'établissent à Sobek. Je souhaitais de la diversité et du changement, car la ville et toutes les terres m'appartenaient – ce qui était en fait le cas pour chaque *semel* – je pouvais y arriver. Je trouverais les meilleures personnes, les plus intelligentes, les plus ingénieuses de chaque tribu du monde et ensemble, nous construirions notre nouvel état.

Bien sûr, je venais de me mettre une énorme cible dans le dos, le changement était effrayant. J'allais juste devoir faire attention. Le *Shu* lui-même avait tenté de me tuer, sans succès, faire front contre qui que ce soit d'autre serait aisé. Du moins, je l'espérais.

Je descendis de l'estrade et m'avançai jusqu'à me trouver devant Asdiel Kovo, seuls mes *khatyus* et Taj maintenant la foule en petit cercle.

— Maître, vous…

— Non.

Je m'approchai afin qu'il puisse m'entendre par-dessus le bruit joyeux de la foule rassemblée.

— Votre temps est venu. Nous n'avons plus besoin d'un prêtre du Chae Rophon, nous n'avons plus besoin des mêmes règles et des mêmes sanctions. La tribu de Rahotep n'est qu'une tribu. Elle ne peut plus fonctionner dans cette bulle. Au lieu de cela, elle ressemblera à toute autre famille de par le monde dirigée par un *Semel*.

— Vous…

— Nous avons besoin de quelqu'un qui nous conduise hors de l'obscurité, pas qui nous garde à l'intérieur.

— Vous allez anéantir toutes les traditions ! Vous…

— C'est fini. Tout ce que vous et quelques autres personnes espérez perpétuer n'apporte rien de bon. Si les gens prospéraient, si chaque personne de cette communauté se portait bien, je dirais oui, laissons les choses telles qu'elles sont, mais ce n'est pas le cas. Nous avons de la pauvreté, du crime et des sans-abri. Ce n'est pas acceptable, je ne l'accepterai pas.

— Non ? rugit-il. Et qui êtes-vous pour nous imposer ces nouvelles lois ? Vous n'êtes rien ! Vous n'êtes personne !

— J'étais *semel-aten* et maintenant je suis *akhen-aten*, celui qui nous guidera vers notre renouveau.

— Vous êtes ivre de pouvoir !

— Je veux ce qu'il y a de mieux pour ma tribu.

— Ces gens ne sont pas votre tribu !

— Elle est davantage la mienne que la vôtre, l'éclairai-je.

Il se rapprocha de moi.

— Vous pouvez vous donner ce nouveau titre, ce '*akhen-aten*', mais vous ne pourrez pas délivrer cette ville de…

— Je le ferai.

Je fis signe à Taj, qui fut immédiatement là avec quelques-uns de ses *khatyus*.

— Le prêtre n'a pas de famille, c'était la loi, alors vous irez trouver Logan Church et…

— Pensez-vous que je n'ai pas vu venir la chute de mon pouvoir, Domin Thorne ? gronda-t-il. Aviez-vous la croyance erronée que je pensais que vous étiez un honnête homme ?

Je fronçai les sourcils.

— Et même si c'était vrai, si je n'avais pas les légions de partisans que vous avez, il y en a encore un sur lequel je peux compter, un qui exécutera toujours mes ordres.

— S'il vous plaît, dites-moi qui est cette âme perdue que je puisse aller le, ou la, sauver de votre délire.

— Vous le saurez bien assez tôt, confirma-t-il. Lorsque ce que vous aimez le plus vous sera enlevé, rappelez-vous que cela a été fait sous mon ordre. Je vous l'ai enlevé. J'ai mis fin à sa vie.

Yuri.

— Il est déjà mort, siffla-t-il.

Je ne vis jamais le couteau.

VI

MA VUE devint blanche. Tout me faisait mal, il y avait des cris et des hurlements, et quelque chose de chaud moucheta mon visage avant que je ne m'effondre. Je n'arrivais plus à respirer, mon cœur était comme dans un étau, tout ce à quoi je pouvais penser était Yuri.

Mon compagnon.

La ville d'Ipsis, la tribu de Feran... Hakkan Tarek... il avait mon compagnon. Il avait Yuri. Ces hommes fidèles au prêtre, ou du moins à une loi archaïque avaient mon compagnon. Je devais le ramener.

Cette idée me consuma alors même que mon corps convulsait de douleur.

Je devais me transformer. Mon corps voulait que je me transforme.

Mais si je me changeais en panthère, il ne resterait plus rien de moi. Je serais un animal. Je devais garder mes facultés et....

Forme intermédiaire.

Je pouvais prendre ma forme mi-homme, mi-panthère, mais cela me demanderait tellement d'énergie et je ne semblais pas en avoir....

Ma vision changea, l'angle chuta, puis il n'y eut plus que l'odeur cuivrée du sang et l'odeur de la peur. Je voulais l'éliminer, peu importe combien j'étais faible, blessé et prêt à mourir.

Je fus si violemment repoussé au sol que tout l'air se vida de mes poumons. Je haletai et m'étouffai comme un poisson hors de l'eau.

— Domin !

Je me noyais, je roulai sur le ventre et vomis du sang.

— Domin, tu dois te transformer !

Mais je pouvais dire que je l'avais déjà fait une fois et je ne voulais pas le refaire. Quelque chose n'allait pas avec mon corps. J'étais blessé, je voulais m'allonger alors même que je devais retrouver Yuri.

Je devais sauver Yuri.

— Domin ! Transforme-toi !

C'était un ordre de mon *maahes* et je me hérissai à son orgueil. Comment osait-il me dire quoi faire ?

91

— Tu vas te vider de ton sang si tu ne te transformes pas !

La nausée continua et devint des haut-le-cœur que je ne pus contrôler.

— Non, Jin !

Crane semblait dans tous ses états, ce qui signifiait que pour me forcer à me transformer, Jin n'allait pas simplement laisser son pouvoir augmenter comme il l'avait déjà probablement fait, mais que cette fois, il utiliserait son pouvoir comme un appel. Dans mon état de faiblesse, je répondrais à ses phéromones et au moment où je le désirerais, je serais aspiré par la transformation, arraché de l'intérieur dans une ruée violente et douloureuse.

Je ne le voulais pas. J'étais le *semel-aten* et venais juste de me rebaptiser, comme je l'envisageais depuis plusieurs mois. Mon seul regret était que Yuri n'avait pas été là pour entendre ce que j'avais annoncé. Le simple fait d'imaginer la lueur dans ses yeux…

Malgré tous mes efforts, je ne parvenais pas à déterminer le moment exact où j'étais tombé amoureux de Yuri Kosa. Je lui avais dit que je l'aimais en Mongolie parce que c'était les mots qu'il avait besoin d'entendre pour venir avec moi. Mais je ne l'aimais pas vraiment, pas encore.

Mais maintenant… S'il était là, s'il était avec moi…

— Domin, je t'en prie !

La voix de Koren, en espérant que ce soit bien la sienne – je devais le remercier, j'avais presque oublié de le faire. Je devais équilibrer les choses entre nous.

— Koren, toussai-je, car ce fut tout ce que je pus sortir.

— Domin, m'appela-t-il doucement et je sentis ses mains sur mon torse, ma gorge et mes cheveux. Oh, je t'en prie.

— Merci de m'avoir soutenu durant le défi, dis-je, puis ce fut comme si mon corps était en feu et que mes os fondaient sous ma peau.

MES YEUX papillonnèrent puis je vis Jin, Crane et Jamal.

Ils étaient stupéfaits.

Je me renfrognai, ce qui illumina le visage de Jin.

— J'aurais dû rappeler à ces impies qu'ils étaient en présence d'un *semel*, pas d'un félin ordinaire. Tu ne te transformes pas assez souvent, ils ont oublié ton pouvoir.

— Évidemment, dis-je en serrant les dents tandis que je me débarrassais de leurs mains et bougeais rapidement, bien trop rapidement, me relevant d'un mouvement fluide.

— Avez-vous appelé Yuri ? A-t-il répondu ?

Je serais tombé si Koren ne m'avait pas brusquement rattrapé par les épaules et soutenu.

— *Domin*, dit-il.

Mon prénom fut imprégné de plus de sentiments que je n'en pensais l'homme capable.

— Sois prudent, tu as perdu tellement de sang.

— A-t-il répondu ?

— Non, Maître, répondit Jamal. Nous avons essayé, mais il n'y a pas de réponse.

Je me rendis compte que j'étais nu jusqu'à la taille, éclaboussé de sang, avec une énorme cicatrice rouge et enflée à peine guérie s'étendant de mon abdomen à mon pectoral gauche.

Je levai les yeux vers ceux vert clair de Koren.

— Le prêtre avait une dague, expliqua-t-il. Tu serais mort si Jin n'avait pas été là.

Je regardai le compagnon du *semel-netjer* par-dessus mon épaule. Il portait une robe sans rien en dessous, je pourrais le parier.

— Merci de m'avoir sauvé la vie.

Les yeux de Jin scintillèrent, la lumière dans son regard gris clair était vraiment quelque chose à voir.

— La blessure dans ton abdomen est profonde, précisa Koren tandis que je soutenais le regard de Jin. Le couteau n'a fait qu'érafler ta poitrine, les dégâts sont assez superficiels, juste une égratignure en comparaison. Si Jin ne s'était pas interposé entre le prêtre et toi, il t'aurait touché en plein cœur.

— Qu'est-il arrivé au prêtre ?

— Le *nekhene* l'a démembré, me répondit Jamal.

L'idée que cet homme délicat que je regardais – parce que même en dépit de sa taille, il était fragile – était suffisamment fort ou redoutable pour déchirer la chair, les muscles et les os était choquante. Il se tenait là, en contrôle, timide même, me fixant derrière son masque de sérénité tranquille.

— As-tu terrifié tout le monde ? voulus-je savoir.

— Oui, Maître, répondit-il. Mais quand ta blessure a été montrée et que l'arme a été découverte, je suis devenu moins effrayant et plus ange vengeur.

— Bien.

J'expirai lentement, me rendant compte que j'étais vidé, tenant à peine debout, mais j'avais une question qui me brûlait les lèvres pour Jamal.

— Quand as-tu commencé à appeler Yuri ?

— À la seconde où nous avons su que tu vivrais, Maître, au moment où nous avons cessé de nous focaliser sur toi, nous avons tenté de le joindre.

— Et il ne répond pas ?

— Non, Maître, murmura-t-il lentement. Son téléphone doit être coupé.

Mais je savais qu'ils essayaient de joindre un téléphone normal, pas un satellitaire.

— Koren nous a dit que Yuri avait pris le mauvais téléphone, qu'il avait entendu une conversation entre Ebere et toi à ce sujet.

J'avais oublié que le frère de Logan était toujours dans la pièce.

— Ça pourrait être n'importe quoi, une interférence entre ici et Ipsis, cependant il pourrait aussi être éteint, comme je l'ai dit.

Je comprenais ça.

— Jamal ?

— Maître ?

— Continue d'essayer de joindre Yuri.

— Bien sûr, m'assura-t-il, paraissant peiné. Maintenant, veux-tu, s'il te plaît, aller dans ta chambre ? Si tu pouvais voir la teinte de ta peau, tu…

— Je m'en fous. Vous devez trouver Yuri ! hurlai-je, employant tant d'énergie que mes genoux cédèrent.

Koren me rapprocha, m'enveloppant de son corps légèrement plus grand.

— Mets ton bras autour de mon cou.

Je fis comme ordonné.

— Appuie-toi sur moi, pour une fois.

J'avais une remarque sarcastique et acérée sur le bout de la langue, mais son visage, tourné vers moi, derrière mon oreille, m'inonda de réconfort. C'était instinctif, la caresse d'un félin à un autre, qui calma l'homme que j'étais, pas seulement l'animal.

— Je vais te conduire dans ta chambre, dit-il, la voix comme un ronronnement sensuel sur ma peau.

— Laisse-moi.

J'avais la tête qui tournait.

— Nous serons juste derrière vous avec de l'eau et de la viande, ajouta Crane d'une voix rauque, en poussant Jin en avant.

— Tu continueras d'essayer d'appeler Yuri ?

— Bien sûr, m'assura Crane, me donnant sa parole. Mais s'il te plaît, Domin, tu dois te reposer.

— Mais…

— S'il te plaît, insista Jin.

Je tentai de m'écarter de Koren.

— Je pense que je peux marcher seul, dis-je, paraissant ivre, alors que je me cognais accidentellement le nez dans le sien. Je n'ai pas besoin de ton aide.

— Tu vas devoir l'accepter pour une fois, répondit-il en faisant signe à Jamal d'accrocher mon autre bras sur ses larges épaules.

Si Yuri avait été là, il m'aurait porté.

Voilà une autre raison pour laquelle mon homme me manquait.

IL ME déposa délicatement sur le lit dans ma chambre et cala des oreillers dans mon dos et sous mes pieds. Je voulais bouger, mais il n'y avait aucun moyen que j'y arrive avant d'avoir mangé et bu. Étendu, je fixai Koren et Jamal.

— Et s'il était déjà mort ?

Jamal secoua la tête.

— Personne sain d'esprit ne poserait la main sur le compagnon du *semel-aten*.

— Là est le problème, ils sont fous.

— Qui, Maître ? Cette menace du prêtre pourrait être vaine.

— Alors pourquoi Yuri ne répond-il pas au téléphone ?

— Il pourrait y avoir un million de raisons, déclara Jamal d'un ton ferme. Tu le sais aussi bien que moi.

— J'ai besoin de savoir qu'il va bien.

— Bien sûr.

— Envoie des hommes à Ipsis, maintenant !

— Ton *sheseru* a pris la liberté de le faire, Maître. Taj est en route pour Ipsis à l'heure où nous parlons avec cinquante hommes et dix du *Shu*.

— Vraiment ?

— Oui, Maître, il est parti il y a un moment, lorsque je l'ai convaincu que tu allais vivre.

— Pourquoi attendait-il de…

— Il avait besoin de le savoir avant tout, fut tout ce que répondit Jamal.

— Pourquoi ?

— Que crois-tu, idiot ? me réprimanda Koren. Parce qu'il est ton *sheseru* et qu'il ne partira jamais sans savoir si tu vas bien.

— Mais si Logan était blessé et que Jin était en danger alors…

— Ne compare pas Yuri à Jin ! L'un est une âme sœur tandis que l'autre est une toquade qui va bientôt décliner.

— Kor…

— Si tu étais en train de mourir et que Yuri était ta *reah* ou ta *yareah*, tous les efforts seraient immédiatement faits pour le ramener à son *Semel*. Lorsque Logan et toi êtes allés dans la fosse l'un après l'autre ce jour-là, Mikhail a immédiatement emmené Jin à Logan.

— Oui, je…

— Yuri n'est pas ton compagnon. Quel que soit le nom que tu veux lui donner, c'est bien, mais deux hommes, à moins que tu n'arrives à trouver une autre *reah* mâle quelque part, ce ne sera jamais *maat*.

Je secouai la tête.

— Ça ne l'est pas, Domin. La loi des panthères ne reconnaît pas…

— Je sais ce qu'elle reconnaît et je changerai la loi pour toutes les panthères, pas juste pour moi.

— Tu peux et tu le feras, je n'ai aucun doute là-dessus. Mais jusque-là, un homme comme Taj, qui accorde une plus grande importance à toi qu'à Yuri, va attendre d'être sûr que tu vas bien avant de se fondre dans la nuit à la recherche de ton petit ami.

— Peu importe ce que tu dis, il est mon compagnon.

Je toussai violemment, ce qui envoya une vague de douleur à travers tout mon corps.

— S'il te plaît, mon *semel*, commença Jamal. Tu dois…

— Et si c'était Constantine ?

La question était directement dirigée vers Jamal.

— Et s'il était celui qui allait tuer Yuri ?

— Constantine est membre de ton *khatyu*, Maître. Tu dois avoir confiance en tes hommes.

Je ne faisais confiance à personne pour le moment.

— Constantine donnerait sa vie pour sauver Yuri. Cherche le traître ailleurs, pas dans ta propre maisonnée.

— Ma propre maisonnée ? aboyai-je. Est-ce que tu te moques de moi ? Comme si ma maison était si sacrée et sécurisée ? Comme si j'étais si aimé que personne n'essayait de me faire du mal ? Est-ce que tu t'écoutes ?

— Maître…

— Elham El Masry a engagé cette charmante femme qui m'apportait mon petit déjeuner, mon déjeuner et mon dîner, pour m'empoisonner. Si Kabore n'avait pas été là, je serais mort.

Koren eut le souffle coupé, mais je ne m'en souciais guère. Qu'il soit choqué.

— Je…

— Alors, ne me sors pas toutes ces conneries au sujet de 'ma maisonnée'. Tout le monde pourrait essayer de le tuer. Tout le monde ! J'ai confiance en toi, en Kabore, en mon *sylvan* et mon *sheseru*, en ma *mastaba*… Oh !

J'eus une soudaine pensée, car mon cerveau partait dans tous les sens et faisait tout de travers.

— Quelqu'un a-t-il appelé Ebere pour lui dire que Crane avait gagné le défi ?

— Non, Maître.

— Nom de Dieu, elle a besoin de savoir.

— Oui, Maître, acquiesça-t-il, soudain peiné. Mais, s'il te plaît, veux-tu…

— N'importe qui de la tribu de Feran peut tenter de le tuer.

— Oublies-tu qui est Yuri ?

— Je ne comprends pas ce que…

— Il n'est pas une faible créature facilement dépassée ; il était un *sheseru*, l'une des panthères les plus fortes que j'aie jamais vues. Il ne se laissera pas tuer facilement, Maître.

— À moins qu'il ne soit pris par surprise.

Jamal secoua la tête.

— Je suis désolé, mais je le vois bien trop compétent.

Moi, je ne le voyais pas du tout, là était le problème. J'avais besoin de plonger mon regard dans le sien, de poser mes mains sur lui, de sentir son cœur battre sous mon oreille, la tête posée sur son torse.

— Je te jure que si nous nous en sortons tous les deux, tu ne me quitteras plus jamais.

— Maître ?

J'avais exprimé ces mots entre mes dents serrées.

— D'accord, si celui qui en a après lui n'essaye pas de le tuer, que peut-il faire d'autre ?

— De quoi parles-tu ?

Koren était agacé, mais ce n'était pas à lui que j'avais posé la question.

L'une des meilleures choses au sujet de Jamal était sa capacité à émettre des suppositions avec moi et à penser aux pires scénarios. Tous les autres se contentaient de ne pas insister sur ce qui pourrait se passer ou sur les mauvaises choses, mais Jamal me suivait sur les routes sombres et sinueuses en un battement de cœur. C'était une splendide qualité.

— Je crois que la plus grande inquiétude serait si, pour une raison ou pour une autre, la tribu de Feran tentait de le cacher, m'éclaira Jamal.

— Le cacher ?

— Oui, acquiesça-t-il. S'ils l'emmènent dans les catacombes d'Abtu pour l'y cacher ou simplement l'y abandonner, alors pour nous, qui ne sommes pas familiers de ces cavernes, il serait hautement improbable de le localiser. La grotte est vaste. Tu aurais à couvrir beaucoup trop de terrain pour le retrouver – je ne sais pas comment nous pourrions y parvenir avant qu'il ne meure de faim ou de déshydratation.

— Pourquoi lui dis-tu cela ? demanda Koren d'un ton indigné. Cela ne va pas aider.

— Si, répliqua Jamal. Mon *Semel* préfère être paré à toute éventualité et s'y préparer s'il le peut.

Mon esprit tournait à pleine vitesse.

— Donc, nous aurions besoin de vitesse dans ce cas ?

— Oui, convint-il.

Vitesse.

— Voilà, dit Crane en entrant dans ma chambre en portant une énorme bassine d'eau, suivi de près par Jin, qui portait un plateau de viande tranchée.

— Transforme-toi, Domin et avale-moi tout ça.

— Jin, appelai-je en croisant son regard. J'ai besoin que tu viennes avec moi à Ipsis au cas où la tribu de Feran cacherait Yuri dans les catacombes d'Abtu.

— Bien sûr.

Il sourit comme si c'était la requête la plus simple du monde.

— Je sais que Logan sera bientôt là, mais…

— Je ne te laisserai pas quitter la villa sans moi de toute façon, déclara Jin. Je ne partirai pas d'ici sans voir Yuri. Je ne pourrais pas.

Logan allait me tuer.

VII

Nous nous disputions, encore.

— Je l'interdis.

— As-tu perdu l'esprit ?

— Pour l'amour de Dieu, tu es *semel-aten*, Domin !

— Techniquement, je viens de me nommer *akhen-aten*, mentionnai-je, malicieusement, tentant d'injecter un peu de légèreté dans la situation.

— Nomme-toi comme tu veux, mais le monde te connaît comme *semel-aten* et en tant que *semel-aten*, il est complètement irresponsable et égoïste de ta part de te mettre en danger !

— Nous parlons de mon compagnon, lui rappelai-je.

Il se retourna et me désigna du doigt, allongé sur le lit.

— Ne recommence pas ces conneries. Peu importe ce que tu essayes de dire, Yuri Kosa n'est pas ton compagnon !

Il ne savait rien sur rien.

— Tu ne peux pas nous abandonner pour… ça.

— Tu m'as perdu.

— Domin, dit-il d'une voix douce, apaisante. Comment es-tu passé de nos années ensemble à mettre le *sheseru* de Logan dans ton lit ?

— Il voulait être là, je voulais qu'il soit là… je ne comprends pas la question.

— Domin…

— Tu me veux maintenant parce que je suis *semel-aten*.

— Non.

— Oh, si, ris-je, mais cela fut douloureux, alors je dus cesser. Yuri me veut, *moi*. Nous pourrions vivre dans une cabane quelque part sur une plage qu'il serait parfaitement heureux.

— C'est parce que tu es beau et…

— C'est la chasse qui t'excite, Koren, répondis-je honnêtement. Je comprends, mais je ne veux plus fuir.

— Comment peux-tu renoncer à nous ? À moi ?

— *Tu* as renoncé à *moi* ! criai-je, ces conneries me rendant malade. Tu m'as quitté ! Tu n'as jamais su ce que tu voulais et je continuais à… non, me dégonflai-je. Pas encore.

Il se dirigea vers le lit et se laissa tomber à côté de moi, posant son bras chaud sur mon torse froid, encore moite de la transformation, mon corps essayant toujours de se réguler et de guérir. J'avais besoin de dormir, mais je voulais Yuri encore plus. Si quoi que ce soit lui arrivait….

— Domin !

Je reposai mon regard sur Koren.

— Je sais que tu ne veux pas que Yuri soit blessé, mais il y a une énorme différence entre vouloir cela et revendiquer cet homme comme ton compagnon.

Comment pourrais-je lui faire comprendre ?

— Voilà ce qu'il s'est passé, dit-il, sa main remontant sur mon pectoral gauche, sur ma clavicule et sur ma gorge.

Il était doux tandis que ses doigts traçaient ma peau, mes yeux se fermant lorsque son pouce effleura ma lèvre inférieure.

— Je suis sorti du tableau et tu as fini par le voir.

J'émis un bruit d'acquiescement.

— Pourquoi crois-tu que tu ne l'aies jamais vu avant ?

Parce que j'étais stupide ? Parce que j'étais aveugle ? Parce que j'étais si épris de l'idée d'avoir Koren Church que je ne voyais pas ce qui était juste devant moi ?

— Tu ne l'avais jamais vu parce que tu ne l'avais jamais envisagé.

Repoussant sa main, je roulai sur le côté.

— Tu devrais t'en aller.

Instantanément, sa main fut sur ma hanche.

— Être *semel-aten* était tout nouveau, tu ne voulais pas commencer cette aventure seul, alors tu…

— Non.

Je l'interrompis, parce que même si je n'aimais pas Yuri lorsque nous étions arrivés à Sobek, c'était tellement plus que ça, à présent.

— C'est juste…

— Non ! criai-je.

— Écoute-moi ! Il n'est pas pour toi. Il ne l'est *pas*.

Si j'avais été en pleine possession de ma force, je l'aurais jeté dehors, mais j'étais épuisé. Ce qui ne signifiait pas que j'étais sans défense. Je pouvais brandir mes souvenirs comme un fouet.

— Je suis rentré avec cette part de tarte au citron parce que je savais que c'était ta préférée, commençai-je. Et je...

— Oh, pour l'amour de Dieu, Domin ! Ne recommence pas avec ça, s'écria-t-il, en sautant du lit pour s'éloigner de moi. Pourquoi dois-tu toujours...

— Quand j'ai ouvert la porte, tu étais avec Talon Denvers.

— Je...

— Tu savais qu'elle était accouplée, c'est une *yareah*, putain ! m'écriai-je.

— Tu sais aussi bien que moi que Christophe et Talon sont ouverts...

— Ce n'est pas le problème, dis-je en roulant sur le dos. Le problème est que j'avais cette tarte à la main et qu'est-ce que tu as dit ?

Il secoua la tête.

— Koren ?

— Je ne m'en souviens plus.

Moi, oui, c'était bien là le problème.

Je venais de rentrer, excité de le voir, car il venait juste de revenir d'un voyage d'affaires. Mais au lieu de venir me retrouver, de m'attendre, il était immédiatement sorti dans un club et avait ramassé une femme. Et pas n'importe quelle femme, mais Talon Denvers, *yareah* de la tribu de Pakhet. Mon irruption ne l'avait même pas arrêté.

— Room service, avait-il annoncé joyeusement, continuant de marteler la femme qui se tordait sous lui. Dieu merci, je suis affamé !

Il avait été difficile de faire entrer l'oxygène dans mes poumons, mais cela me convenait – de toute façon, l'odeur de sexe et de sueur épaississait l'air de la pièce.

— Viens là, avait-il demandé, son regard brûlant me balayant. Talon va te sucer.

Mais contrairement à Koren, la personne qui me touchait au lit m'importait et je n'avais jamais voulu qu'une femme le fasse. Pour moi, ce n'était pas une préférence, c'était simplement la façon dont j'étais fait.

J'avais reculé d'un pas et mon visage, j'en étais sûr, avait été la première indication que quelque chose n'allait pas. Instantanément, il avait été sur la défensive.

— Comme si tu n'avais baisé personne depuis que je suis parti, avait-il grogné, tout en pilonnant Talon. Ce n'est pas comme si nous étions accouplés, Domin.

Et nous ne l'étions pas. Ce n'était pas parce que je le pensais dans mon cœur, que je m'étais laissé emporter en pensant que j'étais spécial parce que Koren Church m'aimait, que je comptais les jours jusqu'à ce qu'il rentre… ne rendait pas réel ce que je ressentais. Cela ne me rendait pas important pour lui. J'étais une question réglée, il était toujours en chasse. Ça avait été clair comme de l'eau de roche lorsque je m'étais enfui de la pièce, laissant tomber la tarte sur le pas de la porte.

Alors que je descendais les marches en trombe et me précipitais vers la porte d'entrée, j'avais entendu une voiture. Quand j'étais arrivé dans l'allée, j'avais vu Logan sortir du côté passager de la Jeep Wrangler de Jin et ce dernier s'était drapé sur le volant. Il m'avait fallu un instant pour me rendre compte qu'il était en train de rire, pas de pleurer, et que Logan était furieux.

— Tu es cinglé ! avait rugi Logan, en marchant d'un pas raide vers la maison. Comment as-tu pu même obtenir ton permis de conduire ?

Cela avait été douloureux à regarder, tout était si normal, Jin sortant de la voiture et courant après son compagnon, Logan lui hurlant de rester loin de lui parce qu'il était fou.

— Bébé ! lui avait crié Jin.

— Non !

Lorsque Jin s'était finalement mis en travers de son chemin, barrant le passage du *semel*, j'avais vu Logan lui adresser un regard noir avant de prendre le visage de Jin entre ses mains.

— Sois plus prudent, avait-il demandé dans un grondement. Qu'est-ce que je ferais si quoi que ce soit t'arrivait ?

Jin avait penché la tête en arrière et Logan s'était baissé pour l'embrasser. Cela avait été doux et sexy, juste eux. Des âmes sœurs.

Je m'étais enfui du porche, mais Logan m'avait attrapé le bras avant que je ne puisse atteindre ma voiture.

— Est-ce que tu vas bien ? avait-il demandé en reniflant. Tu sens comme si tu avais été blessé.

Ce n'était que mon cœur, même si je n'avais pas saigné.

— Domin ?

Je m'étais raclé la gorge.

— Ton frère baise une *yareah* dans sa chambre. Tu ferais mieux de t'occuper de ça, mon *Semel*.

Ses yeux s'étaient écarquillés et j'avais vu la colère et l'embarras envahir son visage.

— Nous savons tous que Talon Denvers est une pute, mais… sous ton toit ?

Logan avait monté les marches en courant, j'étais presque libre. C'était sans compter sur Jin. Il avait semblé inquiet.

— Qu'est-ce qui ne va pas ?

— Koren baise Talon Denvers dans son lit.

Ses yeux étaient devenus énormes.

— Mais tu attendais qu'il rentre.

— Effectivement, avais-je rétorqué.

Puis j'étais monté dans ma Grand Turismo argentée et étais parti.

— Domin !

De retour dans le présent, je me rendis compte que, le jour où j'étais parti au *sepat* avec Logan, je n'avais pas eu besoin de dire au revoir à Koren. Il ne restait rien entre nous.

— Je pense qu'un jour tu trouveras quelqu'un qui te captivera, lui dis-je.

— Je l'ai déjà trouvé, répondit-il en fronçant les sourcils et tendant la main vers mon visage.

Ma tête bascula en arrière alors que Jin, Crane et Kabore pénétraient dans ma chambre, suivis de plusieurs serviteurs.

— Vous devez manger et boire, Maître, annonça Kabore en claquant des doigts pour diriger tout le monde. Et vous, *l'ex*, éloignez-vous de mon Maître.

Koren serra les dents, mais il descendit du lit tandis que mon intendant s'avançait, ses bottes noires brillantes résonnant sur les carreaux de pierre lorsqu'il se précipita à mon chevet.

— Maintenant, Maître, transformez-vous et mangez. Nous sommes tous là et lorsque vous aurez retrouvé vos forces, nous partirons à la recherche de votre compagnon.

— Ouais, murmura Crane. Comme il a dit.

Je pris une profonde inspiration.

— Je dois retrouver Yuri.

Les yeux de Jin brillèrent d'une lueur argentée.

— Bien sûr que tu le dois. Il est ton compagnon.

Oui, il l'était.

Ils s'endormirent autour de moi, tous entassés sur le lit que je ne partageais habituellement qu'avec Yuri. J'allais devoir donner des

103

ordres afin que les draps soient changés et lavés dès que je serais parti. Si mon compagnon sentait l'odeur de Koren Church sur les draps, il m'atomiserait. Je soupirai à cette pensée. Yuri était très possessif envers moi, alors que personne d'autre ne l'avait été, ce qui ne manquait jamais de m'exciter.

Il me manquait. Je le voulais près de moi. J'étais blessé, j'avais besoin de repos, mais encore plus, j'avais besoin de mon compagnon. Ses mains sur ma peau seraient si bien.

Nous nous étions disputés la veille de son départ. J'avais râlé, tempêté et quand il m'avait défendu, même lorsque je lui avais dit combien j'avais horriblement échoué – il était toujours mon plus fervent soutien – je m'étais jeté sur lui, seulement pour être attrapé et repoussé contre le mur.

J'étais fort, mais Yuri était plus fort, plus grand et avait facilement vingt kilos de muscles de plus que moi sous sa forme humaine. Sous ma forme de panthère, je l'aurais eu haut la main, mais ce n'était pas ce que je voulais. Sa démonstration de puissance, voilà ce que je voulais.

— Tu testes ma patience, mon *Semel*, gronda-t-il à mon oreille, me maintenant d'une main sur la nuque, appuyant durement ma joue contre le mur en pierre, son genou coincé entre mes cuisses, m'écartant les jambes.

Je frémis sous le pouvoir qu'il exerçait sur moi, car Yuri était le seul à savoir, aucun autre amant ne l'avait soupçonné, pas même Koren, que mon désir de me soumettre était aussi fort que mon besoin de dominer. Il était absolument nécessaire pour moi d'abandonner le contrôle afin que mon esprit puisse, enfin, pour un moment, se reposer.

La chemise que je portais fut déchirée, jetée au sol en lambeaux. Il lécha le côté de mon cou, derrière mon oreille, ce qui affaiblit mes genoux alors même que je lui ordonnais de me lâcher.

— Tu ne veux pas que je te lâche, se moqua-t-il, mordant durement ma peau tendre. Pas vrai, mon *Semel* ?

Je manquai de jouir.

Quand il me poussa en avant, mon aine appuyant contre le mur, tandis qu'il se frottait contre ma raie, se pressant, se poussant, je lui ordonnai de monter sur le lit et de relever les fesses.

— Non, ce n'est pas ce dont mon compagnon a besoin.

Les restrictions que Yuri avait plantées dans le mur furent libérées d'où elles étaient accrochées derrière un rideau sur la gauche et un autre sur la droite. Il avait lui-même inséré les boulons dans le mur, lourdement fixé les chaînes en argent, qui se terminaient par des menottes. Puis il avait caché les chaînes à la vue des yeux indiscrets qui pourraient entrer dans nos quartiers privés. Les bandes de soie drapées sur les chaînes étaient d'un bleu nuit sombre.

Il décrocha la première et j'entendis l'éraflure du métal contre la pierre lorsqu'il la déplaça, puis quand mon poignet fut entravé. Ce fut douloureux, comme toujours lorsque l'argent touchait la peau d'une panthère. Alors que le changement en nous était chimique, biologique, la transformation nous rendait allergiques depuis la naissance à ce métal particulier. En temps normal, on l'évitait, mais Yuri avait demandé que les chaînes et les menottes soient forgées dans l'argent spécifiquement pour cette raison. Il voulait être sûr que je ne pourrais pas me libérer.

Je frissonnai tandis que mes bras étaient largement étirés, la seconde menotte se verrouillant sur mon poignet.

— De quoi a besoin mon chaton ?

— Va te faire voir ! criai-je tout en me débattant et en me tortillant.

Je tentai de le mordre, mais je n'avais pas d'amplitude de mouvement, rapidement maintenu, ne pouvant me servir que de ma tête, mes hanches et mes jambes. Mon torse était coincé contre le mur en pierres dures et ciselées.

Je grognai lorsqu'il se moqua de moi, et me tortillai quand ses mains se posèrent sur ma ceinture. Mon pantalon se retrouva entortillé autour de mes chevilles, recouvrant mes chaussures, une seconde plus tard.

— Si tu te débats, tu vas te faire mal, alors reste tranquille, ordonna-t-il, son souffle chaud caressant mon oreille avant que sa bouche ouverte ne se pose entre mes omoplates.

Il prit son temps, léchant, mordillant, suçant puis finalement embrassant ma colonne jusqu'à atteindre le bas de mon dos, puis il descendit mon boxer. Ma queue dure et fuyante rebondit librement, frôlant douloureusement le mur alors que je le sentis me mordre la fesse droite.

— S'il te plaît, priai-je, ma voix ne m'appartenant plus, ce gémissement, cette fissure, anormaux.

Des mains rudes m'écartèrent, m'ouvrirent largement, puis sa langue plongea pour me goûter, glissant sur mon orifice plissé avant de pousser à l'intérieur.

— Yuri ! criai-je en me repoussant contre son visage, le voulant plus profondément.

Il me dévora, me grignota, me suça, détendant mes muscles, me rendant humide, ouvert et désireux.

J'étais pantelant, les lèvres entrouvertes, me tortillant contre le mur tandis qu'il me débarrassait de mon sous-vêtement, de mes chaussures et de mes chaussettes, jetant le tout sur le côté, me laissant nu et enchaîné.

— De quoi as-tu besoin ?

Je ne pouvais pas le dire – cela m'aurait rendu faible et je ne pouvais pas l'être, ne pourrais jamais l'être.

— Relâche-moi.

Il me laissa et je fus à l'agonie qu'il m'ait pris au mot alors que je me tenais là, tirant sur mes entraves, qui me coupaient les poignets.

— Stop, ordonna-t-il, puis il posa sa main sur mon membre, le caressant, me masturbant tout en protégeant ma chair tendre des arêtes acérées, lorsqu'il enfonça profondément deux doigts lubrifiés dans mon anus.

— Yuri ! hurlai-je de colère, de douleur et de béatitude.

Il n'y eut aucune douceur, mais je n'en voulais pas. Je n'en avais pas besoin, je ne l'aurais pas appréciée, même si elle m'avait été offerte. Au lieu de cela, il y eut la chaleur cuisante lorsqu'il ôta ses doigts avant qu'il ne lubrifie mon orifice, attrape mes hanches et pousse son énorme extrémité évasée contre mon entrée.

— Supplie-moi.

J'essayai de me repousser, de me soulever, pour obtenir un quelconque effet de levier.

— Domin.

Cela faisait partie du jeu, du contrôle que je devais abandonner.

— Supplie-moi, m'ordonna-t-il à nouveau.

Je tremblai. Mon corps entier éclata en une sueur froide et je pus le sentir s'enfoncer centimètre par centimètre, m'étirant lentement, mes muscles luttant douloureusement, une douleur brûlante me traversant, ma hampe si dure qu'elle me faisait mal et fuyant de liquide séminal tandis qu'il enroulait une main ferme autour de mes bourses, s'assurant que je n'obtiendrais aucune libération, juste une douloureuse pression.

— Yuri.

— Quoi Yuri ?

— S'il te plaît, mon compagnon, s'il te plaît, Yuri, baise-moi, prends-moi. Je t'appartiens.

— Oui, grogna-t-il en poussant plus fort, plus profondément, me transperçant, me pénétrant jusqu'à la garde en une violente poussée.

Je hurlai son nom. Il ne sortit que pour replonger en moi, plus fort, plus vite, me martelant, instaurant un rythme violent et brutal, sans une once de tendresse.

Laissant retomber ma tête en arrière lorsqu'il empoigna mes cheveux, avec une force douloureuse, je gémis de bonheur.

Puis tout s'arrêta, tout retomba, tout ce qu'il resta fut le pistonnage de ses hanches pilonnant mon cul, le glissement et la plénitude. Le pincement diminua, passant d'une douleur aiguë, à une plus sourde, un désir lancinant. Je ne pus qu'étirer mes doigts le long du mur et m'agripper, sentant mes pieds quitter le sol sous ses poussées, et simplement laisser chaque gémissement, chaque plainte s'échapper de ma gorge.

Il tendit la main au-dessus de ma tête et ma main droite fut libérée.

— Attrape ta queue, je veux te voir jouir sur le mur.

— Ne t'arrête pas, suppliai-je.

J'étais si rempli, si étiré, et pourtant j'avais besoin de me débarrasser de tellement plus.

Il s'agrippa à mon torse d'une main, l'autre empoignant ma hanche à m'en laisser des bleus tandis qu'il me prenait, m'utilisait et carbonisait celui que j'étais, et ce que j'étais pour lui, d'abord dans mon corps, puis dans mon esprit.

— Tu n'es qu'à moi, gronda-t-il, le son si sombre et féroce qu'il apporta la première secousse de libération. Si on te prend tout le reste, ça restera. Toujours.

Je sentis cette boule froide de terreur voler en éclats dans ma poitrine. Même si j'échouais, même si je n'étais plus *semel-aten*, il voudrait toujours de moi. Je ne le perdrais jamais.

— Tu m'as entendu ?

Mes testicules se resserrèrent, mes muscles se verrouillèrent et ma respiration se coupa dans ma poitrine.

— Est-ce que tu m'as entendu ? rugit-il.

— Oui, répondis-je d'une voix rauque, ma vision devenant blanche.

— Oui, qui ?

— Oui, mon compagnon, peinai-je à sortir.

Il me pénétra durement, profondément, et ses dents dans mon épaule me firent haleter tandis que mon orgasme m'était arraché. Je hurlai son nom.

Il ronronna doucement le mien à mon oreille.

Je me resserrai autour de l'épaisse hampe qui m'empalait, ce qui entraîna un faible grondement en réponse, puis il convulsa en moi, me remplissant de liquide chaud.

— Ça, c'est mon homme, m'apaisa-t-il et je sentis des larmes chaudes sur mes joues.

Il rua lorsque mes muscles étreignirent sa longueur et je fus si étroit à l'intérieur que nous restâmes là, emmêlés, la semence humide et épaisse coulant entre nous. C'était obscène, intime, et je frissonnai du contrecoup et des contractions.

Il enroula ses bras musclés autour de moi, plaquant son torse massif contre mon dos et embrassa le côté de mon cou, si lentement, si tendrement, que je devins mou entre ses bras.

— Oui, appuie-toi contre moi, je vais libérer ton poignet.

Je lui offris tout mon poids alors qu'il tendait la main et me relâchait. N'étant plus attaché au mur, je me serais affalé au sol s'il ne m'avait pas retenu.

— Domin !

Le cri étouffé détourna mon attention de mes souvenirs vers le présent, vers Jin, qui, je ne l'avais pas remarqué, se tenait sur le balcon.

— Cesse de gémir et dors. Tu auras bientôt ton compagnon et je te suggère d'épancher ton cœur et de lui dire tout ce que tu crois qu'il ne sait pas déjà.

Je me renfrognai.

— Le silence ne guérit rien, n'arrange rien, ne déverrouille rien. Ne pas dire les choses ne les rend pas moins vraies.

— Parles-tu d'expérience ?

— Mon *Semel* sait que je l'aime et je sais qu'il m'aime. Il se peut que Yuri le sache aussi, tu lui as même dit une fois en Mongolie, je le sais, j'étais là. Mais après ça, tu dois lui faire comprendre sa place.

— Tu te rends compte que tu es la dernière personne au monde qui devrait me tenir ce genre de discours ?

Il expira lentement.

— Je vois l'ironie.

— Logan va nous tuer tous les deux, tu sais, toi pour être parti et moi pour te l'avoir demandé.

— Je me doute que oui.

— Il ne te laissera plus jamais le quitter à nouveau.

— Et c'est réconfortant de le savoir, comme ce le sera pour Yuri. C'est une bonne chose d'avoir besoin d'une autre personne.

Oui, ça l'était.

VIII

C'ÉTAIT CE que faisait un prince.

— Nous savons tous les deux que je ne serai plus le prince de cette tribu lorsque Jin partira, fit valoir Crane. Je partirai avec lui.

— Je le sais, dis-je, avant de m'assurer de fermer mon visage avec un froncement de sourcils. Mais jusque-là, Crane Adams, tu es le *maahes* de cette tribu, tu dois rester là et la diriger.

— Je ne peux pas faire ça.

— Tu le peux, assénai-je. Et tu le feras.

Il eut tort de s'attendre au soutien de son meilleur ami. Jin ricana au lieu de l'aider.

— Es-tu fou ? lui demanda Crane, incrédule.

— Cesse de râler, répondit Jin dans un bâillement.

Je tentai la voie logique pour l'apaiser.

— Mikhail sera là pour répondre à…

— Je viens avec vous, m'interrompit celui-ci.

Je vis les yeux de Samani s'écarquiller derrière lui.

— Non, insistai-je en secouant la tête. Tu resteras ici, tu t'occuperas de la tribu et conseilleras Crane pendant que je serai parti.

Il prit une grande inspiration et fit un geste vers Jin.

— Et tu vas emmener la *reah* de la tribu de Mafdet avec toi sans son *sheseru* ou une douzaine de…

— Tu plaisantes, n'est-ce pas ? faillit crier Jin. Rien ni personne ne peut me blesser, Mikhail. Crane est responsable de la première tribu. Peux-tu rester là et lui offrir un putain de soutien ?

Les yeux cobalt de Mikhail le regardèrent de travers.

Même au milieu du chaos de cette matinée, je les trouvais très attachants. Mikhail essayait de faire son devoir et Jin était Jin, suivant son propre chemin.

— Logan va vous tuer, fit remarquer Crane, impassiblement.

— Probablement, acquiesçai-je.

Jin agita les sourcils.

Jɪɴ ᴀᴠᴀɪᴛ tué le prêtre lundi, il m'avait fallu la nuit et toute la journée du lendemain pour me remettre de mes blessures. Kabore était toujours inquiet, mais notre médecin, Thema Pakhom m'avait dit qu'elle me laisserait voyager seulement si je ne me démenais pas de trop.

— Tu dois être prudent, Domin. Tu n'es pas complètement guéri encore, personne ne veut te perdre pour quelque chose d'aussi banal qu'une hémorragie interne.

J'avais vu son regard s'adoucir comme il le faisait toujours quand j'étais dans les parages. De toute évidence, davantage de gens m'appréciaient dans ma maisonnée que je ne le pensais. Alors, bien que je sois encore faible, nous partîmes mercredi soir pour dix heures de route, prévoyant d'arriver à Ipsis le lendemain matin.

— As-tu encore mal ? s'enquit Jin alors que nous prîmes place à l'arrière de l'énorme Hummer noir.

— Le reste d'entre nous ne guérit pas aussi vite que toi, *nekhene*, grommelai-je.

— Ou aussi vite que le *semel-netjer*, apparemment.

Je lui grognai dessus et il se mit à rire. Ce fut un son si agréable que mon irritation retomba et je me servis de son épaule comme d'un oreiller.

— Assieds-toi près de moi, offrit Koren, mais les doigts de Jin caressant mes cheveux étaient trop bons pour que je bouge. Et cela ne dérangerait pas Yuri si je sentais comme Jin lorsque je le retrouverais.

Nous avions pris douze hommes avec nous, puisque Taj et ses soixante hommes étaient déjà là-bas. Nous avions eu des nouvelles de sa part, mais elles étaient étranges. Il avait été autorisé à entrer dans la ville d'Ipsis, mais pas dans la maison du *Semel*. Sans moi, par la loi, ils n'avaient pas à lui accorder l'entrée alors ils ne l'avaient pas fait.

Il avait vu Yuri derrière une porte et avait rapporté qu'il était en bonne santé, même s'il avait vu qu'il avait des ecchymoses sur le visage et que son bras gauche était bandé du poignet au biceps. Mais le sourire avait été le sien. Lorsque Taj lui avait crié que j'étais en chemin, il s'était illuminé, avait dit mon *sheseru*. J'avais voulu que Taj me passe Yuri au téléphone, mais cela ne lui avait pas été permis. Ce fut une erreur, la première que faisait ce *Semel*, m'éloigner de mon compagnon, et il le saurait bien assez tôt.

111

— Est-ce de l'herbe ?

— Oui, répondit Kabore en bâillant lorsque nous arrivâmes à dix heures le matin suivant. Ipsis est située sur un lac souterrain alors, toute la région est luxuriante.

C'était magnifique. Sobek était sèche, presque tous les endroits où j'avais été en Égypte l'étaient, mais ce lieu était splendide et amena l'image d'une oasis à mon esprit. Lorsque nous atteignîmes la ville en elle-même, nous nous garâmes près d'un café en plein air et sortîmes, mes *khatyus* s'alignant silencieusement derrière moi. Instantanément, il y eut un contingent d'hommes pour nous accueillir, ce qui ne me surprit pas du tout. Ils avaient dû nous voir arriver depuis des heures, il n'y avait qu'une seule route à deux voies allant et venant de Sobek. J'avais parlé à Taj et il avait demandé si je voulais qu'il quitte sa position à l'extérieur de la maison du *Semel* pour venir nous accueillir. Je lui avais ordonné de rester, j'arriverais très bientôt.

— *Sah'eed nahharkoo.*

Un homme se tenait devant une vingtaine d'autres, même si davantage de gens s'attroupaient derrière eux de seconde en seconde sur la place.

Je ne parlais pas leur langue et je n'étais pas d'humeur à essayer de baragouiner.

— Je suis le *semel-aten*, Domin Thorne. Je dois parler à Hakkan Tarek, *Semel* de la tribu de Feran.

Tout le monde tomba à genoux.

— Qui est Hakkan Tarek ? demandai-je à la foule.

Personne ne dit un mot.

Jin se racla la gorge derrière moi.

— Quoi ? demandai-je en lui jetant un regard noir par-dessus mon épaule.

Il articula des paroles.

— Quoi ?

— Donnez-leur la permission de parler, marmonna Kabore, la bouche de côté.

— Oh. S'il vous plaît, levez-vous. Quelqu'un pourrait-il me dire où je pourrais trouver le *Semel*, s'il vous plaît ?

Tout le monde se releva rapidement et je tentai de ne pas froncer les sourcils. L'homme qui m'avait parlé en premier s'approcha de moi.

— Maître, je suis Hanif Tarek, fils du *Semel*, Hakkan Tarek. Bienvenue à Ipsis.

— Je vous remercie. Je dois parler à votre *Semel*.

— Bien sûr, il est au fort, Maître. Je vais vous y emmener.

— Au fort ?

— Notre maisonnée, Maître.

— Très bien.

— Je suis sûr qu'il sera très heureux que vous soyez venu servir de médiateur, Maître, et trouver une solution pour le plus récent de nos nombreux problèmes.

Je fronçai les sourcils.

— Mon *sekhem* ne vous a-t-il pas informé de la raison de sa visite en premier lieu, puis de la mienne ?

— Si, Maître, mais mon père n'entendra pas cette préoccupation, seulement celle des catacombes d'Abtu.

J'étais confus. Il devait avoir au moins vingt et un ans, que se passait-il, bon sang ? Pourquoi n'était-il pas *Semel* ? Pourquoi son père ne s'était-il pas retiré et commencé à guider son fils ?

— Pourquoi n'êtes-vous pas *Semel*, Hanif Tarek ?

Il se racla la gorge.

— Le fils à naître de mon père sera *Semel*.

Je loupais quelque chose.

— Vous êtes le fils de votre père, n'est-ce pas ?

Ses yeux se baissèrent au sol.

— Hanif ?

Rien.

— Regardez-moi.

Il leva le menton et son regard croisa le mien.

— Expliquez-vous.

— Mon père a pris une nouvelle *yareah* et c'est avec elle qu'il donnera naissance au prochain *Semel*.

— Jin.

Il se déplaça à côté de moi.

— Je pense qu'il me manque quelque chose, dis-je en faisant un signe de tête vers Hanif. Répétez ce que vous venez de dire.

Il lui fut difficile de croiser le regard pâle de Jin.

— Mon père a pris une nouvelle *yareah*, donc le fils qu'il engendrera avec elle sera nommé nouveau *semel* de Feran.

— Non, dit Jin en secouant la tête. Même si votre mère est décédée…

— Elle n'est pas morte, Maître.

Jin fut surpris, tout comme je le fus.

— Pas morte ? Votre mère est en vie ?

— Oui.

Il essayait vraiment de garder son masque de courtoisie.

— Alors pourquoi votre père a-t-il revendiqué une nouvelle *yareah* ?

— Il a simplement dit que ma mère n'était plus *yareah* et a nommé sa nouvelle *consort* en tant que nouvelle *yareah*.

Jin secoua la tête.

— Il peut prendre autant de femmes qu'il lui plaît dans son lit, dit Jin d'un ton ferme. Mais seul le *semel-aten* peut avoir une *consort* ou une *wosret*, et seulement si c'est une *reah*. Tout *semel* qui n'est pas *semel-aten* ne peut avoir de *consorts*. Il peut avoir des prostituées, des distractions, des maîtresses, peu importe comment on les appelle, mais elles ne peuvent pas remplacer votre mère en tant que *yareah* et il ne peut certainement pas nommer qui que ce soit d'autre que son premier fils avec sa *yareah* en tant que *semel*. Est-il fou ?

Hanif déglutit péniblement.

— Bien sûr que non.

— Où est votre père ? demanda Jin en fronçant les sourcils.

— Il est chez nous, comme je l'ai expliqué au *semel-aten*. Ainsi que le *djehu* de PEQ, Ayaz Suyuti et le *djehu* de Shen, Chanzira Adjo.

— Votre père les conseille ?

— Non, répondit-il doucement. Votre *sekhem*, Yuri Kosa, que vous nous avez si gracieusement envoyé les conseille, Maître, et essaye de les aider à trouver une solution.

Yuri.

— Est-il en sécurité, va-t-il bien ?

— Oui, Maître, répondit-il, curieusement hésitant. Il va bien.

Je n'aimais pas ça.

Je n'étais pas en train d'imaginer des choses – son odeur avait changé lorsqu'il avait prononcé le nom de Yuri.

Lorsque ses yeux s'écarquillèrent soudain d'une peur évidente, je ne sus pourquoi.

— Quoi ?

114

— Vous grognez, Maître, dit Kabore à ma gauche. Excusez-moi, mais pouvez-vous nous dire combien d'hommes étaient avec lui lorsque le *sekhem* est arrivé ?

— Un seul.

Je sentis un grondement bas menacer dans ma poitrine.

— Il n'y avait qu'un seul homme ? entendis-je Jin haleter. Vous en êtes sûr ?

— Oui.

Il jeta un regard incertain à Jin, ne sachant pas comment s'adresser à lui, puisqu'il n'avait pas été présenté. Je devais présenter mes compagnons au *Semel* en premier, c'étaient les règles de l'hospitalité.

— Ils n'étaient que deux – Yuri, votre *sekhem* et l'autre, conclut-il rapidement avant de rougir.

Yuri. Mon compagnon avait autorisé cet homme à l'appeler par son prénom.

J'eus l'envie soudaine d'arracher le cou du beau jeune homme devant moi. Mais la jalousie était une autre épreuve de foi, n'est-ce pas ?

— Comme je le disais, il a fait de son mieux pour aider les deux *djehus* venus pour une solution amiable, mais sans succès pour l'instant.

— Je vois.

— Mais il a réussi à protéger Garai Milar depuis son arrivée.

— Protéger ? m'enquis-je.

— Oui, Maître.

— Protéger de quoi ?

— De Deoles, le *sheseru* de mon père.

— Vous m'avez perdu. Pourquoi le fils d'un autre *Semel* serait-il en danger avec le *sheseru* de votre père ?

— N'est-ce pas comme ça que ça se passe, Maître ? Un *sheseru* punit et soumet à lui les panthères des tribus ?

— Non, répondis-je en lui jetant un regard en coin. Est-ce pour cette raison que mon *sheseru*, Taj Chalthoum n'a pas été autorisé au sein de la maisonnée de votre père ?

— Oui, Maître. Si vous aviez envoyé votre *sylvan*, on lui aurait permis.

J'étais complètement perdu.

— S'il vous plaît, emmenez-moi à votre père et expliquez-moi en chemin ce qu'il se passe, bon sang.

Il secoua la tête.

— Maître, je ne suis pas digne de vous parler…

— Si, vous l'êtes, insistai-je. Donc, mon *sekhem* vous a autorisé à l'appeler par son prénom ?

— Oh, il n'a pas eu le choix, Maître. Mon père décide du droit de chacun une fois qu'il est à Ipsis. Il est la loi ici.

— Vraiment ?

— Oui.

— Ce qui veut dire ? demandai-je.

— Ce qui veut dire que toutes les lois avec lesquelles vous vivez de par le monde ne s'appliquent pas à Ipsis. Seul ce que veut et pense mon père importe.

— Et pourquoi donc ?

— Il est un réceptacle divin.

— De qui ?

— Il est la réincarnation de Ra.

— Vraiment ?

Je haussai un sourcil en pivotant vers Jin.

— C'est une perversion de la loi, annonça Jin en fixant le jeune homme.

— À moins que vous ne vouliez que cela soit rapporté à mon père par ses *khatyus*, je vous suggère de parler à voix basse, nous avertit Hanif.

— Pourquoi ?

— J'ai découvert que la curiosité ou la beauté attirait l'attention de mon père et donnait le même résultat.

— Et quel est-il ? demandai-je.

— Son intérêt, Maître.

Mon estomac commença à faire des nœuds.

— Garai Milar a-t-il intéressé votre père ?

— Oui, Maître.

Ce fut douloureux à entendre et je dus inspirer et me calmer un instant avant de pouvoir continuer sans hurler. Lorsque mes yeux croisèrent à nouveau ceux de Hanif, quand j'en fus capable, je vis combien il était effrayé.

— Garai Milar a-t-il été violé ?

— Il a été pris, oui, Maître.

— Appelez ça comme vous voulez. S'il n'était pas consentant, c'est un viol.

Tout à coup, il commença à trembler.

116

— Je vous en prie, ne tuez pas mon père, Maître. Jurez-le ou je donnerai l'alerte et vous ne rentrerez jamais à l'intérieur.

Je plissai les yeux, fixant le jeune homme.

— Je jure que *je* ne tuerai pas votre père, Hanif Tarek.

— Soyez béni, Maître.

— Maintenant, dites-moi comment mon *sekhem* protège Garai Milar.

— Il est son champion, Maître. En fait, il est aussi le champion de ma sœur, Masika et de ma cousine, Dalila.

J'inhalai profondément, me forçant à me calmer.

— Yuri Kosa est le champion de trois personnes ?

— En réalité, cinq, Maître, avoua-t-il. Les deux *djehus* sont aussi sous sa protection.

Jin bouillonnait à côté de moi.

— C'est un outrage ! Je veux aller immédiatement à ce fort.

— Et tu le feras, réconfortai-je le meilleur ami de mon compagnon, les dents serrées, tout en souriant à Hanif, dans une tentative de le mettre à l'aise. Dites-moi, tous les visiteurs de votre père font ce qu'il lui plaît ?

— Oui, bien sûr. Comme je vous l'ai expliqué, mon père est la réincarnation de Ra sur Terre.

— Je vois, et où est votre *sylvan* ?

— Il a été jeté au feu pour avoir dénoncé mon père.

Kabore dit quelque chose en latin avant de se signer.

— Donc votre père tue ceux qui s'opposent à lui aussi.

— Oui, Maître.

— Quel choix a-t-on donné à mon compagnon ?

— De se battre dans la fosse ou de se soumettre.

— Se soumettre à votre père ?

— Non, Maître, mon père ne prend pas d'hommes comme votre compagnon dans son lit. Ils doivent être beaux, délicats.

Il inclina la tête vers Jin.

— Comme votre ami.

Je remarquai combien il se mordait la lèvre inférieure.

— Hanif ?

— Vous devriez le ramener où sont garés vos véhicules, Maître. Il y sera en sécurité.

— Non, répondis-je en secouant la tête. Tout ira bien. Que se passe-t-il pour les hommes que votre père n'emmène pas dans son lit ?

— C'est son *sheseru*, Deoles Aran, qui les prend sur un autel installé dans la salle principale.

Je me hérissai.

— Alors mon compagnon pouvait soit se battre dans la fosse soit se soumettre à Deoles devant une foule ?

— Oui.

Il m'adressa un sourire rayonnant, comme si nous avions une conversation des plus normales.

— C'est un plaisir pour mon père de regarder Deoles prendre de grands hommes forts comme votre compagnon.

— Et quand mon compagnon a refusé ?

— Je pensais que c'était un choix effrayant, mais, Maître, votre compagnon est extraordinaire et bien que Deoles soit plus grand, il n'est pas plus fort.

Je grinçai des dents, il était impératif que je reste calme.

— Puis quand il a gagné et que le regard de mon père est tombé sur ma sœur... votre compagnon a dit de manière désintéressée qu'il serait son champion alors il est retourné dans la fosse.

— Combien de fois par jour combat-il ?

— Il a cinq combats par jour, Maître.

Hanif s'interrompit et je sentis une vague de colère déferler sur moi. Ce n'était pas la mienne, mais celle de Jin. Je m'inquiétais pour Yuri, mais tant qu'il n'était pas blessé, ce *Semel* pouvait faire ce qu'il voulait avec sa famille, sa tribu. Mais Jin... les *reahs* n'étaient pas faites de cette façon. S'en prendre aux faibles était destiné à s'attirer la colère d'une *reah*, ce qui en retour, embraserait la fureur du *nekhene*.

— Votre père aurait-il souillé lui-même votre sœur ?

— Ce n'est pas souillé, Maître, c'est...

— L'aurait-il fait lui-même ? répétai-je, espérant que ma voix reste stable.

— Non, reconnut-il. Il aurait regardé Deoles la prendre.

Ce fut comme si un vent chaud frôla ma peau, me picotant comme de minuscules épingles, et je réalisai que tout ce que je pensais était des conneries. Je tremblais sous la nécessité de protéger, de défendre et de sauver. Je dus fermer les yeux un instant, laissant la flambée de sentiments se dérouler en moi afin de pouvoir les contenir et ne pas crier. Ce changement que je n'avais pas remarqué, que tout le monde avait dit que ce n'était pas moi s'était néanmoins implanté. Je ne voulais pas uniquement sauver Yuri, je ne voulais pas me contenter de le libérer ainsi que Garai Milar. Je voulais tous les affranchir.

— Puis-je poser une question ? demanda gentiment Jin.

— Bien sûr, répondit Hanif et je pus dire que Jin l'avait complètement charmé.

— Le compagnon du *semel-aten* se bat-il sous sa forme de panthère ?

— Non, la nouvelle *yareah* de mon père aime voir les hommes en sueur pendant qu'ils se battent alors ils se battent sous forme humaine dans la fosse.

— Ce n'est pas permis par la loi, informa Kabore au jeune homme.

— Oui, je sais, acquiesça-t-il.

Je me rendis compte alors à quel point il était timide, combien la courbe de sa bouche était due à un réflexe de nervosité.

— Mais c'est comme cela que ça fonctionne à Ipsis, dans la tribu de Feran.

Je me raclai la gorge.

— D'accord. Mon *sekhem* avait un téléphone avec lui. Nous avons essayé de le joindre depuis Sobek, mais toutes nos tentatives ont échoué. Lui a-t-il été enlevé par votre *Semel* ?

— Oui, Maître.

— Son bien privé lui a été enlevé ?

— Oui, comme je vous l'ai dit.

— Très bien, alors, emmenez-nous à votre fort, je vous prie, Hanif Tarek.

— Bien sûr, répondit-il, mais il ne fit aucun mouvement.

Je plissai les yeux.

— Fais comme tu fais chez toi, Maître, dit Jin d'une voix intentionnellement élevée. Tu dois mener. Personne ne bouge à moins que tu ne le fasses.

Mais j'avais une question pour Hanif.

— Votre père ne semble voir aucune utilité à la convenance et au respect des lois, alors pourquoi les pratiquez-vous, ainsi que ces hommes avec vous, les membres de votre tribu et vos *khatyus* ?

— Les gens que vous voyez devant vous maintenant sont tous membres de la faction Shen, Maître. Leur *djehu*, Chanzira Adlo, est un fervent croyant des lois. Tout comme le *djehu* de PEQ, Ayaz Suyuti, il vous montrerait un grand respect si vous visitiez l'une de ses fermes à l'extérieur de la ville ou plus haut sur les collines. Les *djehus* sont d'accord sur la loi et c'est, je crois, une autre raison pour laquelle mon père n'a pas été capable de les réunir et de trouver une solution pour les catacombes d'Abtu.

— Ils ne le respectent pas, dit Jin.

— Non. Ils le voient comme une abomination et se sont plaints de nombreuses fois à votre prédécesseur, Maître.

— Ammon El Masry n'a jamais répondu ?

— Non, Maître, il pensait que c'était quelque chose que mon père devait gérer.

— Même si c'était de votre père qu'ils se plaignaient ? compris-je, écœuré.

— Oui.

Je réprimai l'envie de grogner.

— Très bien. Conduisez-nous. Nous vous suivrons.

— Vous semblez en colère, Maître.

— Je vais bien, répondis-je d'une voix tremblante. S'il vous plaît, escortez-nous chez vous.

— Bien sûr.

Ses grands yeux bruns étaient verrouillés sur mon visage.

— Maintenant, dis-je d'une voix tranchante lorsqu'il ne fit aucun mouvement.

— Saluez les gens, m'amadoua doucement Kabore.

Je me retournai et levai les bras tandis que tout le monde s'agenouillait.

— Merci, tribu de Feran, pour l'accueil chaleureux dans votre ville. Je suis honoré de vous rendre visite.

Les applaudissements et les acclamations furent immédiats.

Hanif me fit signe d'avancer.

— Venez, Maître.

Nous fûmes suivis, tout le monde marchant avec nous, les enfants m'apportant des fleurs, les gens me saluant des boutiques qui bordaient la route et les jeunes filles lançant des pétales sur notre chemin.

— Maître, nous sommes si honorés de… commença Hanif.

— Parlez-moi des catacombes d'Abtu, ordonnai-je au fils du *Semel*.

Il fut étonné.

— Oh, oui, bien sûr, les cavernes sont au-dessus d'Ipsis dans ces collines que vous voyez là. L'entrée est à peu près à 2,4 km et…

— Je crois que mon maître préférerait savoir pourquoi cette terre est contestée, conseilla Kabore au jeune homme.

— Oh, évidemment, répondit Hanif en se raclant la gorge. Le titre de la terre a été accordé à la famille d'Ayaz Suyuti au retour des croisades et c'est à cette époque que le fort – que nous appelons notre maison – a été construit.

—Alors quel est le problème ? demandai-je en accélérant mes foulées.

— De cette époque à nos jours, il y a eu beaucoup d'accouplements entre les deux factions, jusqu'à ces cinquante dernières années, lorsque les frontières entre eux sont devenues distinctes.

— Donc il y a deux personnes qui ont un droit égal sur cette terre.

—Oui, Maître. Tous les deux ont une lignée égale et peuvent remonter à un ancêtre commun. En fait, des frères.

— L'un de ces frères était-il *Semel* ?

— Non.

— L'une de ces lignées est-elle liée à une *yareah* ?

— Non.

— Donc… deux frères avec un droit égal ?

— Oui, ce qui signifie que le PEQ et le Shen possèdent les mêmes droits sur la terre, bien que l'acte stipule clairement que la maisonnée Suyuti devrait hériter.

— Héritier de la maisonnée de Suyuti.

— Oui, pas seulement par le nom, mais l'héritier de la lignée.

Je comprenais le problème. Il y avait eu tellement d'intermariages à ce stade qu'une seule personne ne pouvait pas être désignée comme héritier manifeste.

— Et depuis combien de temps cela dure-t-il ?

— Les affrontements entre ces deux clans se sont intensifiés au cours des dix dernières années, mais dernièrement, depuis qu'Ayaz Suyuti a trouvé de l'or dans les cavernes, cela a atteint un…

— Il a trouvé de l'or ?

— Oui, Maître.

Tout était clair.

— Et il veut extraire l'or ?

— Oui, répondit Hanif.

— Et Chanzira veut conserver les catacombes telles qu'elles sont, c'est-à-dire intactes.

— Oui, consentit-il. Exactement.

— Ayaz, parce qu'il est fermier, un homme dévoué à la terre, voit l'or comme un moyen d'améliorer non seulement son mode de vie, mais aussi celui de sa famille et de ses amis.

— Vous comprenez parfaitement.

— Et Chanzira, étant déjà riche, ne veut pas déranger la terre ni la détruire.

— Exactement. Comme le savez-vous ?

— C'est évident, répondis-je, même si je me demandais comment allait se dérouler ce différend. Mais la réponse ne l'est pas.

— Non, c'est vrai et le problème est que mon père, s'il se décide, sera haï par l'un des groupes.

J'aurais pu lui dire que son père était déjà haï, mais Hanif semblait trop fragile, comme si une horreur de plus et il se briserait. Je n'avais aucune idée du nombre de séances de thérapie que cela allait demander – ou même si c'était possible – pour l'aider.

— Mon père devra finir par prendre une décision, mais s'ils refusent de le suivre, la base du pouvoir de mon père sera ébranlée.

— Oui, convins-je.

— Je veux dire, s'il n'a plus la confiance du PEQ, alors les moissons seront bouleversées, le bétail, la richesse de la tribu en seront affectés. Si c'est le Shen qui ne le suit plus, alors ce sera le commerce, le tourisme – et nous avons une activité touristique florissante à Ipsis, les panthères viennent du monde entier pour voir les catacombes.

— Vous avez une excellente compréhension des problèmes inhérents.

— C'est que... il me semble que peu importe le choix que fera le *Semel*, ce sera le mauvais.

— Peut-être, cependant faire ce genre de choix difficiles fait partie du pouvoir.

— Si vous choisissiez à la place de mon père...

— Alors j'aurais le mauvais rôle dans ce scénario.

— Oui.

— Mais c'est votre père qui fait la loi à Ipsis, personne ne croirait qu'il m'a accordé ce pouvoir.

— À moins qu'il ne vous le donne.

— Oui.

— Je lui parlerai.

Mais qu'il le fasse ou non importait peu, mon chemin était tracé.

— Est-ce encore loin ? demandai-je à Hanif.

— Juste devant vous, Maître.

Je vis Taj émerger d'un côté du bâtiment lorsque nous arrivâmes plus près et je vis les hommes l'accompagnant, déployés le long des autres murs à proximité, mais pas en évidence. Ils faisaient tout leur possible pour ne pas ressembler à une force d'occupation.

— Je ne peux toujours pas autoriser votre *sheseru* à entrer, Maître.

— Bien sûr, acquiesçai-je. Voulez-vous bien m'excuser un instant pendant que je lui dis ?

Il poussa un soupir de soulagement que, j'accepte ceci.

— Oui, Maître.

Me précipitant vers Taj, je le questionnai sur le *Shu*.

— Rahim est en charge, lui et les neuf autres hommes sont déjà à l'intérieur. Il est en position, il dit qu'il voit Yuri et les deux *djehus*. Il est préoccupé par la façon dont tu vas sortir tout le monde d'ici sans perdre de vies humaines.

— Taj, dis-je les yeux rivés dans les siens. Dis-lui de ne rien faire, juste de t'attendre. Je ne veux perdre personne, j'ai l'impression qu'ils ont suffisamment perdu.

— Es-tu certain ? Ça ne te ressemble pas.

— Je sais.

— À quoi penses-tu ?

— Je dois soit faire de Hanif Tarek le nouveau *Semel* ou mettre fin à la lignée et Mikhail restera ici en permanence. Je ne sais pas encore. La réaction d'Hanif quand je tuerai son père prendra la décision pour moi.

— D'accord. Donc, nous avons le feu vert pour le *Semel* et son *sheseru* ?

— Oui.

— Très bien, alors dès que nous aurons ouvert une brèche dans les murs, nous les prendrons.

— Si vous pouvez arriver à eux avant Jin, complétai-je, inquiet. C'était une décision hâtive et je vais le regretter, mais pour l'instant, je pense que Jin va éviscérer le *Semel* sur place. Nous allons devoir attendre et voir pour le *sheseru*.

Il se racla la gorge.

— Si, ou quand, j'imagine, le pouvoir de Jin va s'élever, quel est ton plan pour le calmer sans Logan ici ?

— Je n'en ai pas.

— D'accord, alors croisons les doigts.

123

— Préviens Crane. Qu'il envoie Logan ici.

Il secoua la tête.

— Que veux-tu que je fasse d'autre ?

— Rien, je veillerai à ce que cela soit fait. Combien de temps après toi veux-tu que j'entre ?

— A-t-il beaucoup de *khatyus* ?

— Qu'est-ce que ça a à voir avec ça ? répondit Taj, d'un air ennuyé.

— Je ne veux pas que mes hommes soient blessés.

— Tes hommes ne seront pas blessés, Domin, gronda-t-il comme si je testais sa patience. Mais pour répondre à ta question, de ce que Rahim peut voir, il y a des casernes pour une centaine d'hommes. Lui et ses hommes ont déjà lancé des bonbonnes de gaz à l'intérieur, ils ont immobilisé tous ses *khatyus*.

Je fus surpris.

— Il n'y avait pas de soldats à l'intérieur ?

— Ils sont peut-être une dizaine dans la pièce principale avec le *Semel*.

— Je pensais que ce serait plus difficile.

Il haussa les épaules.

— Je t'ai affirmé qu'aucun d'entre nous ne serait blessé, si tu te souviens bien.

— OK, je te vois à l'intérieur alors.

— Quand ? demanda-t-il. Je veux savoir précisément quand tu veux que je vienne.

— Dix minutes après que je serai entré.

— Très bien.

— Rahim sait-il où est Constantine ?

— Non, je leur ai demandé de vérifier partout, mais il n'y a aucun signe de lui. Tu vas devoir demander à Yuri ce qui s'est passé. Et je ne sais pas combien d'hommes il a pris avec lui. Je ne sais pas qui d'autre manque parce que je pensais que tout le monde était là.

— Hanif m'a prévenu. Il n'y a que Yuri et Constantine.

— Tu plaisantes ?

Je secouai la tête.

— Tu vas devoir lui parler de ça.

Je m'en remis à lui.

— C'est ton job, *sheseru*. La protection du compagnon en revient à ta position.

Il me dévisagea.

— T'en remettras-tu à moi ?

— Oui.

— Considère que c'est fait, répliqua-t-il avec force et je me rendis compte que j'avais appris quelque chose, même ici dans la rue.

Au lieu de tout faire, je devais laisser les autres m'aider. Je ne pouvais pas être partout à la fois. J'avais besoin de soutien.

— Merci.

— De rien.

— Bien, dis-je en serrant son épaule. Fais attention quand tu entreras.

— Toi, sois prudent. Si le pouvoir de Jin augmente et devient instable, le *Shu* s'enfuira au lieu d'être piégé. Ils ne permettraient jamais d'être forcés à se transformer.

— Très bien, répondis-je puis je m'éloignai vers Kabore, Jin, Koren et Hanif.

— Il ne viendra pas avec nous, indiquai-je au fils du *Semel*.

— Merci, Maître.

— Voulez-vous bien nous montrer l'intérieur ?

— Oui, suivez-moi.

Je m'attendais à un palais, une villa, quelque chose. Lorsque Hanif avait dit 'fort', j'avais pensé que cela signifiait qu'il n'était pas aussi artistique que les autres foyers. Mais c'était réellement une fortification qui ressemblait aux nombreuses autres que les Croisés avaient construites que j'avais vues en Égypte.

Les murs faisaient six mètres de haut et étaient faits de calcaire blanc et, lorsque nous entrâmes par les portes ouvertes, je notai qu'ils faisaient aisément un mètre d'épaisseur. J'aurais posté des sentinelles armées sur les murs extérieurs et des hommes portant des fusils à haute puissance et des pistolets dans des holsters à la hanche. Mais il n'y avait personne. Lorsque nous eûmes passé les portes en fer des murs intérieurs, il n'y eut aucun garde armé dans la cour. Tout semblait médiéval, l'intérieur pas plus somptueux que l'extérieur jusqu'à ce que vous atteigniez la voûte qui menait au reste des parties communes, dans la maison du *Semel*.

Les énormes piliers étaient sculptés de différents dieux égyptiens, magnifiquement rendus.

— Venez, Maître, m'appela Hanif, me conduisant plus en profondeur dans la maison de son père.

Le sol était recouvert d'une mosaïque étincelante qui formait un immense soleil. Des chaises dorées dispersées s'ajoutaient à l'environnement fastueux et le hall d'entrée s'ouvrait sur un sol en marbre avec une fosse profonde d'où s'élevaient des flammes en continu. À l'autre bout de la pièce se tenait un énorme trône installé sur une estrade beaucoup plus haute et plus richement décorée que la mienne à la villa.

Un homme y était assis, flanqué à sa droite d'une superbe femme et à sa gauche d'un homme tout aussi beau. La femme était drapée de soie bleu foncé qui contrastait à la perfection avec son teint d'albâtre. L'homme était à peine couvert, mais son peu de tenue était fait de soie d'or. Tous les deux croulaient sous des bijoux étincelants. Devant l'estrade se tenaient une femme plus âgée, une autre plus jeune et un autre environ du même âge. Il y avait aussi un autre homme avec une musculature si grossièrement sculptée qu'il semblait avoir été taillé dans la pierre, les muscles épais de son torse, de ses bras et de ses jambes crispés et ciselés. Si je devais me hasarder à deviner, je le soupçonnerais d'être le *sheseru*.

— Voici mon père, annonça fièrement Hanif en entrant dans la pièce. Puis-je vous présenter le *Semel* de la tribu de Feran, Hakkan Tarek.

— Bienvenue à Ipsis ! dit l'homme sur le trône.

Il était en quelque sorte vautré sur son trône, une jambe drapée sur l'un des bras, le dos incliné dans un coin du meuble orné. Il était vêtu d'une galabya de soie rouge, avec une abaya de la même couleur par-dessus, il ne pouvait pas avoir l'air plus à l'aise en ma présence.

— Merci, répondis-je.

Alors que je me tenais là, incertain de la marche à suivre, je remarquai une odeur, une douce senteur de citron avec des nuances de fumée et de bois de santal.

— Quelle est cette odeur ? demandai-je à Hanif, quelque chose que je n'aurais habituellement jamais fait, ignorer un *semel* pour parler à quelqu'un d'autre.

— *Semel-aten*, veuillez adresser vos questions à moi, dit-il depuis son trône.

Je l'ignorai, conservant mon attention sur son fils.

— Hanif ?

— Vous devriez parler à mon père, répondit Hanif, tentant de rediriger mon attention.

— Votre père ne sera plus *Semel* après ce jour, Hanif Tarek, ce sera vous. Alors je parle, à qui je le dois.

Je n'étais pas à cheval sur les lois. J'autorisais les défis, je faisais des changements par moi-même et pourtant, alors que j'observais Hakkan Tarek se redresser lorsqu'il entendit mes paroles à son fils, je compris que rien ne pourrait le sauver. Il avait fait trop de mal, fait trop de dégâts. Nous recommencerions.

Je tournai la tête vers Jin et le vis sonder la pièce.

— Que se passe-t-il ?

— Je pense que c'est de la drogue, dit Jin.

Il se dirigea vers l'estrade, tout le monde en eut le souffle coupé, mais il fit comme si ce n'était pas une énorme violation de la loi. Il faisait ce dont il avait envie – il n'y avait aucune règle dans la maisonnée de Hakkan Tarek, alors pourquoi tenter de suivre les coutumes qui étaient si enracinées en nous ?

S'avançant vers la femme, il indiqua son visage puis tourna son visage vers moi.

— C'est une puanteur ici, ses pupilles sont dilatées, regarde-les, tout semble recouvert.

— D'où cela vient-il ?

Il pencha la tête vers la fosse ouverte au centre de la pièce.

— On l'étouffe ?

— Oui, acquiesça-t-il. Mais verser de l'eau dessus créera un énorme jet de vapeur, alors fais amener des gens ici pour le remplir de sable.

— Comment osez-vous venir dans ma maison et…

— Silence ! rugit Jin, ce qui figea tout le monde, car ce son ne pouvait provenir de lui.

Pourtant, si. Hakkan Tarek se leva vivement et chargea le compagnon de Logan Church.

Je n'avais pas vu Jin depuis six mois alors je n'étais pas préparé à l'accroissement de sa puissance.

Je fus vaguement conscient des cris, des bottes martelant le sol, d'une vague de personnes entrant dans la salle du trône, de tout. Je sus que Taj était là, mais mes yeux étaient rivés sur Jin.

Ce fut physiquement douloureux, et comme j'étais déjà faible, la douleur fut aiguë, mais seulement un moment. Je sentis une vague brûlante me frapper, puis se briser autour de moi, filer et se déplacer. Elle ne me toucha qu'un instant, mais ce fut assez pour me mettre à genoux sur le sol en marbre. Hakkan Tarek ne fut pas aussi chanceux. Cette chaleur cuisante, dévorante, lui était destinée.

Il fut instantanément aspiré dans la transformation et ce fut horrible à voir. Les os craquèrent, les muscles se tordirent, comme retournés, mais pas doucement – vicieusement.

Le hurlement fut immédiat et assourdissant. Hanif Tarek s'évanouit dans les bras de Kabore. La femme qui s'était tenue à côté de Hakkan se précipita derrière le trône, en hurlant.

— Vous n'attaquerez pas mon *Semel* !

C'était Deoles Aran, le *sheseru*, qui rugit cet avertissement, poussant l'homme en laisse loin de lui avant de descendre en trombe les escaliers en direction de Jin.

Je le vis percuter ce qui paraissait être un mur invisible, se figer, puis, comme s'il était saisi par une serre, être jeté de l'estrade au sol. Son corps fut pris de spasmes, trembla, puis commença à être violemment secoué, de plus en plus vite. Je me demandai comment son cœur pouvait le supporter jusqu'à ce qu'il se plie une dernière fois, une contorsion obscène, et sa forme de panthère lui fut arrachée.

C'était horrible, mais il méritait chaque instant de cette atroce agonie. Jin était un ange vengeur, ils avaient de la chance qu'il ne soit pas sadique. Si Jin avait pris plaisir dans la douleur des autres, maintenir quelqu'un dans les affres de la transformation le rendrait fou.

Je l'avais vu forcer d'autres personnes au changement au *sepat* en Mongolie, témoin direct de la transformation. Ça avait eu l'air douloureux, mais cela avait été rapide alors je ne savais pas comment le cerveau le gérait avant que ce ne soit fini. Mais à présent que Jin contrôlait la douleur des autres, il n'y avait aucun doute à mon esprit. Il y avait du sang et d'autres fluides – c'était comme s'ils étaient écorchés vifs, bien que je sache que ce n'était pas le cas. En cet instant, je vis les muscles et les os apparaître puis, la forme de panthère que je reconnus être rapidement reformée.

Je n'aurais pas dû m'inquiéter que le reste d'entre nous le ressente plus qu'un bref instant. Il avait affiné son pouvoir, pouvait à présent le concentrer comme un laser. Jin, qui avait toujours été une force de la nature était maintenant encore plus effrayant.

128

Lorsque je levai la tête, je le vis qui se tenait près de la fosse. Deux panthères étaient affalées à ses pieds, luttant pour respirer. Elles n'étaient pas mortes et je savais qu'elles ne le seraient pas. Si Jin était en contrôle, comme il l'était maintenant, il y avait de la douleur et du châtiment, mais pas la mort. La preuve que le jugement du *nekhene* avait été rendu se trouvait dans les vêtements déchiquetés éparpillés sur le sol et l'estrade. Un faible hurlement vint de la femme et de l'homme derrière le trône.

— Puis-je avoir votre attention, tout le monde ? dis-je en m'avançant vers l'estrade, près de Jin.

Oui, j'avais peur, mais je me rappelai que c'était toujours l'homme que je connaissais. Je lui pris la main lorsque je fus assez proche et, quand il tenta de se libérer, je resserrai ma prise.

— Non, Domin, je suis impur maintenant, je...

— Tu es ma *reah*, l'apaisai-je. Et cette démonstration, bien qu'effrayante, n'enlève rien à mes yeux ni n'est comparable aux crimes des deux hommes que tu as forcés à muter.

Il me dévisagea et je levai sa main et en embrassai le dos avant que mon regard ne se pose vers la femme qui criait toujours. Le jeune homme avec elle, à qui elle se tenait comme si sa vie en dépendait, nous fixait, sous le choc.

J'avais de la peine pour eux, deux jouets aux mains de ce *Semel* débauché, sa nouvelle *yareah* hérétique et son *consort* mâle. Ils étaient si jeunes, ils avaient été drogués et Dieu seul savait quoi d'autre depuis qu'ils étaient ici. Cet homme pouvait payer de sa vie de ce seul péché, mais je savais déjà qu'il y avait tant d'autres crimes dont il devrait répondre.

— Stop, dis-je à la femme lorsque je ne pus plus supporter ses cris. Ou je vous ferai taire.

Sous le silence immédiat, je fis face à ceux devant moi.

— Je suis le *semel-aten*, Domin Thorne, ma parole fait loi ici, celle de personne d'autre.

Je n'étais pas préparé aux halètements, puis aux pleurs, ou que quiconque dans la pièce tombe à genoux, ou de voir une vieille femme monter les escaliers en courant, les bras grands ouverts, les larmes dévalant sur son visage.

Jin s'interposa devant moi, ce ne fut qu'alors que je compris. Elle ne voulait pas de moi, mais de lui.

Elle se jeta sur Jin, enroula ses bras autour de son cou et sanglota. Ses mots furent un mantra de bénédictions et, au milieu, j'entendis le mot 'ange', encore et encore.

Je fus abasourdi, je n'avais pas…

— Domin !

Ma tête pivota brusquement et je vis Yuri se précipiter vers l'estrade. Je sautai en bas des marches et le retrouvai à mi-chemin, mon cœur tambourinant alors que je prenais son visage entre mes mains.

— Tu m'as manqué.

— Je… es-tu blessé ?

Sa voix s'éleva alors qu'il me parcourait du regard.

Il était celui qui était blessé. Il avait des ecchymoses sur le visage et sur le cou, sa lèvre était fendue et il y avait du sang qui suintait d'un bandage sur son bras gauche.

— Je vais bien, répondis-je en levant le menton, mes yeux se fermant. Embrasse-moi.

— Devant…

— S'il te plaît.

J'étais écrasé entre ses bras, tenu contre son cœur, je pouvais sentir le tambour qui vivait dans sa poitrine tandis qu'il scellait ses lèvres aux miennes. Je frissonnai lorsqu'il glissa sa langue dans ma bouche, s'accouplant à la mienne. Il revendiquait ce qui était sien et je fondis contre lui. Quand nos lèvres se séparèrent enfin, juste assez pour parler, pas assez pour que nos peaux ne s'effleurent pas, je tremblais.

— Je t'ai manqué ?

— Oui, beaucoup trop.

Le grondement de son rire me fit sourire en dépit de tout le reste.

— Dis-le, dis-moi la vérité, simplement parce que c'est vrai, pas pour une autre raison.

Je gémis.

— Domin, murmura-t-il et je cédai.

— Je t'aime.

— Ouais ?

— Oui. Plus que je le devrais.

— Et ?

— Tu es mon compagnon.

— Tu en es sûr ? Je vois Koren là-bas.

Je léchai sa gorge et sentis un frisson le traverser.

— Oui, Yuri Kosa, je suis sûr. Tu es à moi.

— Et ?

— Je suis à toi.

— Toujours.

— Toujours, répétai-je.

Je n'avais jamais été serré si fort.

IX

À L'EXTÉRIEUR de la place principale de la ville, où se trouvait une immense fontaine en calcaire, des odeurs de cuisine et une douce brise d'été, je me sentis mieux qu'à l'intérieur de la maison du *semel* de Feran. Je ne remettrais jamais les pieds au fort et je ne voulais pas que quiconque d'autre le fasse non plus. Je ne pouvais pas m'empêcher de penser qu'il était maudit. Mais je voulais aussi savoir ce qu'il s'y était passé exactement, mais Yuri se montrait difficile.

— Je te le dirai plus tard, dit-il en me tirant derrière lui.

— Dis-le-moi maintenant ! rugis-je.

— Nous avons trop à faire maintenant, Domin, insista-t-il en me forçant à bouger.

Il le pouvait, car il était plus fort que moi.

Je plantai les talons dans le sol, ce qui l'arrêta net.

Oui, il était fort, mais je faisais quand même près d'un mètre quatre-vingt-dix et même si je n'avais pas un corps gonflé de muscles, je n'étais pas petit.

— Qu'est-il arrivé à Constantine, putain ? Dis-le-moi, maintenant, ordonnai-je, tentant de ne pas le perdre.

Il ne répondit rien.

— Tu n'es venu qu'avec lui ?

— Oui.

Mes mains se serrèrent en poings.

— Tu n'iras plus jamais, jamais, nulle part sans moi. C'est compris ?

— Je…

— Est-ce que c'est compris ?

Son signe de tête fut bref, son sourire léger, juste un retroussement de sa lèvre, mais la rougeur de ses joues et sa joie anéantirent ma colère.

— Tu étais inquiet.

— J'étais terrifié !

Ce qui l'amusa.

— Ne sois pas si suffisant.

— D'accord, me taquina-t-il.

132

Je me retrouvai à lui grogner dessus, beaucoup.

Un moment plus tard, quand je fus plus calme, il reprit la parole :

— Donc, nous ne serons plus jamais séparés ?

— Je ne sais pas, répondis-je, pensivement. Peut-être pourras-tu rendre visite à Logan. Je verrai. Si je te laisse partir, ce ne sera que dans un endroit où j'ai implicitement confiance ou avec des gens qui…

— Pourquoi ?

— Que veux-tu dire par pourquoi ?

— Pourquoi est-ce si important pour toi ?

— De quoi ? Ta sécurité ?

— Oui.

— Parce que tu es à moi.

— C'est tout ?

— C'est tout ? répétai-je, indigné alors qu'il pivotait pour me faire face, pénétrant dans mon espace personnel, afin que je ne voie que lui. *C'est tout ?* Pour quoi d'autre ?

— Pourquoi, Domin ?

— Tu es mon compagnon, tu es mon… mon…

— Domin, dit-il, la voix rauque et basse, glissant ses doigts sur ma mâchoire, puis prenant ma joue en coupe. Dis-le-moi.

— Je viens de mettre mon âme à nu il y a quelques minutes et…

— Domin.

— Que veux-tu entendre ? Que veux-tu… je ne sais pas…

— Tu es troublé, ronronna-t-il en glissant sa main autour de ma nuque, me tirant près de lui pour m'embrasser.

Les gens demandaient toujours ma permission. Même Koren, aussi amoureux de moi qu'il disait l'être, me demandait toujours la permission. Yuri ne demandait jamais, il n'en avait pas besoin. Il partait de l'hypothèse que je voulais constamment ses mains partout sur moi et n'en doutait pas. Il ne me traitait pas comme si j'étais spécial, au-delà d'être l'homme qu'il aimait. Je n'avais aucune idée que j'aimerais être si malmené en dehors de la chambre à coucher.

— Mon *Semel*, dit-il, son souffle chaud effleurant mon visage.

— Ne pars plus là où je ne peux pas te suivre, d'accord ?

— Oui, Maître.

Je lui adressai un grondement supérieur et vis ses yeux pétiller d'amusement.

— Tu sais, tout le monde peut voir que tu m'aimes.

— Bien, répondis-je, plus heureux que je ne l'aurais pensé de l'avoir près de moi.

Après un instant, je me raclai la gorge et tentai une approche différente.

— Où est Constantine actuellement ?

— Vraiment ?

— Je t'ordonne de me le dire !

— Il n'avait pas le choix.

Oh, j'étais impatient d'entendre ça.

Il passa ses doigts dans ses épais cheveux bruns. Ils étaient longs sur le dessus, des mèches tombaient par moment dans ses yeux, mais ils étaient plus courts sur sa nuque et les côtés. Je le taquinais souvent sur ses cheveux qui ressemblaient à ceux d'un personnage de manga.

— Hakkan lui a donné le choix entre me combattre dans la fosse ou être jeté sur la route de Sobek sans eau ni nourriture.

Je hochai lentement la tête.

— C'est un choix pour un *Semel*, une *reah*, un *sylvan* ou un *sheseru*, mais pour un félin normal…

— Il aurait pu s'enfuir vers la ville, revenir à Sobek, voyager toute la nuit, même si nous parlons d'un trajet de dix heures en voiture. Il y avait d'autres options que de te combattre dans la fosse.

— Je ne pense pas.

— Moi, si. Où est-il maintenant ?

— Il doit être quelque part dans le fort. Nous nous sommes battus hier. Il était mon troisième ou quatrième combat. C'est devenu flou après que Deoles m'a ouvert le flanc.

Je me sentis froid à l'intérieur, vide, ma colère augmentant rapidement.

— Constantine t'a combattu alors que tu saignais ?

— Oui.

— Pourquoi saignais-tu ?

— Parce que Hakkan avait autorisé les armes dans la fosse, répondit-il doucement, s'avançant.

Alors seulement, je remarquai qu'il se déplaçait de manière plus raide que d'habitude.

Il se pencha et nos fronts se touchèrent, et nous restâmes ensemble tranquilles encore un moment avant que Kabore arrive à côté de moi.

— Maître.

Rompre ma connexion avec mon compagnon fut difficile, mais Kabore avait besoin de me parler.

— Oui ?

— Apparemment, Yuri avait communiqué à Ehivet Milar, le père de Garai, que vous l'aviez envoyé ici pour voir Hakkan. Il est arrivé.

— Pourquoi ?

— Quelqu'un lui a dit ce matin que vous aviez pris Hakkan sous votre garde.

— D'accord.

Je pris une inspiration.

— Trouve Constantine pour moi.

— Est-il quelque part par ici ?

— Il a combattu Yuri dans la fosse hier.

— Je vous demande pardon ?

— Je le veux, dis-je doucement. Maintenant !

— Tout de suite, Maître, répondit-il et il fut parti avant que Yuri ne puisse me retourner face à lui.

— Ce n'est pas sa faute. S'il te plaît, ne le punis pas pour…

— Je ne vais pas le punir ; je vais le tuer.

Yuri inspira vivement.

— Domin. Tu…

— Tout le monde devrait toujours avoir peur de moi, annonçai-je. Maintenant, viens avec moi parler à Ehivet et lui dire ce qui est arrivé à son fils.

— Oh, mon Dieu, gémit-il. Je suis devenu son champion quand je suis arrivé, mais il n'y avait rien que je pouvais faire pour ce qui s'était passé avant.

— Non, l'apaisai-je. Où est Garai maintenant ?

— Ici, me montra Yuri et je le vis courir.

Garai Milar était beau, souple, avec une peau parfaite et des yeux vert émeraude. Je l'avais vu lorsque nous avions évacué le fort. Il s'était accroché au bras de Yuri, ne voulant pas s'éloigner de lui jusqu'à ce que Jin lui parle doucement, lui jurant que plus personne ne le toucherait sans sa permission. Lorsque Jin Church vous regardait dans les yeux et vous promettait quelque chose, il n'y avait aucun doute que ses paroles étaient parole d'évangile.

À présent, Garai courait vers un groupe de personnes et je vis un homme plus âgé émerger, ouvrir les bras et recevoir le jeune homme qui se jetait sur lui. Les larmes furent instantanées chez les deux hommes et je regardai Ehivet resserrer ses bras autour de son fils, lui caresser les cheveux et lui parler à l'oreille.

— Merde ! gémis-je en me stoppant, ne voulant pas m'immiscer.

— Viens.

Yuri posa une main sur mon épaule, la pressant gentiment avant de me faire avancer.

Lorsque nous fûmes suffisamment proches, Garai nous remarqua.

— Oh, père, le *semel-aten*.

Toute la délégation de la tribu de Tegeret s'agenouilla en même temps.

— Non, s'il vous plaît, dis-je en m'avançant vers eux et posant ma main sur l'épaule d'Ehivet pour le soutenir.

Il ne bougea pas, et comme le *Semel* ne le faisait pas, les autres membres de sa tribu ne le firent pas.

— S'il vous plaît, Ehivet Milar, relevez-vous.

Il obéit, prenant immédiatement la main de son fils puis levant les yeux vers les miens.

— Je ne pourrais jamais vous remercier pour ce que vous avez fait, Maître.

— Je suis arrivé trop tard, avouai-je.

— Non, Maître, répondit-il sincèrement. Dès que vous avez pris votre position, ceux de votre maisonnée ont cherché à vous aider dans votre règne. Chacun a pris le devoir de sa fonction à cœur. Votre compagnon, votre *maahes*, votre *sylvan* et votre *sheseru* étaient déterminés à aider leur tribu et ceux au-delà. Vous avez agi sur les conseils de votre compagnon ; vous vous êtes impliqué alors que personne d'autre ne l'aurait fait. Je ne sais pas comment vous êtes supposé faire la police dans le monde entier, mais vous avez commencé ici, avec moi. C'était ma faute, j'ai attendu pour vous contacter ; je sais maintenant que vous avez fait ce qu'il fallait. Vous comprenez la loi et les violations de Tarek, vous êtes venu avec l'intention de libérer mon fils. Vous êtes un homme de principe, je vous serai loyal à partir de maintenant, et ce jusqu'à la fin de votre règne, Maître.

— Je vous remercie.

— Sachez que ma maisonnée se tiendra toujours derrière vous, prête à vous protéger, considérez-nous comme vos humbles serviteurs.

— Vos paroles m'honorent.

— Je vous suis si redevable, Maître, tout le temps, et sachez que la tribu de Wepwawet rentrera dans le rang et vous soutiendra.

— Wepwawet ? C'est... c'était la tribu de Rahab Bahur.

— C'est celle de Zaki Bahur à présent, son jeune frère. Ma sœur, la marraine de mon fils, est accouplée à Zaki Bahur. Je lui ai rapporté ce que vous aviez fait et Garai a transmis l'énormité du service que votre compagnon lui a rendu.

Il s'interrompit, tendant la main pour prendre celle de Yuri.

Mon compagnon et le vieil homme s'étreignirent, le visage d'Ehivet se durcissant, l'homme refusant de pleurer.

— Vous aurez toujours une place à ma table et même dans ma tribu si vous en avez besoin, Yuri Kosa, lui adressa-t-il solennellement. Vous serez toujours le bienvenu, vous pourrez aller et venir sur mon territoire à votre guise, à tout moment. Vous êtes *krates* de ma tribu.

Yuri était secoué, je l'aurais été aussi. Un *krates* – 'frère' ou 'sœur' d'une tribu – signifiait que vous étiez adopté par une autre tribu sans avoir à jurer allégeance au nouveau *semel*. Ça n'avait jamais été fait, la pratique jugée trop dangereuse par les chefs et les tribus, comme si vous invitiez une vipère dans votre maison. Mais il n'y avait pas plus grand cadeau ni plus grand honneur à offrir.

— *Semel*…

— Ehivet, me corrigea-t-il, ses yeux ayant du mal à quitter Yuri, mais finissant par se détourner vers mon visage. S'il vous plaît, adressez-vous à moi comme au plus ancien des amis.

— Ehivet, la tribu de Wepwawet veut ma mort ou…

— Non, Maître, ils…

— S'il vous plaît, adressez-vous à moi comme au plus ancien de vos amis.

Il acquiesça.

— Vous disiez ?

Il se racla la gorge et rapprocha son fils de lui, enroulant son bras autour de lui alors même que Garai frottait son menton sur l'épaule de son père.

— Mon cadeau pour vous est la fidélité de la tribu de Wepwawet. Rahab était une brute, son frère n'est pas aussi féroce, mais il est plus gentil et plus honorable. Ma sœur est plus forte que Rahab et Zaki réunis, elle a déjà prévu des changements. Nos deux tribus traitent des marchandises dont il vaut mieux que vous ne vous préoccupiez pas, Domin Thorne, mais malgré tout le pouvoir que nous pensions avoir, seuls vous et votre maisonnée étiez en mesure d'atteindre ce but. J'aurais pu ne récupérer qu'un corps, vous m'avez rendu mon fils. Nos deux tribus vous sont redevables, ma sœur vous envoie ses respects et son serment ainsi que ceux de son compagnon.

Je m'inclinai.

— Je vous remercie.

— Non, Domin Thorne, merci à vous, répondit-il en s'inclinant encore plus bas.

Nous restâmes silencieux un moment.

— Tarek va-t-il mourir ?

— Soit ici ou à Sobek, oui, répondis-je d'un ton neutre.

— Je sais que ce n'est pas la faute de sa fille, Masika, déclara-t-il. Mais je ne veux plus d'union entre mon fils et la maisonnée de Tarek. Le lien d'alliance est annulé.

— Notez-le dans votre dossier tribal, vous avez ma bénédiction.

— Merci, Maître.

Il relâcha la main de son fils pour s'avancer et me prendre dans ses bras. Ce fut le genre d'étreinte ferme que donne un homme à un autre, mais je compris que cela allait au-delà de sa zone de confort, et que je devais accepter le cadeau que c'était.

Je lui rendis son étreinte puis reculai pour prendre Yuri dans mes bras. Garai en fit de même et je me rendis compte, alors qu'il levait les yeux vers le visage de mon compagnon comme s'il était Dieu lui-même, qu'à dix-huit ans, j'aurais fait la même chose s'il m'avait sauvé la vie. Yuri était ce qu'il y avait de plus proche d'ange gardien pour ce jeune homme.

— Merci de m'avoir protégé, *sekhem*, dit-il en tremblant. Ce qui a été fait était une horreur, ce dont on m'a menacé avant votre arrivée... je me serais tué avant.

— Non, jamais, dit Yuri en posant sa main sur la joue du jeune homme. Te faire du mal n'est jamais une option. Tu n'as rien fait de mal. Souviens-toi toujours de cela.

Garai fondit en larmes, puis ils partirent, s'éloignant tous vers un hélicoptère d'apparence militaire qui les attendait. Il n'était pas bruyant, il ressemblait plus à un jet. Tandis que je les regardais s'envoler, Yuri me sourit.

— Quoi ?

— Tu as ton premier allié.

— Grâce à toi.

— Parce que tu m'as permis de partir, Domin.

— Ça n'arrivera plus, jurai-je. Maintenant, viens, je veux dire un mot à Constantine.

— Tu sais, nous devrions avoir un hélicoptère, dit-il, la main sur ma nuque.

— Je pensais exactement la même chose.

JE N'AVAIS aucune idée de ce qui avait été brûlé dans la fosse pour créer cette odeur dans le fort, mais j'avais trop peur que ce soit une sorte de drogue pour m'y risquer. Je décidai de démolir le bâtiment, le raser, puis le reconstruire. Entre-temps, une maison serait construite à Ipsis pour le nouveau *Semel*, Hanif Tarek et sa famille.

Ayaz Suyuti me dit que s'il avait la permission de partir, il ramènerait des bulldozers et des engins de terrassement.

— Vous pouvez aller et venir à votre guise, *djehu* ; je veux simplement que vous vous asseyiez avec Chanzira pour discuter des catacombes avant que je parte.

— Oui, Maître, répondit-il, rayonnant, en me prenant la main et la serrant fort. Tout ce que vous voudrez ; demandez et je le ferai.

Il s'approcha de Yuri qui se tenait près de moi.

— Je vous remercie, *sekhem*. Je ne pourrais jamais vous rembourser ce que je vous dois.

Yuri parut heureux, mais ses yeux ne furent pas aussi chaleureux qu'ils l'auraient été si Koren n'avait pas été là.

Au milieu de tout le reste, Yuri était ouvertement hostile et ridiculement jaloux.

J'étais ravi.

La façon dont il se tenait près de moi, la pression de son menton sur mon épaule, son odeur me marquant, ses mains sur moi, devant la foule – c'était tellement évident.

— Je reviendrai avec ce dont nous avons besoin pour remplir la fosse, Maître. Je ramènerai aussi de quoi vous souhaiter la bienvenue à Ipsis. Votre venue a sauvé notre tribu et le PEQ est impatient de vous montrer l'accueil que vous auriez dû recevoir à votre arrivée.

— Merci.

— Je remercierai la *reah* lorsque je reviendrai.

Je jetai un coup d'œil vers la file d'attente à quelques mètres de moi.

Jin se trouvait sous une tente de fortune, près de la fontaine au centre de la ville. Il était à présent habillé tout en blanc, le contraste avec ses cheveux noirs et ses yeux gris plutôt frappant alors qu'il saluait les gens un par un.

La queue pour le voir s'étirait d'heure en heure, et n'avançait pas rapidement, car tout le monde voulait l'étreindre, toucher ses cheveux, lui serrer la main et lui dire à quel point ils étaient reconnaissants de sa venue. Puis ils venaient vers moi, me remerciaient de l'avoir amené, s'agenouillaient et juraient une allégeance éternelle aux lois et à moi. Ça durait depuis des heures déjà et à nouveau, cela m'empêchait de faire la seule chose que je voulais, qui était de ramener Yuri au Hummer avec moi et de l'allonger sur la banquette arrière derrière les vitres teintées. Je voulais tant sa peau entre mes dents que je tremblais chaque fois qu'il me frôlait.

— Tu sembles très tendu, dit-il en frottant son menton sur mon épaule.

Je déglutis difficilement tandis que je serrais la main d'une petite fille avant de la tapoter et de lui dire de se redresser.

— Merci, me dit-elle avant de tendre les bras vers moi.

Je m'agenouillai et la pris dans mes bras. Elle posa sa petite tête sur mon épaule.

— Merci, *Semel*, de nous avoir sauvés. Mon frère et ma sœur peuvent maintenant rentrer à la maison.

— Où sont-ils ?

— À Gizeh, avec ma tante.

— Oui, tu peux les rappeler.

— Nous l'avons déjà fait, me dit une femme derrière la petite fille.

Elle tremblait, son mari restant vigilant, s'assurant qu'elle reste droite, son bras autour de sa taille.

— Vous nous avez délivrés d'un fou, Maître. Vous serez toujours dans nos prières.

J'étreignis la femme et elle s'accrocha à moi comme une noyée, puis je pris la main de son mari et le serrai dans mes bras.

Je jetai un coup d'œil à Jin qui m'adressa un signe de la main, il était complètement dans son élément, rencontrer et saluer, ces actions si enracinées chez une *reah*. Il avait une nouvelle question pour chaque personne, une remarque, un commentaire. Les gens l'aimaient, le regardaient comme s'il était le Messie en attendant patiemment leur tour.

Il était flanqué de Taj à sa droite et de Koren à sa gauche, Kabore déplaçant les gens, leur faisant signe de s'écarter ou de s'avancer. Cinq membres du *Shu* étaient près de lui et dix *khatyus* veillaient sur lui.

— Domin, gronda Yuri. La famille Hakkan est là.

Voir Hanif en larmes fut inattendu. Il se rua sur moi et tomba à genoux avec sa mère et sa sœur.

— Relevez-vous, ordonnai-je.

Ils se redressèrent et les grands yeux humides d'Hanif se rivèrent aux miens.

— Maître, vous avez fait ce que vous aviez dit, vous n'avez pas tué mon père.

Je secouai la tête.

— Je t'ai menti.

— Pardon ?

— Ton père est en violation de la loi, Hanif, ce qui signifie que je vais l'exécuter.

Il prit une inspiration chancelante.

— Je n'accomplirai pas cet acte moi-même, mais ce sera fait sur mon ordre. D'une façon ou d'une autre, ton père ne vivra pas trois jours de plus.

— Mais… bafouilla-t-il. Maître…

— Tu dois comprendre, soupirai-je. À l'instant où il a abusé des invités de sa maisonnée, au mépris de toutes les règles d'hospitalité, il a renoncé à sa vie.

— Maître, je…

— Il a abusé du fils d'un autre *semel*, il a pris une autre *yareah*, forcé ta mère à voir son enfant et sa maison souillée, il…

— Maître, nous avons attrapé votre gibier, annonça Rahim Dewidar, le second de Jamal, m'interrompant en arrivant à grands pas, accompagné de deux autres membres du *Shu*.

Ils marchaient, encadrant Constantine. Ils le poussèrent à genoux devant moi.

Il leva les yeux vers moi et je vis qu'il était blessé. Il avait des bleus, des égratignures et son œil gauche était si enflé qu'il était presque clos.

— Tu as combattu Yuri dans la fosse, dis-je en tendant la main vers Rahim.

Il me passa un pistolet.

— Non, supplia rapidement Yuri.

Je vis Constantine tressaillir.

— Tu as un nouveau choix à faire. Tu peux te transformer et combattre Taj jusqu'à la mort dans la fosse ou tu peux rester ici et devenir serviteur de la maisonnée de Tarek et membre de la tribu de Feran.

Il déglutit et je vis ses larmes.

— Vous me bannissez ? Vous me dépouillez de la tribu dans laquelle je suis né ; je n'appartiendrai plus à la première tribu, mais ferai partie de celle qui m'a forcé à me battre contre le compagnon de mon *Semel* dans la fosse ?

— Oui, insistai-je, la voix forte et tranchante, lui tendant l'arme à feu. Ou tu peux te mettre une balle dans la tête ici et maintenant, je m'en fiche. Mais à partir de ce jour, je ne veux plus te revoir, car si c'est le cas, même si je viens ici, je te tuerai. C'est compris ?

— Je vous en prie, mon *Semel*. Je…

— Choisis, maintenant ! rugis-je.

— Ici, cria-t-il avant que son visage ne se chiffonne. Je vais rester ici.

J'eus l'envie quasi irrésistible de l'étrangler.

— Mon *Semel*… je vous en prie…

— Ôtez-le de ma vue, et s'il dit un autre mot, coupez-lui la langue. Il pourra parler quand nous serons partis.

— Oui, Maître, répondit Rahim en me prenant l'arme, me dévisageant comme il le faisait toujours.

— Tu peux partir. Amène-moi Deoles.

— Oui, Maître, répéta-t-il avant de partir en traînant Constantine.

— Domin.

Mes yeux se posèrent sur Yuri.

— Merci d'avoir épargné sa vie.

— Il est mort pour moi, prévins-je mon compagnon. Et si jamais je pose à nouveau les yeux sur lui, je le tuerai. C'est compris ?

Rapide hochement de tête.

Je retournai mon attention vers Hanif et sa mère. Il y avait deux femmes plus petites derrière eux.

— Ta sœur et ta cousine ?

— Oui, Maître.

Je saluai les deux femmes qui me remercièrent chaleureusement puis se jetèrent sur Yuri. La mère d'Hanif, *yareah* de Hakkan, Alana Tarek, était juste devant moi.

— Le corps de notre *Semel* nous sera-t-il rendu pour être enterré dans la crypte de ses pères, Maître ?

J'étudiai son visage.

— Je pense que ce serait souiller la mémoire des autres, *yareah*. Qu'en dites-vous ?

— J'aurais aimé vous dire qu'il était autrefois un homme bon et qu'il a été plus tard ensorcelé par son propre pouvoir, qu'il pouvait être pardonné.

— Mais il ne le peut pas, compatis-je.

— Non, Maître, il ne le peut pas. Il s'en est pris à ses propres enfants.

Je pris gentiment sa main dans la mienne.

— Aucun homme n'est parfait, mais la plupart essayent de faire les bons choix pour leur tribu. Vous devez aider et guider votre fils dans son nouveau chemin.

— Je le ferai.

— Vous devriez rentrer à Sobek avec moi jusqu'à…

— Avec votre permission, Maître, nous resterons ici pour superviser la construction de notre nouvelle maison. Elle sera construite pour une famille, pour recevoir les amis et voyageurs du monde entier. Vous devriez nous rendre visite souvent pour vérifier nos progrès.

— Je le ferai.

Elle me remercia une nouvelle fois.

— La femme qu'il a prise pour nouvelle *yareah* était-elle une marionnette ou malfaisante ? demandai-je.

— C'est une enfant, Maître, on lui a donné le pouvoir de vie ou de mort. S'il vous plaît, ôtez-la de ma vue lorsque vous partirez. Elle était blanchisseuse avant d'être élevée ; peut-être pourra-t-elle trouver la rédemption en servant quelqu'un d'autre.

La *yareah* de Feran était une femme incroyable.

— Et le jeune garçon ?

— Il était forcé tandis que la fille ne l'était pas. S'il vous plaît, renvoyez-le à sa mère.

— Je ferai en sorte que ce soit fait.

Elle était proche des larmes.

— J'ai cru comprendre que si mon compagnon n'avait pas été là, votre fille serait devenue une conquête du *sheseru* de votre compagnon.

— Elle l'était.

Alana frissonna, sa main se resserrant sur la mienne.

— Il a violé de nombreux jeunes hommes et jeunes femmes, n'est-ce pas ?

Son regard fut tourmenté et j'y vis que même la *yareah* d'Hakkan Tarek n'avait pas été à l'abri.

— Il a laissé des horreurs se produire dans sa propre maison.

— Oui, Maître.

— Il mourra aujourd'hui.

— Soyez béni, Maître.

Mes yeux se posèrent sur Yuri qui, comprenant, appela Taj.

— Tu es demandé, *sheseru* !

Hanif rattrapa sa mère lorsqu'elle s'évanouit.

DEOLES TENAIT à peine debout, toujours exténué par la transformation que Jin lui avait imposée ce matin. Mais il fut irrévérencieux lorsqu'il fut amené sur l'autel où il avait conduit tant d'hommes et de femmes quand il les violait devant toute l'assemblée sur ordre du *Semel*. Il était à présent installé sur des bâches et il frissonna quand il le vit, la compréhension le traversant. La zone était recouverte de plastique pour une raison très pratique.

— Vous allez réellement me tuer pour avoir suivi les ordres ? railla-t-il lorsque Taj posa sa tête sur le bois poli de l'autel.

— Si j'étais fou, mon *sheseru* protégerait ma tribu de moi, raisonnai-je tandis que Taj levait une lourde massue.

— Vous êtes un lâche, siffla-t-il, la voix pleine de tremblements de peur et de rage bouillonnante. Vous devriez faire l'exécution vous-même si vous croyez tellement en ce que vous faites.

— Non, répondit Taj en levant haut son arme. Un véritable *sheseru* protège son *Semel* des souillures.

L'immense hache fut lourde et tomba rapidement. Il y eut un halètement lorsque la tête de Deoles tomba dans le panier puis l'autel et le corps furent enveloppés dans les bâches et retirés de l'estrade. Mes hommes les emmèneraient dans le désert pour les brûler.

Alors que je marchais pour aller voir Jin et Yuri, je trébuchai, mes genoux chancelant.

— Maître, s'écria Kabore, en me saisissant sous le bras afin de s'assurer que je reste sur mes pieds.

— Je vais bien.

— Vous n'allez pas bien, répondit-il d'un ton sec. Vous êtes à peine ressuscité de votre lit de mort et vous avez passé la journée à distribuer des punitions debout sous le soleil brûlant et la chaleur écrasante. C'est un miracle que vous soyez toujours à la verticale.

Je me sentais un peu faible, mais j'imaginais que j'avais seulement besoin d'un peu d'eau.

— Cessez vos enfantillages.

Il me conduisit sous un auvent et le léger changement de température fut le bienvenu.

— Merci.

— De l'eau, aboya-t-il à l'un des serviteurs qui se précipita pour aller la chercher.

— J'ai probablement besoin de manger quelque chose avant de voir Hakkan Tarek.

Il ne répondit pas, alors j'attendis.

— Je ne pensais pas que ce serait vous, dit-il brusquement.

— De quoi est-ce que tu parles ? grommelai-je.

— C'est remarquable, vraiment.

— De quoi ?

— Vous intervenez tout le temps.

Il m'avait perdu.

— Je te demande pardon ?

— Pour un homme qui dit qu'il croit au destin, vous ne lui permettez pas très souvent de se jouer.

— Je n'ai aucune idée de ce dont tu parles.

— Du *Shu*.

— Sais-tu au moins de quoi tu parles ? insistai-je en plissant les yeux. Peut-être que *tu* as besoin d'eau.

— Avant même que le *Shu* devienne vôtre, mon *Semel*, ils étaient sous votre commandement. Le *Shu* était la première ligne de défense du prêtre, mais ils étaient également les plus mortels des assassins du monde des panthères et, au gré du *semel-aten*, ils étaient envoyés.

— De l'eau pour mon intendant, criai-je.

Il ricana.

— Vous êtes au pouvoir depuis six mois, mon *Semel*, et vous avez envoyé le *Shu* quatre fois. Le saviez-vous ?

Je haussai les épaules.

— Les gens ont besoin d'aide avec leur *Semel*. J'aurais envoyé le *Shu* ici, mais j'ai dû venir à cause de Yuri.

— Mais d'abord, vous avez envoyé votre compagnon.

145

— Je l'ai autorisé à venir, insistai-je.

Kabore secoua la tête.

— Le fond du problème, Domin Thorne, est qu'aujourd'hui, vous avez déboulé dans cette ville comme le jour du jugement dernier et que vous avez sauvé Ipsis d'un fou.

— J'aurais aimé le savoir plus tôt.

— Vous n'êtes pas inquiet des décisions que vous avez prises aujourd'hui. Vous savez ce qui est juste et vous n'avez pas eu peur de les prendre.

— Quelles décisions ? demandai-je, irrité. J'ai simplement fait exécuter la loi.

— Et combien de *semels* avant vous l'avaient fait ?

— Je sais qu'Ammon ne le faisait pas.

Je grimaçai, car la cicatrice sur mon ventre et mon torse palpitait sous la pression.

— Mais son père le faisait sûrement.

Il secoua la tête tandis qu'il tirait doucement sur mon biceps, me poussant vers une table.

— Asseyez-vous sur le banc.

Je me laissai tomber plus vite que je l'aurais voulu, pas du tout stable.

— Comment le saurais-tu ?

— Je vous demande pardon ?

— Comment saurais-tu si le père d'Ammon exécutait ou n'exécutait pas la loi ici ?

— Je vivais sous son règne de *semel-aten*.

Je dévisageai Kabore.

— Quel âge as-tu ?

— Soixante-six ans.

J'en fus abasourdi.

— Tu te moques de moi ?

Ses yeux brillèrent d'une lueur chaleureuse.

— Quel âge pensiez-vous que j'avais, Maître ?

— La quarantaine.

— C'est très flatteur.

Il sembla heureux tandis que je posai ma tête sur mes bras croisés.

— Vous avez l'air rouge. Est-ce que vous vous sentez bien ?

— Je vais bien.

— Puis-je vous toucher ?

146

J'allais lui adresser une remarque sarcastique, mais au lieu de cela, je lui donnai mon accord. Sa main fut gelée et je m'en plaignis lorsque sa paume toucha mon front.

— Vous êtes brûlant.

Mes yeux papillonnèrent puis se fermèrent.

— Laisse-moi juste me reposer une minute.

— Non, je vais faire mieux et…

Ses mains furent sur mon dos, et furent tout ce qui me maintint droit.

— Je ne vous perdrai pas, mon *Semel*.

Je sentis mon corps devenir lourd.

— Allez me chercher le *sekhem* ! aboya Kabore à quelqu'un.

Ce fut la dernière chose que j'entendis avant de tomber au sol.

— Je vais bien, assurai-je à mon médecin, car je reconnaissais sa voix et elle se transformait en une telle… Attendez !

J'ouvris les yeux et vis cinq personnes en blouse blanche faire la navette autour de moi avant de trouver le visage que je connaissais, celui à qui appartenait cette voix acariâtre. J'étais perplexe.

— Dr Pakhom.

— Qu'est-ce que j'avais dit ?

Son ton fut aussi tranchant qu'un rasoir.

— De ne pas forcer, répétai-je les paroles qu'elle m'avait dites la veille comme un perroquet. Que fais-tu ici ?

— J'ai volé jusqu'ici pour prendre soin de toi, mon *Semel*.

— Volé ? demandai-je d'un ton cassant. Avec qui ?

— Je ne sais pas. J'ai été informée qu'on avait besoin de moi, on m'a mise dans un hélicoptère et me voilà.

— Es-tu folle ? la réprimandai-je. Tu aurais pu être tuée ! Et si quelqu'un avait tenté de te kidnapper ou…

— J'ai été escortée par Jamal durant le vol, j'ai parlé à Taj durant tout le voyage et il m'a accueillie avec Rahim dès l'atterrissage. Alors non, Maître, je n'ai pas eu un seul instant l'impression d'être en danger.

— Mais…

— Mais on avait besoin de moi, je suis ton médecin. Je suis venue immédiatement dès qu'on m'a appelée et je le referais.

Je secouai la tête.

— Ne…

147

— Je viendrai chaque fois qu'on aura besoin de moi, déclara-t-elle avant de glousser, ses yeux s'adoucissant, les rides de rire autour d'eux s'approfondissant. Je te trouve très charmant, tu sais, mon *Semel* ?

Tout le monde avait perdu l'esprit.

— Où est Yuri ?

— Ici, Maître.

Lorsqu'elle s'écarta, je vis mon compagnon. Il était étendu près de moi sur le lit, une intraveineuse dans chaque bras et l'un de ces moniteurs cardiaques relié à son majeur.

— Qu'est-ce qu'il lui arrive ?

— Son corps lutte contre une infection, me fit-elle savoir. Il n'était pas autorisé à se transformer après ses combats et sa blessure au bras était chaude au toucher. Quand j'ai ôté le bandage, la plaie suintait de pus et était enflammée.

— Je n'ai même pas pris la peine de…

— Non, me coupa-t-elle en secouant la tête. Tu n'étais pas médecin et je suis sûre qu'il était si heureux de te voir que les endorphines ont perturbé la douleur.

— Est-ce qu'il… – il apparaissait très pâle, plus pâle que d'habitude – va aller mieux ?

— Oui. Je lui injecte des fluides et des antibiotiques, et j'ai nettoyé et pansé toutes les autres plaies que j'ai pu trouver.

— Toutes les autres ?

— Son corps est couvert d'ecchymoses, d'éraflures et d'entailles. Quand il sera plus fort, il se transformera et tout aura presque disparu dès la première fois. Tu sais, nos ancêtres étaient très intelligents. Ils savaient que se battre dans la fosse ne devait être fait que sous forme de panthère, sinon on pouvait perdre beaucoup d'hommes en parfaite santé, comme les Romains ont perdu les gladiateurs. Les jeux de sang ne sont que ça. La fosse est supposée être utilisée pour régler les disputes, pas pour le plaisir.

Je roulai sur le côté et tendis la main pour la poser sur sa joue gauche.

— Il est froid.

— C'est bon signe, car il était brûlant de fièvre il y a quelques heures. Il régulera rapidement sa température corporelle.

— Mais il ira bien ?

— Oui, roucoula-t-elle.

Pourquoi roucoulait-elle comme ça ? Lorsque je la regardai, son visage était tout marbré.

— Quoi ?

— Il avait les mêmes questions inquiètes à ton sujet, dit-elle en émettant un bruit comme si j'étais adorable.

— Arrête ça, ordonnai-je, en vain.

— Il était si inquiet.

— Pourquoi ?

— Apparemment, tu t'es évanoui et quand il a vu Kabore te porter… il a craqué.

— J'avais seulement besoin d'eau.

— Non, se moqua-t-elle. Tu avais besoin de *beaucoup* d'eau. Aucun de vous n'a pris en compte le fait que vous étiez dans un fichu désert. Le seul intelligent que j'ai vu et cette *reah* là-bas.

— Il boit beaucoup d'eau, n'est-ce pas ?

— Des litres, oui. Il reste également à l'ombre.

Je grognai.

— Ça, c'est parce que Jin est parfait.

Elle se mit à rire.

— Eh bien, avec ta déshydratation, le taux de sucre de ton sang était déréglé alors je t'ai donné du glucose. Tu devrais bientôt te sentir mieux, mais tu as besoin de manger, d'accord ?

— Oui.

— Je te le répète, cette blessure au couteau aurait tué un félin normal. C'est seulement, car tu es un *Semel*, seulement car il t'a poignardé de bas en haut et pas le contraire qu'il a manqué le cœur. Tu as besoin de guérir. Tu dois rester au lit et ne pas bouger.

Je montrai Yuri.

— Si je reste immobile, peut-il… – je toussai – tu sais.

Elle secoua la tête.

— Gay ou hétéro, c'est la seule chose à laquelle vous pensez, n'est-ce pas ?

Je me renfrognai.

— Sais-tu combien de temps nous avons été séparés ?

— Oui, tu peux coucher avec lui aussi longtemps qu'il n'y a pas de pression sur ton abdomen. Tu m'as bien compris ?

— Oui, très bien, murmurai-je en regardant enfin la chambre. Où suis-je, bon sang ?

— Dans un hôpital de campagne.

— Il n'y a que deux lits ici.

— D'accord, un mini hôpital de campagne, contra-t-elle en riant doucement.

— Quand ai-je raté que tu étais une telle Madame-je-sais-tout ?

Elle rayonna.

— Tu permets tant de liberté en notre présence que nous pouvons être nous-mêmes, Maître. C'est un cadeau rare.

— Je devrais arrêter ça, grommelai-je.

— Non, chantonna-t-elle. Jamais.

— Je ne suis pas un homme gentil, assénai-je sèchement.

— Bien sûr que si.

Ma concentration se déplaça, cartographiant toute la zone. Il ressemblait à n'importe quel hôpital des films de guerre que j'avais vus. La différence était qu'il était scellé de plastique et l'air froid était pompé des deux énormes générateurs que je pouvais voir dans un coin de la pièce. Il y avait cinq personnes, en comptant le docteur, et je vis l'un des hommes se diriger vers Yuri et lui faire un vaccin.

— Qu'est-ce que c'était ?

— Tétanos, m'apprit le Dr Pakhom. Je ne veux prendre aucun risque.

— Combien de temps suis-je resté évanoui ?

Son front se plissa.

— Six heures, Maître. Tu m'as fait peur.

— Et tu dis que Jin est dehors et en sécurité ?

— Il est avec Taj et Rahim, neuf membres du *Shu* et une cinquantaine ou plus de tes *khatyus*, me taquina-t-elle. Alors j'imagine que oui.

— Où est Kabore ?

— Ici, Maître, me répondit-il près du lit.

— Dis-moi où est Hakkan Tarek.

— Lorsque le Dr Pakhom et son équipe sont arrivés, une cage en acier de deux mètres sur deux nous a été livrée par Jamal. Nous l'avons placée à l'extérieur sous une bâche et, après qu'il s'est transformé, nous l'avons mis dedans.

— Comme un animal dans un zoo.

— Oui, Maître.

— Comment une cage et cinq personnes ont-elles pu nous être livrées ?

— Onze, Maître, me corrigea-t-il. Jamal a envoyé six membres de plus du *Shu*.

— Comment ?

— Par hélicoptère, Maître.

— Nous n'avons pas de…

— D'autres en ont, Maître.

— Je veux des réponses, maintenant ! ordonnai-je en m'asseyant.

— Non, non ! s'écria Kabore en posant une main sur ma clavicule puis me repoussant sur le lit. Vous devez être prudent. Nous avons besoin de vous.

— Que se passe-t-il, bon sang ?

— Il se passe que nous avons attendu un *Semel* de confiance depuis une centaine d'années et il s'avère que c'est vous, Domin Thorne.

— Qui, nous ?

— Si vous faites sortir tout le monde de la tente, je pourrais vous répondre.

— Je ne comprends pas.

Il attendit.

— Très bien, fais sortir tout le monde alors.

Il fit face aux autres.

— Voulez-vous nous excuser un moment, docteur ?

— Bien sûr.

Elle poussa son équipe vers les rabats en plastique puis une autre porte à glissière, et nous fûmes seuls.

Je pouvais les voir à l'extérieur, mais entre le bourdonnement des générateurs et la distance, personne ne pouvait nous entendre.

— Maintenant, dit Kabore en se tournant vers moi, demandez-moi ce que vous voulez.

— Qui est ce 'nous' ? Qui a mis un hélicoptère à ma disposition ?

— Le *Iusaaset*, Maître.

— Qu'est-ce que le *Iusaaset* ? Aset est le trône, mais le reste ?

— Le trône de tous, de l'atum, de vos ancêtres, de ceux qui vous protègent, me révéla Kabore. Nous sommes ceux qui régissent le monde, Domin Thorne.

Les mots restèrent suspendus dans l'air entre nous un instant avant que je m'asseye lentement. Il me laissa faire, même s'il sembla inquiet et leva une main au cas où il devait me stabiliser.

— Je le savais, songeai-je en déglutissant péniblement. Ce n'est pas le travail d'un seul homme.

— Non.

151

— Alors vous… vous êtes partout dans le monde, dans chaque ville, dans… Mon Dieu, partout ?

— Oui, affirma-t-il. Les métamorphes panthères ne resteraient jamais dissimulés aux yeux du monde s'il n'y avait pas une plus grande organisation à sa tête. Même si la plupart des *Semels* dirigent bien leur tribu, rentrent dans le rang et suivent les lois, il y a toujours un élément criminel ainsi que ceux qui pourraient nous exposer et mettre les gens au courant de notre existence.

— Je me rappelle une fois quand j'étais jeune avoir été à un spectacle de magie sur le Strip à Vegas et il y avait ce gars, son assistante se changeait magiquement en panthère. Je veux dire, je savais qu'ils étaient tous les deux métamorphes. Je pensais que c'était fantastique, je n'aurais jamais pensé à faire ça, mais quand j'ai demandé à Logan de venir avec moi le lendemain, ils étaient partis.

— Oui, je suis sûr que c'était le *Iusaaset*.

— Les ont-ils tués ?

— Non, c'est toujours au *Semel* de décider. Ils ont dû être renvoyés dans leur tribu et disciplinés. Parfois, en fonction du crime, la mort est une option. Mais vous savez tout comme moi qu'emprisonner les panthères mène rapidement à la folie. Ils ne peuvent pas aller dans une prison humaine à cause de leur transformation. Alors c'est là qu'intervient le *Iusaaset*.

Mon cerveau avait du mal à comprendre.

— Qui commande le *Iusaaset* ?

— Omar Turog, un militaire, un grand *sheseru*, si vous voulez et son partenaire, Hsin Suen, plus un *sylvan*. Le *Iusaaset* est toujours dirigé par deux personnes, une qui commande l'aspect militaire, une le côté civil. Il y a aussi les *Sept Lois*, comme ils les appellent, ou simplement les *Sept*, qui les conseillent. À partir de maintenant, Omar, Hsin et leurs équipes rendront compte à vous.

Je secouai la tête.

— Non, c'est une trop grande responsabilité pour un seul homme. Je…

— Comme je vous l'ai dit, tout comme ici, vous avez un *sheseru* et un *sylvan* qui vous offriront leurs conseils, ainsi que les *Sept*. Vous pouvez aussi amener un homme en tant que conseiller privé.

— Tu m'as menti.

— Oui.

— Tu n'es pas venu avec Ebere.

— Non.

— Tu es à la villa depuis l'époque du père d'Ammon, attendant de voir quand arriverait un *Semel* qui mériterait d'être reconnu par le *Iusaaset*.

Il acquiesça.

— Omar Turog attendait mon rapport sur vous.

— J'ai passé le test ?

— Oui, Maître. Avant que nous quittions Sobek, j'ai transmis que vous étiez une personne de confiance et les ai invités à venir. J'ai fait passer le mot par Rahim, qui a un contact complètement différent du mien, qu'ils devaient venir et prendre contact avec vous. Ils sont en chemin.

— Qui ? Omar ou Hsin ?

— Oh, non, Maître. Vous les verrez, mais aucun d'entre nous ne le fera. Non, je pense que c'est leurs agents qui viendront. S'ils envoient les plus importants alors je pense que ce sera Dov Yadin et Wickham Morris qui viendront. Ce sont eux que je vois le plus, puisqu'ils sont des agents de terrain. Dov était dans les services secrets israéliens et Wickham dans le MI5 avant d'être recrutés par le *Iusaaset*. Comme ce sont tous les deux des panthères, ils ne pouvaient pas refuser cette offre. Vous savez, tous les membres du *Iusaaset* sont faits de membres de la tribu de Rahotep, alors vous êtes leur *Semel*.

Je chancelai.

— Personne ne peut s'attendre à ce que je gouverne des hommes qui en savent plus sur tout cela que moi.

— Vous êtes né pour être *Semel*, Maître ; aucun de ces hommes ne l'est. Vous devez toujours vous souvenir de ça.

— Pourquoi moi ?

— Parce que vous êtes en train de tout changer, Maître, dit-il d'un ton neutre. Votre plan est de refonder Sobek ; personne n'a tourné le regard vers l'extérieur depuis plus d'une centaine d'années. Ils deviennent *Semel* et regardent vers l'intérieur, ce qu'ils peuvent avoir, et un peu comme Hakkan Tarek, leur avidité, leur gloutonnerie et leur dépravation les bouffent de l'intérieur.

Je cherchai sur son visage le quelconque signe que tout n'était qu'une énorme blague.

— Mais vous, vous qui semblez patauger, vous changez quelque chose chaque jour. Chaque jour, vous êtes *semel-aten* et maintenant *akhen-aten*, vous modifiez une loi, en appliquez une autre. Vous avez déjà envoyé le *Shu* quatre fois en moins de six mois, comme je vous l'ai dit. Vous voulez aider tout le monde, être sûr que chacun est en sécurité. À présent, avec nos ressources, vous le pouvez.

— Je doute que ces hommes m'écoutent.

— Ils ne veulent rien de plus. En ce moment, ils se contentent de réagir ; vous leur permettrez d'être proactifs, de mettre vos nouvelles lois et plans en action, expliqua Kabore. Ils veulent tous être dirigés par vous et le tribunal des *Sept* est là pour se réunir ou non. Ils vous offriront leurs conseils, Maître, tout comme l'ancien conseil d'Ennead conseillait votre *sylvan*. C'est une nouvelle ère, Maître, mais tout le monde sait que c'est votre règne et que vous nous mènerez vers l'avenir.

— Je pense que je vais m'évanouir.

— S'il vous plaît, non, vous m'avez fait assez peur pour aujourd'hui.

— Qui d'autre est au courant pour le *Iusaaset* ?

— Personne hormis ceux qui travaillent pour nous et le tribunal.

— Comment obtient-on une place au tribunal ?

— Vous y êtes invité.

— Combien sont-ils ?

— Six. Depuis la mort de Shamon, son siège n'a pas été pourvu.

— Le prêtre, compris-je.

— C'est la raison pour laquelle il voulait que Logan Church soit *semel-aten* ; il sentait que Logan serait le genre d'homme que le *Iusaaset* suivrait.

— Il le serait.

Kabore secoua la tête.

— Je respecte le *semel-netjer*, mais Jin Church est un compagnon bien trop imprévisible pour lui. Si Ammon avait été un homme différent, avec Ebere El Masry comme compagne, il aurait été un excellent candidat. Voilà comment ça se passe, vous comprenez ? Bon *semel*, compagnon douteux, ou vice-versa.

— Pourquoi le compagnon serait-il important ?

— Un bon compagnon est essentiel pour la santé et le bien-être d'un *Semel*. Il est la première personne vers laquelle vous vous tournez pour chercher un conseil, celui avec qui vous partagez vos secrets dans la chambre à coucher, à dessein ou involontairement. Il est celui qui dort près de vous la nuit.

— Jin est le meilleur compagnon que Logan puisse avoir.

— Je ne discuterai pas avec vous. Nous avons observé le *semel-netjer* et son compagnon, vu les essais de séparation que nous aurions pu

154

éviter ou y mettre fin, mais nous devions laisser faire. Nous les avons vus grandir, mais à nouveau, bien qu'il n'y ait pas meilleure compagne pour un *Semel* que sa *reah* destinée, le *nekhene* qu'est Jin Church n'est pas un bon compagnon pour le *semel-aten*. Le *nekhene* est plus en sécurité dans une petite ville en haut des montagnes, loin des regards indiscrets. Avoir Jin ici sur une longue période invite au danger, dit-il tristement. Une fois, j'ai entendu Ammon tempêter sur combien Jin Church était dangereux. Et même si j'étais en désaccord avec ce qu'il pensait devoir être fait, je ne pouvais pas rejeter sa logique. À mesure que le pouvoir de Jin grandit, à quel point deviendra-t-il irascible ?

— Jin ne fera jamais de mal à personne tant qu'il aura Logan à ses côtés.

— Précisément, convint-il. Et le *semel-netjer* ne fera que ça pour le reste de sa vie. Il conduira sa tribu et aimera son compagnon. Le fait est que c'est tout ce qu'il veut – il n'a aucun désir de pouvoir. C'est une vraie bénédiction que le *nekhene* ait un compagnon comme Logan Church et pas un fou. Pensez à l'horreur que cela aurait pu être.

— Maintenant, je comprends pourquoi le prêtre voulait Logan.

— Eut voulu, expira Kabore. À la fin, il était d'accord avec moi sur le fait que le destin était intervenu et vous nous avez offert en cadeau. Vous devez savoir qu'il avait réellement embrassé votre règne avant de mourir.

— Oui, je sais.

— Lorsque je lui ai suggéré de nous révéler à vous, il était d'accord que c'était pour le mieux. Il a aussi proposé que nous offrions son siège au tribunal au *semel-netjer*.

Je pourrais avoir Logan avec moi ? Mon filet de sécurité intact ?

— Est-ce une option ?

— Oui, ça l'est. Nous sommes tombés d'accord qu'il ferait un bon ajout.

— En tant que mon conseiller, je voudrais que ce soit toi.

Il fut surpris.

— Maître, je ne suis qu'un intendant. Un moyen de vous aider à atteindre votre destinée, pas…

— Ce sera toi, Kabore. Dis-leur.

Il hocha la tête.

— Merci, Maître. La confiance et la foi que…

Il était touché, c'était évident dans son ton.

— C'est un honneur pour moi.

Mais je n'avais pas le temps de me vautrer dans le sentimentalisme, mon esprit tournait à pleine vitesse.

— Si vous maintenez l'ordre dans le monde, comment Jin a-t-il pu être kidnappé ? Comment le *sepat* a-t-il été autorisé à se poursuivre ? Comment Ammon El Masry a-t-il été autorisé à abuser d'Ebere ? Comment le simulacre que j'ai interrompu a-t-il été autorisé à continuer ? Je ne comprends pas.

Il secoua la tête.

— Comme toute opération militaire, je suppose, les soldats sont-ils envoyés pour des violences domestiques ? Sont-ils envoyés pour punir des politiciens corrompus ou pour retrouver des enfants disparus ? Voilà de quoi nous parlons. Nous empêchons quiconque d'aller nous révéler comme métamorphes panthères aux informations télévisuelles, mais nous n'enquêtons pas sur un *semel* qui se sert de son pouvoir pour souiller des jeunes filles.

— Voilà pourquoi le prêtre devait en venir au *sepat*, le défi d'honneur, contre Ammon El Masry, quand tous ces parents sont venus chercher justice après ce qu'Ammon avait fait à leurs filles ?

— Oui. Nous ne pouvions rien faire. Pas là. Mais si vous prenez les rênes, nous ferons ce que nous faisons maintenant, nous vous servirons vous et votre cause de changement et de reconstruction. Tant de choses ont besoin d'être ratifiées, mais il y a aussi des lois qui doivent être gravées dans la pierre, les deux doivent être respectées.

Je commençais à comprendre.

— Vous voulez être comme Yuri, un prolongement de moi, afin que les panthères du monde entier qui verront la position de *semel-aten* croient que je suis la panthère la plus puissante du monde. Ce ne le sera pas seulement par le titre, mais ce le sera parce que si je dis quelque chose, cela arrivera, car j'ai les hommes de main pour le prouver.

— Oui.

— Et si le pouvoir me monte à la tête et que je deviens fou ?

Il pencha la tête sur le côté.

— Il me semble que vous avez déjà eu votre révélation, n'est-ce pas, Maître ?

— Avec la fin de ma tribu d'origine, vous voulez dire ?

— Un homme que vous appeliez frère a mis fin à votre lignée, votre maisonnée. La tribu de Menhit ne pourra jamais se relever. Si vous veniez à sombrer dans les ténèbres, est-ce que cela se reproduirait ?

Je haussai les épaules.

— Peut-être.

— Votre mère est morte quand vous étiez encore enfant. Votre père était abusif, il contrôlait sa tribu avec rage et jalousie et lorsque vous êtes arrivé au pouvoir, tout ce que vous avez essayé de maintenir était une querelle avec la tribu de votre ami. Vous étiez différent alors, vengeur et malveillant, amer et plein de dégoût de soi. Que vous soyez capable de continuer à penser que vous avez des pensées égoïstes ou dire que vous vous en fichez puis agir d'une manière totalement différente, une manière qui est… de l'instant où Logan a fait de vous un *maahes* à maintenant, plein d'introspection et de foi, est un miracle pour moi. Vous vous êtes élevé…

— Stop, l'interrompis-je. Je vais vomir. Je ne suis pas si bon. J'ai fait beaucoup de conneries et tu le sais. Mais j'ai Yuri, je t'ai toi, Taj, Mikhail, et Ebere pour me garder sur la bonne voie.

Il se racla la gorge.

— Savez-vous combien de meneurs écoutent à chaque fois ceux qui les entourent, Maître ?

— Tous ?

— Aucun. La plupart des hommes de pouvoir écoutent, mais n'entendent pas et font ce qu'ils veulent de toute façon. Vous écoutez réellement, vous ruminez et parfois, vous faites ce que vous croyez être le mieux, mais il arrive souvent que vous changiez d'avis ou que vous tempériez votre réponse en vous basant sur ce que l'une des personnes de votre cercle privé vous a recommandé. C'est une qualité rare et excellente chez un dirigeant, de se faire sa propre opinion, mais de permettre d'être conseillé. Ne doutez jamais de votre véritable qualité, Domin Thorne. Vous êtes remarquable.

Je restai silencieux, alors, lui aussi.

— Je pense que tu auras besoin de voyager.

Nous nous concentrâmes tous les deux sur Yuri qui était réveillé et nous écoutait.

Je fus si heureux de voir ses yeux ouverts.

— Depuis combien de temps es-tu réveillé ?

— Depuis que Kabore a demandé au docteur de sortir.

— Tu es un tel imbécile, dis-je d'une voix douce en tendant la main et glissant mes doigts dans ses cheveux pour les repousser de ses yeux sombres. Alors tu as entendu toutes ces histoires de bon compagnon, hein ?

— Oui, murmura-t-il, bien trop heureux.

— Et ?

— Et aurais-tu pu choisir mieux ? se moqua-t-il. Je ne pense pas. Mec, tu as touché le jackpot avec moi. Tu ne pourrais pas demander plus raisonnable ou plus loyal.

Je ne pus que sourire.

— Non, je ne pourrais pas.

Il me fit un clin d'œil et je gémis.

— D'accord, donc, où diable est-ce que je vais ? demandai-je à Kabore.

— Il vous faut parcourir le monde. Au lieu de la Fête de la Vallée, ce devrait être vous, l'Égypte, d'aller à eux.

De toute évidence, il faisait une sorte de crise psychotique.

— Je te demande pardon ?

— Vous devez nommer un nouveau *maahes* et laisser cette personne à Sobek pour diriger avec Mikhail, Jamal et Taj. Vous, Yuri et moi prendrons la route avec le Dr Pakhom et son équipe et peut-être vingt-cinq de vos *khatyus* et irons visiter chaque tribu dans le monde.

Il me fallut une seconde pour assimiler ce qu'il venait de dire.

— As-tu une idée de ce que tu dis ?

— Je crois que oui, acquiesça Yuri. Tu ne serais jamais à la maison, de toute ta vie. Tu rencontrerais des gens, nouerais des liens avec eux, réunirais le monde des panthères. S'il y avait un problème, tu serais là pour t'en occuper et si cela demandait plus, tu pourrais en appeler au *Iusaaset*. Tu pourrais discuter avec le tribunal, faire constamment le point avec ton nouveau *maahes* et rendre visite à ta propre tribu une fois par an. Si tu fais ça, si tu voyages... Domin, pense à tout ce que tu pourrais accomplir.

— Qu'est-ce que j'accomplirais ?

— Tu pourrais réunir tout le monde. Tu as toujours dit qu'il y avait beaucoup de panthères égarées là dehors, comme Jin l'était, comme Crane, et nous pourrions nous assurer que tout le monde sache que le *akhen-aten* est là pour eux.

— Yuri...

— Je crois que c'est ce que nous sommes censés faire.

— Et pour tous mes changements pour Sobek ?

— Ce sera à ton *maahes* de les faire.

C'est vrai, j'avais besoin d'un nouveau *maahes*. Il me fallait un commandant en second qui me suivrait et la réponse était juste devant mes yeux depuis tout ce temps.

— Oui, ce sera Kabore.

— Oh, entendis-je Yuri dire. C'est brillant.

— Je vous demande pardon ? demanda Kabore, ses yeux se posant sur mon compagnon. Qu'est-ce qui est brillant, *sekhem* ?

— L'esprit de votre *Semel*.

— De temps en temps, convins-je.

Kabore était confus.

— Maître ?

Je me raclai la gorge, ce qui attira l'attention de Kabore sur moi.

— Parfois, ce qui est juste en face de moi ne me saute pas aux yeux.

Son visage était si facile à lire ; je vis le moment exact où il comprit.

— Oh, non, s'écria Kabore en se redressant et levant les mains en l'air. Je suis bien trop vieux pour…

— Tu sais tout ce que je sais, assurai-je en agitant les sourcils. Tu parles toutes les langues parlées à Sobek, tu me connais, tu connais le *Iusaaset*, tu seras mon conseiller et mon *maahes*. Tu seras merveilleux, Kabore Nour, et tu auras Mikhail et Taj pour assurer tes arrières, et aussi Jamal et Ebere.

— Maître, il faudrait que je vous accompagne…

— Nous devons tout mettre en place.

Je lui adressai un sourire narquois.

— Ça va être génial.

Yuri lui sourit, scellant le marché.

— Il vous complète vraiment bien, renonça Kabore en se renfrognant puis inclinant la tête vers mon compagnon.

— Je sais.

X

IL ÉTAIT tard, mais j'étais sur ma lancée. À l'extérieur de la tente médicale dans la cour d'Ipsis, je m'assis avec les autres pour manger tout en appelant Jamal. Le *menthu* nouvellement nommé abonda dans mon sens quant à la nomination de Kabore au poste de *maahes* et m'avertit que Logan Church n'était pas très content d'être arrivé pour découvrir que son compagnon n'était pas à la villa.

— Sur une échelle de un à dix ?

— Il était à quinze, Maître, répondit Jamal, pince-sans-rire.

Je gémis.

— Est-il déjà parti ?

— Oui, Maître.

— Qui était avec lui ?

— Son *sylvan* et son fils.

— Sa *maahen* ne l'accompagnait pas ?

— Si, mais elle est restée ici avec Crane.

— Yusuke Narae, princesse de la tribu de Mafdet, est avec mon *maahes* ?

— Oui.

— Je vais nommer Kabore au poste de *maahes* à mon retour.

— C'est une excellente nouvelle, Maître, vu la façon que la dame a salué Crane Adams, je pense qu'elle l'emmènera avec elle.

— Elle flirtait avec lui, hein ?

Il toussa.

— Oui, Maître.

Je pressai le bouton pour raccrocher le téléphone satellite et m'appuyai contre Yuri, assis à côté de moi. Nous pouvions voir Jin et Koren, assis de l'autre côté de la cour, où ils recevaient les *djehus* des deux factions, le PEQ et le Shen. Bien sûr, il était logique qu'ils soient assis avec la *reah*, que Jin arbitre leur discussion. J'avais prévu d'avoir une conversation avec eux, mais Alana nous avait apporté à moi et Yuri à manger et quand la *yareah* d'une tribu vous servait, vous mangiez.

Taj somnolait, la tête posée sur ses bras croisés. Rahim était près de lui, la tête appuyée sur son poing tandis qu'il picorait sa nourriture, Kabore assis à ses côtés.

— Rahim.

— Maître ?

Il semblait épuisé ; ils l'étaient tous.

— J'ai informé Jamal et il a accepté que tu sois le nouveau *phocal* du *Shu*.

— Je vous remercie pour cet honneur, Maître.

— Bravo, mon pote, bâilla Taj sans lever la tête.

— Quand je serai parti, tu devras protéger Jamal et les autres.

— Oui, bien sûr, mon… où allez-vous ?

— Yuri et moi allons rendre visite à chaque tribu dans le monde.

— Je vous demande pardon ?

— Probablement plus d'une à la fois, de toute évidence. Aux États-Unis, nous ferons état par état ou quelque chose comme ça. Je ne sais pas. Il faut planifier tout cela.

Yuri ricana et posa sa main sur ma cuisse.

Il était blessé, j'étais blessé, mais nous étions plus meurtris que brisés, j'avais juste envie de trouver un endroit calme pour l'embrasser.

— De quoi parles-tu ? grommela Taj en relevant la tête.

— Je t'en parlerai plus tard. Pourquoi ne pas tous aller vous coucher ?

Il y eut un instant où tout le monde se plaignit, pointant tous Jin du doigt, même Rahim, qui ne l'avait jamais rencontré avant ce matin.

— Donc personne ne s'inquiète pour moi, rouspétai-je.

— Tu es *semel-aten*, *akhen-aten*, dit Rahim. Il est une *reah*.

Jin serait toujours plus spécial que moi, mais j'étais trop fatigué pour m'en inquiéter.

Une heure plus tard, alors que je regardais toujours Jin discuter avec les deux *djehus*, je me retrouvai à fixer Koren, assis à côté de lui.

— Chaque fois qu'il remarque tes yeux posés sur lui, il pense qu'il t'intéresse, dit Yuri, son souffle dans mon oreille.

Je frissonnai, ce qui lui soutira un petit gloussement, avant qu'il dépose ses lèvres dans mon cou.

— Je pensais seulement que, de loin, on aurait dit Logan assis avec son compagnon.

Yuri grogna.

— Les gens disent que mon ancien *Semel* et son jeune frère se ressemblent beaucoup, mais pour ma part, je ne l'ai jamais trouvé.

— Tu ne veux pas le voir, marmonnai-je.

— Quoi ?

— Rien, répondis-je calmement, dévisageant mon magnifique compagnon. Mais tu sais, Koren ne pense pas qu'il m'intéresse parce que ce n'est pas vrai et parce que nous en avons déjà parlé, il le sait.

— Vous en avez parlé ?

C'est tout ce qu'il avait retenu ?

— De quoi avez-vous parlé ?

— Ne sois pas bête, dis-je d'une voix rauque, la fatigue la rendant plus profonde et rocailleuse que d'habitude.

— Alors tu lui as dit clairement que c'était moi ?

— Évidemment ! soufflai-je. Mais de toute façon, il ne veut pas vraiment de moi.

— Non ? alla-t-il à la pêche aux informations en se levant et tapotant mon épaule afin que je le suive.

— Non, je pense qu'il s'est passé quelque chose à la maison qui l'a effrayé et il est venu me voir.

— Pourquoi ?

— Parce que s'il me choisit, même si je suis un homme, personne ne lui poserait de questions, expliquai-je en me levant pour le suivre loin de la table. Je suis le *semel-aten*, pas vrai ?

— Et quoi ? S'il choisit d'être gay, les autres lui poseraient-ils des questions ?

— Peut-être.

— Mais s'il est le compagnon du *semel-aten*, ce serait bon ?

— Ouais.

Je haussai les épaules alors qu'il attrapait mon biceps et m'attirait sous la canopée d'un magasin, contournait un étalage quelconque, puis dans une ruelle.

— Pourquoi s'interroge-t-il maintenant ? Pourquoi à ce moment précis ?

— C'est ce que je lui ai demandé, ronronnai-je, heureux d'être malmené par mon compagnon, conduit là où il le désirait. Où allons-nous ?

— Qu'a-t-il répondu ? continua-t-il en m'ignorant, me menant vers une porte sur le côté d'un bâtiment, qu'il ouvrit et où il me poussa pour entrer.

— Il n'a pas répondu, dis-je en jetant un œil autour de moi à la petite pièce aux rideaux de soie d'or et bleu foncé.

Il y avait une table avec un pichet d'eau et un verre, un bol sombre d'huile luisante et parfumée et un lit fraîchement préparé.

— Que... Tu sais que je dois encore parler au *Semel* et... Yuri !

Il me poussa contre le mur, pas fort, mais fermement, puis m'embrassa. Ce ne fut pas un baiser exigeant, dévorant, comme d'habitude, mais plus tendre, plus lent.

— Qu'est-ce qui...

Je lui rendis son baiser, faisant courir ma langue sur la sienne.

—... t'arrive ?

— C'est bon, je le vois maintenant, dit-il en encadrant mon cou de ses mains tout en ouvrant la bouche plus largement, suçotant, mordillant, puis s'appuyant doucement contre moi, prolongeant chaque baiser. Je ne suis plus inquiet au sujet de Koren Church.

— Pourquoi...

Je poussai ma langue plus profondément dans sa bouche, le goûtant, le gémissement remontant dans ma gorge le faisant sourire contre mes lèvres.

— Pourquoi serais-tu inquiet au sujet de Koren ? J'ai déjà...

— Je sais, me coupa-t-il, en déplaçant ses mains sur mes hanches, chaque baiser enivrant en entraînant un autre, puis un autre, me donnant envie d'en avoir plus. C'est réglé.

Lorsqu'il m'écarta les cuisses, mon gémissement fut involontaire et beaucoup plus affamé que je ne l'aurais voulu.

— Qu'est-ce qui est réglé ? demandai-je en tentant de reprendre mon souffle.

— Toi et moi, répondit-il sa bouche fondant sur la mienne.

Il déboucla ma ceinture, défit le bouton de mon pantalon avant de le descendre en même temps que mon boxer.

Lui et moi ?

— Yuri, que...

— Tais-toi ou l'on va nous entendre.

Je me rendis compte que son pantalon était déjà baissé, enroulé autour de ses chevilles, puis il tendit la main vers moi.

— Que... oh !

Je ruai dans sa grande main ferme, glissante de l'huile sur la table. Elle sentait à la fois le citron et le musc.

163

— Nous n'en avons pas fini, haletai-je tandis qu'il me caressait de la base à la pointe, fermement comme il savait que j'aimais.

— Pas nous ensemble, mais avec l'inquiétude, l'incertitude, nous sommes sûrs. En cet instant précis, je sais que tu m'as choisi.

Je sentis mon estomac papillonner au son de sa voix, la foi et la possessivité en elle. Ses yeux, ancrés dans les miens, étaient brûlants, ses pupilles dilatées de désir.

— Tu m'as manqué.

Tout à coup, il m'adressa un sourire magnifique, plein de confiance, de chaleur et d'abandon.

— Je sais. Maintenant, prends-moi.

Ce fut son désir, sa soumission qui alluma l'interrupteur en moi. Je le retournai et le penchai sur le lit.

Il trembla et gémit, et l'animal en moi reconnut sa proie.

— Détends-toi, grognai-je. Écarte les jambes.

Il obéit rapidement et son gémissement fut doux lorsque je saisis ses jolies fesses pour les séparer, révélant son orifice rose plissé.

— Prends ta queue.

Sa seconde main déplacée, je me positionnai et poussai. Il n'y eut aucune douce pression ni de lente pénétration ; je m'enfonçai en lui, l'huile permettant un glissement facile, même si son corps se resserra autour de moi comme un poing.

— Domin !

J'attendis, même si je voulais claquer en lui encore et encore. Je restai immobile, le laissant s'habituer au remplissage, à l'étirement, jusqu'à ce que je sente ses muscles onduler autour de moi.

— Je dois bouger, dis-je d'une voix fissurée d'un besoin dévorant.

— Alors, bouge, ronronna-t-il sous moi.

J'empoignai ses hanches, mes mains glissant sur sa peau couverte de sueur et je le martelai. Ses muscles se resserraient à chaque poussée, j'étais perdu dans les sensations, dans sa chaleur et son étroitesse. Mais il y avait plus, parce que c'était Yuri, mon compagnon, mon amour, je n'avais jamais désiré quelqu'un autant que lui.

J'eus l'envie irrésistible de le revendiquer et d'être revendiqué, d'avoir sa main où était la mienne en ce moment, pressée contre son torse, voyageant plus haut sur sa gorge pour lui tourner la tête, la relever, afin que je puisse l'embrasser, avoir son goût dans ma bouche alors que je le baisais.

— Domin, s'il te plaît.

164

Cette supplication haletante m'arracha un désir sauvage.

— Plus vite, plus fort.

Mais mon corps n'était pas assez fort pour le ravager alors, au lieu de cela, je ralentis, changeant l'angle, m'allongeant sur son dos large et musclé, glissant mes bras sous ses aisselles puis sur ses épaules. Je m'écrasai contre lui, me tortillai derrière lui, les va-et-vient le faisant frissonner, l'angle me faisant frotter sa prostate, encore et encore.

— Je vais jouir, cria-t-il. C'est si bon… tu me tues, putain !

— Bien, chuchotai-je, mes crocs s'allongeant, trop grands pour ma bouche, juste avant que je me transforme.

— Oh, ce n'est pas juste.

Sa voix se brisa, car rapidement, j'avais pris ma forme intermédiaire.

J'étais mi-homme, mi-bête, mes griffes entamant sa chair, le clouant au lit, le retenant tandis que je continuais lentement à aller et venir entre ses fesses. Lorsque j'enroulai mon corps autour du sien et plantai mes crocs dans la chair tendre où son épaule rencontrait son cou, il rua sous moi, m'attirant plus profondément dans son corps.

— Domin ! cria-t-il.

Je sentis ses muscles s'agripper à ma hampe, sentis le resserrement, la pression, et entendis son souffle se couper lorsque son corps convulsa.

Je jouis juste derrière lui, pilonnant son intérieur chaud et humide avant de m'écrouler, le froid me faisant frissonner quand je redevins un homme étendu, repu au-dessus de son amant.

Le rire grondant de Yuri me fit sourire en dépit de mon épuisement.

— Quoi ?

— Il y a du sang, du sperme et de la sueur partout sur le lit.

— Et alors ? J'en achèterai un nouveau.

— Non, gémit-il. Je voulais seulement dire que je ne veux pas partir d'ici. Je veux tout ça partout sur moi. J'aime avoir ta marque sur moi, que ton sperme coule de mon cul, et mon sang sur tes lèvres. J'aime savoir que tu me mords parce que tu le *dois*, expliqua-t-il avant d'inspirer. J'aime te rendre dingue au point que tu dois montrer à tout le monde que je n'appartiens qu'à toi.

— C'est vrai ?

— C'est si foutrement sexy.

J'embrassai son dos.

— Ne bouge pas, d'accord ?

— Je ne peux pas, ta queue est toujours enfouie dans mon cul.

— J'aime ça.

— J'aime ça aussi.

Mes yeux essayaient de se fermer tout seuls.

— Tu commences à être lourd, amour.

Amour.

Je gémis, stupidement heureux, épuisé, ne voulant que me draper sur lui pour le restant de mes jours.

— Je t'aime.

— Je t'aime aussi.

Son long soupir de bonheur fut un cadeau.

JE ME réveillai avec une douloureuse érection et, quand je relevai la tête, je découvris mon compagnon en train de me sucer.

Il était tard, je sentis l'odeur de nourriture et mon estomac grogna.

— Oh, gémit-il, ses lèvres glissant sur ma hampe.

Je fus fasciné par la salive laissée sur mon gland et par lui, déglutissant.

— Tu as faim. Je devrais…

— Ne t'arrête pas, implorai-je en ruant contre son menton. Suce-moi.

Son regard était brûlant, ses yeux pleins de désir, lorsqu'il se pencha pour me prendre à nouveau au fond de sa gorge.

— Oh, putain, Yuri ! pleurnichai-je, aimant que ses mains ne chôment pas ; au lieu de cela, l'une caressait mes bourses tandis que l'autre se déplaçait sous moi, frôlant la raie jusqu'à ce que je bouge pour lui donner un meilleur accès.

Je relevai les hanches, pliai les genoux, posai mes pieds sur le lit et écartai les cuisses. L'invitation ne pouvait pas être plus claire.

Il glissa deux doigts enduits d'huile en moi. Je croassai son nom.

— Qui d'autre t'a-t-il déjà baisé ?

— Personne.

— Seulement moi.

— Seulement toi.

Son grondement viril me fit frissonner alors même que ses doigts commençaient des mouvements de ciseaux en moi, caressant, appuyant, effleurant ma prostate, me faisant vibrer de désir.

— Tu es si lisse, si chaud. Chevauche-moi afin que je ne te fasse pas mal.

— Non, je veux que tu me baises brutalement.

Il se mit à rire et j'aurais pu crier, mais il retira ses doigts, le changement, la perte me faisant haleter.

Cet homme était si grand, si fort qu'en quelques secondes, il fut sur le dos et m'avait installé au-dessus de lui.

— Et maintenant, quoi ? me plaignis-je, à cheval sur ses cuisses.

— Baise-toi.

Je tendis la main derrière moi et attrapai son énorme verge, tout en me soulevant.

— Je ne sais pas comment quiconque peut la prendre entière.

Je frissonnai, alignant l'imposant gland évasé à mon entrée, le faisant glisser entre mes fesses, aimant à quel point il était glissant, combien il était chaud.

— Toi, tu le peux, dit-il d'une voix rauque, son souffle se coupant lorsque je commençai à m'abaisser sur lui.

— Oui, je le peux, grondai-je tandis que son poing s'enroulait en une prise glissante autour de ma verge.

— Si serré, gémit-il.

Ça faisait mal, mais j'aimais cette brûlure, cette douleur faisait partie de ce que je désirais quelques fois et Yuri le savait.

En une poussée régulière, je m'empalai sur son énorme gland fuyant, tremblant d'un besoin désespéré.

— Domin, murmura-t-il, ce son fut si sexy, au bord de l'exigence. Chevauche-moi.

J'étais haletant, en sueur, des frissons traversant mon corps beaucoup trop sensible, oscillant entre plaisir et douleur.

— Oh putain !

Il tremblait, je me servis de mes mains sur ses fermes pectoraux pour me soulever et me rabaisser, l'installant complètement en moi.

— C'est… Je ne veux pas te faire mal.

— Tu ne me feras pas mal si tu ne m'écrases pas, répondis-je, réagissant à la manière dont j'étais si rempli.

Yuri était si fort, si puissamment bâti et, même s'il n'avait pas des tablettes de chocolat bien définies, l'homme était massif. J'étais accro à lui, à son large torse, à la dureté de son corps, à sa solidité.

Il nous fit rouler, mais avant qu'il ne puisse m'écraser, il se souleva, releva mes jambes et les plaça sur ses avant-bras tout en me pénétrant, frottant ma prostate à m'en faire hurler.

167

— Merde, tu es bruyant, se mit-il à rire, heureux de ma réaction tandis qu'il se retirait, seulement pour revenir encore plus fort.

— Tu aimes que je sois bruyant, dis-je, ma voix rauque, profonde et éraillée, ne me ressemblant pas du tout.

Son regard s'ancra au mien et je tendis la main, prenant son visage en coupe. J'observai ses cils papillonner, combien ses pupilles étaient dilatées, et vis qu'il mordait sa lèvre inférieure pour s'empêcher de faire du bruit.

— J'aime t'entendre aussi. J'aime les bruits que tu fais.

— Domin, haleta-t-il et je vis à quel point il se concentrait pour ne pas jouir.

— C'est bon ?

— Mieux que... Ton corps me serre si fort, je peux sentir chaque contraction, chaque ondulation... tu ne dois pas bouger du tout.

En réponse, je l'attirai à moi, me redressant pour l'embrasser, enroulant mes jambes autour de sa taille, poussant mon érection contre son ventre, créant une friction.

— Jouis partout sur moi, marque-moi, montre-moi à qui j'appartiens.

Les mots furent suffisants.

Je rejetai la tête en arrière en criant son nom lorsque mon sperme gicla sur son torse et sur son ventre. Il continua à me marteler au travers des répliques, poussant profondément, son rythme ne faiblissant jamais jusqu'à ce qu'il explose en moi et se fige.

— Je me sens trop bien pour bouger.

Je me mis à glousser.

— Arrête ça, oh mon Dieu, gémit-il, les bras autour de mes genoux, me retenant contre lui, essayant de me garder immobile.

Je me calmai et levai les yeux vers lui, me délectant de son sourire paresseux, de ses paupières baissées et des marques rouges couvrant sa peau pâle. Personne ne pourrait rater ce que nous avions fait durant notre absence.

Il libéra mon canal palpitant, le liquide chaud coulant à l'intérieur de mes cuisses tandis qu'il s'écroulait sur l'espace réduit sur le lit près de moi.

— Je t'aime, dit-il en embrassant ma tempe, en se fichant apparemment que je sois collant à cause de la sueur, et inhalant nos odeurs combinées. Et ça ne changera jamais.

— Comment le sais-tu ?

— Parce que tu m'appartiens, soupira-t-il, utilisant mes propres mots.

168

Je me lovai contre lui, un bras autour de son cou, une cuisse sur sa hanche, et me blottis dans le creux de sa gorge, sous sa mâchoire, inspirant son odeur délicieusement masculine.

— Ouais, tu aimes m'appartenir.

— Oui, acquiesçai-je tout en fermant les yeux et me détendant.

— Non, non, non, rit-il doucement en massant l'arrière de ma tête. Tu dois te lever.

Je l'aimais, mais ce n'était pas lui qui commandait.

— Tout ce que tu as à faire est de me tenir dans tes bras.

— Non, tu dois te lever, s'entêta-t-il, bien qu'il enroule ses bras musclés autour de moi.

Je me lovai un peu plus près et laissai échapper un soupir de contentement.

— Est-ce que tu m'écoutes ?

Apparemment non.

XI

À CETTE heure-ci, il n'y avait plus beaucoup de monde circulant sur la place lorsque Yuri et moi rejoignîmes Jin à la table. Il semblait fatigué, mais heureux. Taj était assis près de lui, endormi, la tête sur les bras et Koren était de l'autre côté, dans la même position.

Il fut content de nous voir nous asseoir.

— Comment se fait-il que tu sois encore debout ?

— Je n'ai pas besoin d'autant de sommeil que les autres, répondit Jin en faisant un petit signe de la main.

Une femme nous apporta immédiatement un pichet d'eau et de l'aiche – du pain égyptien – ainsi que du koshari et de l'agneau tranché. Je ne savais pas ce qu'était ce petit oiseau rôti qu'elle déposa sur la table jusqu'à ce que Jin me dise que c'était du pigeon. Elle apporta également des concombres, des tomates, du houmous frais avec de l'huile d'olive, des dattes, des figues, des prunes et des assiettes, des serviettes et une carafe d'un épais vin rouge.

Koren se tourna sur le banc, s'étira et posa sa tête sur les genoux de Jin.

— Logan le tuerait pour ça, fit remarquer Yuri alors que Jin posait sa main sur l'épaule de Koren.

— Non, répondit Jin. Logan se soucie davantage de son fils en ce moment.

— Comment peux-tu être si intelligent et si stupide en même temps ?

Jin écarta ma remarque d'un geste de la main.

— Kabore dort dans l'une des jeeps et Rahim dans une autre. Tes autres *khatyus* dorment dans différentes maisons de la ville et, de toute évidence, Taj est ici avec moi et Koren.

— Et les *djehus* ?

— Ils reviendront à la première heure demain pour te voir. Oh, et le Dr Pakhom et son équipe dorment dans la tente médicale. Hanif Tarek est avec elle, car elle a dû lui donner un tranquillisant.

Je tournai la tête vers la cage où son père était parqué.

— On lui a donné de l'eau et de la nourriture, n'est-ce pas ?

170

— Oui, répondit-il, le visage chiffonné.

— Qu'est-ce que tu as ?

— Quelque chose me trouble.

— Voudrais-tu partager ?

Je pouvais dire que Jin était inquiet.

— Le Dr Pakhom lui a aussi donné un tranquillisant et beaucoup de fluides en intraveineuse. Elle a également posé un diagnostic très intéressant.

— Pour l'amour de Dieu, Jin !

— OK, OK, donc, apparemment, le *Semel* a une syphilis au stade 4.

— Pourquoi dis-tu cela comme si cela devait me préoccuper ?

— Parce que cela explique certainement beaucoup de choses.

— Cela expliquerait-il le changement en lui ?

— Ça le pourrait, oui.

— Et alors ? Suis-je censé le laisser s'en sortir parce qu'il est malade ? Le laisser faire amende honorable ?

— Ce serait la bonne chose à faire, tu ne penses pas ?

Je me tournai vers Yuri.

— Je pense que tous ceux qui ont eu des rapports sexuels avec lui devraient se faire tester. Je vais appeler Ehivet Milar, qu'il fasse tester son fils. Je sais que c'est Deoles qui a violé Garai, mais nous ne savons pas s'il ne l'a pas fait aussi.

— Tu éludes la question.

Il verrouilla son regard au mien.

— Je pense que tu veux le tuer et que tu fais toujours ce que tu veux.

— Si je faisais toujours ce que je voulais, tu ne serais jamais venu seul ici.

— Ça dit simplement que tu étais inquiet de paraître faible si tu m'obligeais à rester. Tu me laisses faire ce que je veux, alors il semblerait que tu t'en fiches de toute manière.

Je soutins son regard.

— C'est vrai, tu le sais.

— Ça l'était, mais plus maintenant.

Il m'embrassa la joue.

— Je suis content.

Jin pouffa et mon attention se déplaça vers lui.

— Et toi ?

— Quoi moi ?

— Qu'est-ce que tu en penses ?

— Tu es tellement différent de lui.

— De qui ?

Puis je compris.

— Logan.

Il hocha la tête.

— Logan ne demande jamais conseil à personne.

— J'ai fait tout mon possible pour essayer de lui ressembler, tu sais, avouai-je.

— Pourquoi ?

— Parce qu'il est le parfait *Semel*, répondis-je avec humeur. Il sait toujours quoi faire. Je voulais être le genre de dirigeant qu'il est.

— Tu ne peux pas, dit Jin. Logan ne dépend de personne, tu n'as pas ce luxe.

— Il dépend de toi, lui rappelai-je.

Mais il secoua la tête.

— Pas vraiment. Logan prend des décisions et il ne compte sur personne. Tu es plus réfléchi que lui.

— Tu veux dire plus faible.

— Non, je pensais ce que j'ai dit, insista-t-il, sa voix s'élevant un peu et ses beaux yeux s'adoucissant. Logan n'a jamais vu sa lignée prendre fin, n'a jamais eu à surmonter ce que tu as surmonté. Logan a toujours suivi la loi sans aucune interruption.

— Oui, cependant se remettre en question n'est pas une bonne chose.

— Tu ne le fais pas, du moins de ce que j'ai pu voir. Tu demandes l'opinion des gens en qui tu as confiance puis tu prends les décisions en connaissance de cause. Je ne vois pas ce qu'il y a de mal à ça.

— Si Logan était *semel-aten*, Hakkan Tarek serait déjà mort et la question du pourquoi le serait avec lui.

— Et en quoi est-ce juste pour un homme qui, aux dires de tous, était un bon *Semel* jusqu'à il y a un an ?

— Je ne…

— Plus de trente années à être un bon dirigeant peuvent-elles être effacées par une année d'horreur ?

— Oui, intervint Yuri. Je sais que tu es pour la vie et le pardon, ma *reah*, mais ce qui a été fait, ce qui aurait pu être fait, est ce qui pèse le plus lourd.

— De plus, reprit Taj en bâillant avant de partager son point de vue. Si tu lui permets de vivre, il aura cette horrible prise de conscience de ce qu'il a fait à sa famille. C'est une clémence plus grande que de simplement le sortir de sa misère.

— Il n'est pas question de ça, dit Kabore en s'asseyant.

— Je pensais que tu dormais, m'exclamai-je.

— J'ai reçu le message que Logan Church est en chemin, je suis venu vous le dire.

— Oh. Kabore a reçu… je me demande comment ?

Yuri leva les yeux au ciel.

— Serait-il possible que ce soit grâce à cette toute nouvelle invention qu'est le téléphone ? me moquai-je.

— C'était un accident. J'ai pris le mauvais téléphone, raisonna Yuri.

— Il devrait peut-être être détruit pour être sûr que cela ne se reproduira plus.

— Je pense qu'Hakkan Tarek t'a battu sur ce point.

— Tu vois, dis-je à Jin. Encore un autre rappel de ses indiscrétions. Tu ne peux pas simplement ignorer la loi. Elle est là pour une raison. Aucun *Semel* n'est au-dessus de la loi.

Il mordilla sa lèvre inférieure.

— Qu'est-ce que tu as ?

Il fronça les sourcils et secoua légèrement la tête.

— Ne fais pas ta gonzesse, ordonnai-je.

Il me fit un doigt d'honneur et Kabore en fut sidéré.

J'ouvris largement les bras.

— Voilà : peu importe où nous allons, peu importe ce que nous faisons, vous êtes tous ma famille, la loi ne se mettra jamais entre nous. Alors, dites toujours ce que vous pensez.

— Même moi ?

Je vis Koren se redresser d'un air endormi près de Jin.

— Surtout toi, idiot.

Il sourit de ce sourire que j'avais toujours aimé : spontané, authentique, faisant briller et réchauffant ses yeux. Je me penchai au-dessus de la table et lui tendis la main. Il posa sa main sur la mienne et la serra légèrement. Yuri grogna près de moi, ce qui fit rire Koren qui me lâcha la main et la tendit vers mon compagnon.

— Essaye de ne pas enterrer la hache de guerre dans mon dos, d'accord ?

Yuri se leva et contourna la table. Koren fut debout avant même qu'il l'atteigne et je vis que Jin avait les larmes aux yeux quand les deux hommes s'étreignirent.

— Seigneur, tu es tellement tendre, dis-je en tentant de déglutir autour de la boule qui se trouvait dans ma gorge.

Il m'adressa un nouveau doigt d'honneur, puis mon attention se reporta sur Kabore.

— Oui, je suis différent, tout en moi l'est. Es-tu certain que je suis l'homme que tu veux pour le job dont nous avons parlé plus tôt ?

— Oh, oui. Vous êtes celui que nous attendions, Domin Thorne.

— OK, dis-je alors que Yuri se rasseyait près de moi. Qu'est-ce que tu allais dire ?

— J'allais dire que vous devriez prendre en compte tous les facteurs de la vie d'Hakkan Tarek. Il devrait avoir un procès afin que tout le monde puisse s'exprimer, répondit Kabore.

— Mange quelque chose, proposa Yuri. Tu dois garder tes forces.

— Oui, insista Jin de sa voix douce et riche comme elle l'était toujours. S'il te plaît, mange, Domin.

— Tout le monde s'assoit avec moi.

Ce fut agréable que tout le monde m'obéisse.

Nous vîmes d'abord les phares, puis entendîmes le bruit du Hummer arrivant à Ipsis par la route à deux voies. Il s'arrêta à l'extérieur de la place et dix hommes en sortirent.

Ils prirent soin, comme mes *khatyus* l'avaient fait, de s'assurer que Logan passe inaperçu. Il était habillé comme eux, mais le problème était que même avec un pantalon noir, des bottes de combat noires, une chemise à manches longues noire, un gilet en kevlar et un chapeau qui me rappelait ceux que portait l'armée allemande durant la Seconde Guerre mondiale, je pouvais tout de même identifier Logan Church du reste d'entre eux. Ses foulées étaient plus longues, plus fluides ; il n'était pas habitué à marcher en formation comme les autres, plutôt de marcher devant. Il se comportait comme un roi.

Il me fallut un instant pour réaliser qui était l'homme plus petit marchant derrière les autres. Il était vêtu du costume traditionnel égyptien et je savais pourquoi. Rien dans la caserne de mes *khatyus* ou du *Shu* ne lui allait. Avec son mètre quatre-vingt, fragile poupée de porcelaine, il n'était tout simplement pas taillé pour le combat.

— Putain, à quoi pensait Logan ?

Il me traversa l'esprit, alors que je regardais le cousin de Jin, Danny Rayne, que ce serait à cela que ressemblerait une *reah*, s'il avait été plus petit, avec ses yeux et ses cheveux bruns. Danny était si doux, si mignon qu'il vous donnait des caries.

J'avais envie de voir ce que Koren allait faire, mais Jin était la véritable attraction. Je le vis fermer les yeux et prendre une profonde inspiration. Il n'avait même pas besoin de voir Logan pour savoir que son compagnon était là.

— Ce n'est pas un concours à qui pisse le plus loin, l'amadouai-je. Il te suffit de te lever et d'aller vers lui.

Les yeux clos, je vis des larmes couler de sous ses épais cils noirs.

— Jin, il ne te manque pas ? Ton fils ne te manque-t-il pas ?

— Ce n'est pas si facile, Domin…

— Si, ça l'est. Il est le seul homme au monde qui peut supporter tes conneries.

Ses yeux croisèrent les miens.

— Dépêche-toi !

Il se leva brusquement et se mit à courir.

Logan s'arrêta et eut juste assez de temps pour ouvrir les bras avant que Jin ne se jette dedans.

À l'instant où ils se touchèrent, nous fûmes tous frappés par un souffle d'air qui sentait l'herbe fraîchement coupée, le jasmin, le bois brûlé et une brise d'automne, tout cela réuni. Un sentiment de bonheur et de contentement me traversa et je dus m'agripper au rebord de la table pour ne pas tomber en avant.

— Seigneur, comment fait-il ça ? demanda Taj.

— Qui ? le taquinai-je.

— Sérieusement ! s'écria-t-il, renfrogné. Quel genre de pouvoir a-t-il pour que lorsqu'il est heureux, on ressent ce genre de chose ?

C'était comme être pris dans un bang supersonique, nous étions tous sous le choc du pouvoir de la *reah* retrouvant son compagnon.

— Il est effrayant de contempler le *nekhene* déchaîner sa colère.

— Oui, ça l'est, convint Yuri.

— Est-il sûr de le laisser quitter Sobek ? demanda Kabore, inquiet.

175

— Oui, répondis-je en observant le *Semel* et sa *reah*. Tant que Logan est avec lui, Jin se maîtrise.

— Il devrait vous effrayer, Maître.

— Jamais, murmurai-je. Regarde-les.

Logan avait une main posée sur la hanche droite de Jin et l'autre enroulée dans les longs cheveux soyeux de son compagnon. Il lui tira la tête en arrière, se pencha et l'embrassa. C'était un baiser possessif et exigeant et je vis Jin trembler et s'accrocher à Logan.

— Mon frère se fiche toujours de qui le voit revendiquer ce qui lui appartient, fit remarquer Koren. J'envie cette capacité de se foutre de tout.

J'observai les visages, les yeux : la façon dont les gens se tenaient et les regardaient, comment tout à coup, ils s'accrochaient à un être cher. L'amour, si clairement affiché, affectait quiconque regardait le *semel-netjer* et son *nekhene*. Je n'avais jamais vu une telle adoration et une acceptation si totale. Quand Logan arracha sa bouche de celle de Jin, les yeux de ce dernier s'ouvrirent lentement. Logan saisit son menton et étudia son visage avant de se pencher, de poser son front contre le sien et de commencer à lui parler. Je fus heureux de voir Jin acquiescer.

— Je ne comprends pas pourquoi vous n'avez pas peur, dit brusquement Kabore, l'air perplexe.

— C'est parce que tu ne comprends pas tout ce qu'il est, répliquai-je alors que Logan fixait son compagnon un long moment avant de lui prendre la main et de se diriger vers la table.

— Maître…

— Jin est un bazar complexe, soutins-je. Seul Logan le comprend.

— En parlant de complexe… commença Yuri en se raclant la gorge.

— Quoi ? grommela Koren.

— Oh, pour l'amour du Ciel, m'exclamai-je en agitant la main vers le jeune homme. Seigneur, Koren, ce que tu peux être con !

Il luttait contre son envie de se lever et cette indécision m'agaçait et tuait Danny.

— Si tu le fais pleurer, je te tue, l'avertit Yuri.

— Je croyais qu'il en pinçait pour Mikhail, réfléchit Taj.

— Ça a changé, murmura Koren en se levant. Il a changé, j'ai changé – tout a changé maintenant.

Nous pouvions tous voir le délicieux et adorable petit Danny aux yeux de biche pratiquement vibrer de besoin alors qu'il se tenait près de la fontaine, malmenant sa lèvre inférieure. Il n'aurait pas pu regarder Koren avec un désir plus lancinant s'il avait essayé.

— Oh, allez, Church ! poussai-je mon ex. Il est temps de se décider, non ?

— Ce n'est pas si facile de…

— Alors que vas-tu faire ? ricana Yuri. Laisser un autre homme l'avoir ?

— Putain, non ! gronda Koren.

J'aimais ce son, l'engagement lui convenait enfin.

Nous le vîmes se lever et bien que Danny relève le menton et carre les épaules, il tremblait.

— C'est logique en quelque sorte, songeai-je en bâillant. Les deux hommes Church accouplés à deux Rayne.

— Jin n'est plus un Rayne, il est un Church, me rappela Yuri.

— Oh, c'est vrai, acquiesçai-je tout en regardant Koren arriver devant Danny.

Le jeune homme hésita, ses yeux baissés ne manquant rien, mais quand Koren lui fit signe d'approcher, Danny n'hésita plus. Il se jeta sur lui.

Je n'avais jamais vu cette expression particulière sur le visage de Koren avant lorsque Danny enroula ses bras et ses jambes autour de lui. Il gigotait, gémissait et Koren le serra dans ses bras avant de glisser une main sur ses fesses.

— Tu ne nous avais pas dit ça, pouffa Yuri lorsque Logan arriva à la table.

Kabore prit une grande inspiration quand le *Semel* de la tribu de Mafdet le transperça de son regard. Ses yeux dorés l'engloutirent et mon intendant resta momentanément sans voix.

— Je n'étais pas certain de ce que Koren allait faire. C'est difficile de le savoir avec lui, répondit Logan sans détour, rien d'autre que de la franchise ne sortant de la bouche de cet homme.

— Je ne sais pas, dis-je en regardant Koren porter Danny à travers la place, frottant son dos tandis que Danny embrassait la ligne de sa mâchoire. Je pense que ça pourrait le faire.

— Moi aussi, acquiesça Logan. Et j'aime ça. En fait, Danny est vraiment bon pour lui. Il est intelligent et sait ce qu'il vaut pour la tribu. Il ne laissera jamais Koren s'en tirer impunément.

— D'un autre côté, offrit Jin. Avec Koren, Danny se sent plus confiant et protégé, ils vont bien ensemble. J'espère que Koren le gardera.

— Peut-être que ce sera Danny qui partira, dis-je.

Jin trouva ça très drôle.

Je penchai la tête en arrière afin de voir Logan et croisai ce regard doré que je connaissais si bien.

— Et ?

— Je veux Crane, annonça Logan sans phare.

— Je sais. Il est à toi.

— Bien.

Il fronça les sourcils.

— Tu as une sale tête.

— J'ai été poignardé.

— Je comprends mieux, répondit-il froidement.

— Non, non, ce n'était pas ma faute, me défendis-je. Je ne savais pas que Jin allait tuer le prêtre.

Logan ne répondit rien, il lâcha simplement la main de Jin, passa un bras autour de son compagnon, le serrant contre lui.

— Penses-tu pouvoir partir d'ici demain ? J'aimerais que tu voies mon fils avant que je parte.

— Bien sûr.

Son attention se reporta sur Kabore.

— Je suis Logan Church, *semel-netjer* de la tribu de Mafdet.

— C'est un honneur, *Semel*.

Logan hocha la tête avant de s'écarter de Jin et de contourner la table pour aller vers Yuri qui se leva pour le saluer.

J'aimai voir les deux hommes s'étreindre fermement avant que Logan le libère et je me levai afin qu'il puisse me prendre dans ses bras.

— C'est bon de te revoir.

— Toi aussi, dit-il contre mon épaule avant de s'écarter. Dis-moi ce qui se passe ici.

Nous nous assîmes et Logan garda la main de Jin dans la sienne tandis que celui-ci s'appuyait contre son épaule. Ils devraient vraiment poser ensemble sur des panneaux d'affichage, Jin était si beau et Logan était tout en force et en chaleur. Mais ce que je remarquai plus que tout était le changement en Jin. Cette sorte d'énergie bourdonnante présente depuis qu'il était arrivé s'était dissipée. Tout le monde avait marché sur des œufs avec lui. Kabore avait raison – son pouvoir, bien que fascinant, paraissait instable. Le *nekhene* était comme une bouteille de nitroglycérine, vous ne saviez pas quand une petite secousse allait le déclencher.

178

Cependant, avec Logan près de lui, c'était comme si l'interrupteur avait été éteint, il était juste lui. Juste Jin.

— Domin.

Je sortis de mes pensées et vis Logan qui me regardait.

— Oui ?

— Mon conseil serait de transporter le *Semel* hors d'ici. Ramène-le à Sobek, lis les charges et exécute-le.

— Logan, il est malade, dit Yuri. Nous parlons de loi, c'est tout.

— Oui, mais...

— Un *semel* qui est malade doit pouvoir compter sur sa compagne, son *maahes*, s'il en a un, et, à défaut, sur son *sheseru* et son *sylvan*. Il y a un lien sacré entre un *semel* et sa maisonnée et, si le *semel* le rompt, il appartient à ceux qui le soutiennent de prendre le contrôle ou de le laisser devenir fou furieux.

— Mais la parole du *Semel* fait loi, argumenta Yuri. Quand tu as été blessé dans la fosse, quand tu t'es battu avec Domin, tu as interdit à quiconque de t'aider ou...

— Et cela aurait continué jusqu'à ce que je meure ? demandai-je, brusquement. Mikhail ne serait-il pas allé chercher Jin le lendemain, même si j'avais interdit à quiconque d'agir ?

Silence.

— Il semblerait que le *sylvan* était la voix de la raison et il a été tué. Le *sheseru* s'est laissé corrompre et sa compagne et sa famille n'ont rien fait.

— Logan, ils étaient impuissants, dis-je. Le fils est...

— Faible, j'imagine, répliqua Logan, sans porter de jugement. Tu devrais nommer ces *djehus sylvan* et *sheseru* pour l'aider et réunir la tribu.

Tout le monde devint silencieux.

C'était brillant.

— Lequel...

— Le *djehu* du Shen devrait être *sylvan*, commença Jin. Car il connaît la loi. Le *djehu* de PEQ, puisqu'il est habitué à garder le contrôle sur ceux qui sont dispersés, sait comment inspirer l'autorité, devrait être *sheseru*. Je sous-entends que c'est ce que tu devrais faire.

Je les fixais tous les deux du regard.

Logan plissa les yeux.

— Quoi ? Qu'est-ce qui ne va pas ?

179

— Vous êtes tellement en phase maintenant que vous partagez un seul cerveau ?

— Les *djehus* ne sont toujours pas d'accord sur la répartition des catacombes.

— Être d'accord sur quoi ? fit remarquer Logan tandis que Jin frottait son menton sur son épaule, le marquant de son odeur, comme Yuri avait fait avec moi un peu plus tôt. L'argent nécessaire pour extraire l'or des catacombes est, je suis sûr, exorbitant. Si le *djehu* obtient des investisseurs extérieurs, il devra d'abord prouver à qui appartiennent les catacombes. Ce qui n'arrivera pas. Ils doivent tout simplement se rallier à la tribu et ils le feront, s'ils s'investissent.

— Et si Hanif Tarek n'apprécie pas qui je choisis pour lui ?

— Il a déjà montré qu'il n'était pas assez fort, Domin ; je ne crois pas que tu doives t'inquiéter de ce qu'il pense.

— Tu sais ce qui est le mieux, hein ?

— Toujours, assura-t-il. Mais c'est à toi de convaincre.

Rahim vint à la table et se pencha pour parler à Yuri.

— Alana Tarek voudrait vous dire un mot, *sekhem*.

— Il est tard. Elle est encore réveillée ?

— Pourriez-vous dormir ?

— Non, convint-il en se levant et me pressant l'épaule avant de quitter la table.

— Je parlerai aux *djehus* dans la matinée, prévins-je Logan. Du moins, dans quelques heures, j'imagine.

Jin se leva.

— Je vais parler à Alana aussi, puisqu'elle est réveillée. Elle voulait me parler, mais je n'en ai pas eu l'occasion aujourd'hui, peut-être puis-je lui offrir un peu de réconfort.

— Je viens avec toi, dit Logan, prêt à le suivre.

— Non, reste ici, apaisa-t-il son compagnon. Yuri est déjà là-bas.

Logan fronça les sourcils, m'ignorant.

— Taj, veux-tu bien escorter Jin ?

— Bien sûr, répondit celui-ci en bâillant. Allons-y, *reah*.

Jin se pencha et embrassa Logan sur la joue.

— Tu t'inquiètes beaucoup trop.

— Je ne m'inquiète pas assez et je dois te ramener à ton fils en un seul morceau. Il se demande probablement où nous sommes. Il n'a jamais vu Crane.

Jin fut surpris.

— Tu as emmené Ilia ? Il est ici ?

— Évidemment, répondit Logan d'un ton neutre.

— Et tu l'as laissé seul avec Crane ?

— Avec ma *maahen* et le *maahes* de Domin, oui.

— Yusuke est ici ?

— Oui, répondit-il, nonchalamment. Elle voulait voir Crane et Danny était inconsolable depuis le départ de Koren. Je devais vraiment mettre ma maisonnée en ordre.

Tout comme moi, pensai-je, cependant je ne dis rien.

— Logan, nous devons ramener notre fils à la maison, s'écria Jin, semblant à présent troublé.

Logan calma son compagnon.

— Et nous le ferons. Demain. Tu es absent depuis une semaine déjà.

— Merci de me le rappeler, se renfrogna Jin.

Il fronça les sourcils et partit si rapidement que Taj dut lui courir après pour le rattraper.

— Était-ce intelligent ? m'enquis-je auprès de mon ami. Tu sembles inquiet, *Semel*.

Il secoua la tête.

— Parle-moi de la femme de Mikhail. Je ne l'ai jamais vu se comporter comme ça. En fait, je n'avais aucune idée qu'il pouvait être comme ça.

Je me mis à rire doucement, puis je lui racontai tout au sujet de Samani, ce qu'elle voulait, ce que Mikhail voulait et qui, je pensais aller finir par craquer.

Il était agréable de discuter. Kabore avait des apartés intéressants à ajouter et Logan fut fasciné lorsque je racontai la victoire de Jin au défi.

— En parlant de Jin, dit Logan en croisant mon regard. Combien de temps faut-il pour parler à la *yareah* ?

J'étais prêt à m'écrouler.

— Kabore, veux-tu, s'il te plaît, aller leur dire que nous avons besoin d'un peu de repos ?

— Bien sûr, Maître.

Il inclina la tête avant de se lever pour aller chercher nos compagnons absents.

— C'était un bon choix de promouvoir Jamal, dit Logan. C'est un homme honorable.

— Je suis d'accord. Je pense que…

Je me tournai pour regarder Kabore.

— Quoi ?

— Pourquoi Taj n'est-il pas revenu ?

Logan fronça les sourcils.

— Parce que je lui ai demandé d'escorter Jin.

— Escorter, pas rester. Pourquoi aurait-il besoin de rester si Yuri est là-bas ?

— Taj ne laisserait pas Jin, assura Logan.

— Il le ferait, arguai-je en me levant. Parce qu'il y a Yuri.

— Qu'est-ce que tu...

Logan se tendit.

— Je pensais que cette ville était sécurisée, Domin.

Je courus après Kabore, partant à sa recherche, Logan juste derrière moi, suivi de Koren.

— Maître !

J'entendis le hurlement et me précipitai. Kabore était là, sur un genou, l'un de mes *khatyus* mort, la gorge tranchée, l'épaisse mare de sang dans laquelle il était étendu apparaissant dans le clair de lune.

— Oh, non, criai-je, ralentissant en arrivant vers eux et voyant le pistolet dans sa main.

— Jin ! hurla Logan, en me dépassant à toute vitesse, déboulant dans une ruelle qui s'ouvrait sur la petite cour d'une maison où le nouveau *semel*, sa mère et sa sœur séjournaient. Domin !

Je me redressai, suivi de Kabore, et nous traversâmes la pénombre pour les retrouver. Au lieu de cela, nous trouvâmes Rahim, les yeux clos, la tête en arrière, étendu sur le sol, une balle dans le flanc et une autre dans l'épaule.

— Kabore, va chercher le Dr Pakhom, maintenant ! Et réveille tout le monde !

— Oui, Maître, répondit-il avant de courir pour exécuter mes ordres.

— Domin !

Logan pivota vers moi et instantanément, je savais qu'il n'était plus lui-même. L'homme que je connaissais avait disparu, remplacé par un animal paniqué, frénétique.

— Non ! aboyai-je en changeant de position, me préparant pour un coup. Ne te retourne pas contre moi ; il n'y a aucune raison de penser que j'ai des dissidents. Il n'y avait personne ici hormis le *Semel* et sa famille et seul l'ancien *Semel* n'était pas heureux de ma venue. Il est celui que le prêtre

182

a ordonné de tuer Yuri et je l'ai arrêté. J'ai tué son *sheseru* aujourd'hui – il n'y a aucun autre pouvoir ici, Logan.

— Tu as loupé quelque chose, gronda-t-il.

— Non, répondis-je en secouant la tête. Tout le monde me voulait ici ; il n'y avait personne d'autre que le *Semel*.

— Alors le traître est ici ! cria-t-il. À qui appartient cette maison ?

Je me mis à courir, Logan sur mes talons. Pratiquement arrivés à la maison, nous nous stoppâmes en pleine course lorsque la porte s'ouvrit et qu'Alana Tarek s'élança vers nous en criant.

Elle était couverte de sang.

— Oh, mon Dieu, haletai-je alors qu'elle se jetait dans mes bras en sanglotant. *Yareah*, tentai-je de la calmer. Parlez-moi.

— Ils sont tous morts, hurla-t-elle, le choc et la terreur la submergeant avant de s'évanouir.

Je m'écroulai avec elle au sol tandis que Logan me dépassait en courant pour entrer dans la maison.

— Maître ! cria Kabore, réapparaissant à mes côtés avec plusieurs *khatyus*.

Je l'attrapai par le poignet, le tirai afin qu'il s'agenouille et poussai Alana dans ses bras avant de me redresser.

— Demande à quelqu'un de la surveiller et retrouve-moi dans la maison.

— Je dois venir avec…

— Surveille-la, rugis-je avant de courir après Logan.

Je manquai de tomber sur une femme dès la porte passée. Elle, comme le premier homme que nous avions trouvé, avait la gorge tranchée. Tournant dans tous les sens, paniqué, je vis Logan assis sur les marches menant au second étage, les mains couvertes de sang.

Je me précipitai vers lui, manquant de le percuter, saisis son visage et l'inclinai vers moi.

— Il n'y a personne ici. Je pense qu'ils ont emmené Yuri et Jin par le toit, indiqua-t-il.

Je secouai la tête et le relâchai.

— C'est impossible. On parle de Jin. Personne ne peut le prendre par surprise, il n'y a aucun moyen que son pouvoir ne se soit pas élevé et… Logan !

— Il y a tellement de sang là-haut.

Il était effrayant de le voir trembler. Voir Logan craquer était déconcertant.

— Les vêtements de Jin sont là... il doit s'être transformé et... s'ils avaient Yuri, Jin les aurait suivis s'ils lui avaient dit qu'ils tueraient Yuri s'il ne le faisait pas. Jin ne laisserait jamais Yuri et vice-versa.

— Logan...

— Putain, où sont tes *khatyus* ?

Mon nom fut hurlé, ce qui répondait à la question, puis mes hommes dévalèrent les escaliers, Kabore était avec eux, dirigeant, criant des ordres, les envoyant dans différentes directions.

Je saisis l'épaule de Logan et le traînai hors de la maison, dans la cour. Koren était là avec un Danny échevelé et il entraîna Logan vers un banc. Ils s'y laissèrent tomber et j'observai l'endroit se remplir de mes gardes et de lumières, alors qu'ils réveillaient les gens des maisons à proximité, amenant des lanternes et des lampes torches.

Kabore arriva en courant et s'approcha de moi, me touchant partout, quelque chose qu'il ne faisait jamais. Doucement, il me poussa vers le banc près de Koren avant de s'agenouiller devant moi.

— Vous devez rester là, Maître, vous et le *semel-netjer*. Tout le monde est en place. Le Dr Pakhom est avec Rahim. J'ai posté des hommes autour de vous pour veiller à votre sécurité. Je vous en prie, restez ici.

J'acquiesçai et il se leva et partit.

Tout tournait autour de moi. Je venais de retrouver Yuri – je ne pouvais pas le perdre. C'était tout simplement impossible. Qu'étais-je supposé faire ?

Tout à coup, il y eut un cri et deux de mes hommes me rejoignirent, le son manquant de me faire voler en éclats.

— Maître, nous avons trouvé votre *sheseru*.

Je me retrouvai à nouveau à courir, Logan juste derrière moi. Taj avait été retrouvé et amené à l'hôpital de fortune. Lorsque nous arrivâmes, le Dr Pakhom tentait frénétiquement d'arrêter les saignements alors que Taj luttait pour enlever le masque à oxygène de son visage.

Je m'avançai et contournai le médecin qui essayait de lui couvrir la bouche. Il attrapa ma main, qui gargouilla contre la sienne à cause du sang.

— Hanif Tarek a dix hommes, annonça-t-il d'une voix rauque et je remarquai sa peau pâle ; il était sur le point de s'évanouir. Ils ont tiré sur Jin lorsque nous sommes entrés. Je ne les ai pas vus, je n'étais pas préparé, puis

Jin est tombé. Yuri s'est interposé entre Jin et une machette et… Oh mon Dieu, Domin, il est mort… je suis tellement désolé. Il est mort.

Mes genoux chancelèrent et je tombai au sol près du lit. Le même lit où se trouvait Yuri quelques heures plus tôt.

— Tu dois sauver Jin. Jin… sauver…

— Dehors ! cria le Dr Pankhom. Je ne peux pas sauver ces hommes si… sortez !

Tout se mit à tourner, je fus attrapé, soulevé et tiré. Je réalisai que Logan me traînait derrière lui. Puis nous fûmes de retour sous l'air chaud et humide de la nuit.

— Où ? demanda-t-il. Dis-moi où peuvent-ils être ?

— Je… je ne…

— Domin !

Les mots de Jamal me revinrent alors, notre conversation au sujet de la tribu de Feran.

— *Le cacher ?*

— *Oui, acquiesça Jamal. S'ils l'emmenaient dans les catacombes pour le cacher ou simplement l'abandonner là-bas, pour nous, qui ne sommes pas familiers des cavernes, il serait peu probable que nous puissions le localiser…*

— Domin ! cria-t-il une nouvelle fois.

— Ils les ont emmenés dans les catacombes, lui appris-je. Hanif pense que nous n'irions jamais, car nous ne les connaissons pas. C'est là qu'ils sont.

— Tu en es certain ?

— Oui.

— D'accord, répondit-il et tout aussi rapidement, je le vis revenir à la raison, vis la frénésie le quitter et le vis prendre une profonde inspiration afin de se calmer.

— Kabore ! appelai-je mon intendant en hurlant. J'ai besoin des clés d'une voiture et retrouve-moi aux catacombes ! Maintenant !

— Tout de suite, Maître !

Il ne remettait jamais mes ordres en question alors au moment où nous atteignîmes les Hummers, il était là avec cinq hommes. Logan et moi montâmes à l'arrière de celui que m'indiqua Kabore. Koren nous suivit, grimpant après nous tandis que Kabore s'installait sur le siège passager et que l'un de mes hommes se glissait derrière le volant, prêt à partir.

— Où allons-nous ? cria Kabore.

— Aux catacombes, hurla Logan en réponse. Domin dit que c'est là qu'ils sont allés.

— Comment le sais-tu ? demanda Koren alors que le moteur rugissait et que quatre hommes de plus montaient, puis le Hummer démarra sur les chapeaux de roues.

— Je le sais, c'est tout, répondis-je en baissant la voix, ordonnant au conducteur de se dépêcher.

— Logan, nous devrions attendre de parler à la *yareah* ou de voir si Rahim ou Taj…

— Non, Domin le sait, assura Logan à son frère.

— C'est complètement dingue, le réprimanda Koren. Tu n'en sais rien et…

— Domin, le coupa Logan d'un ton ferme. Yuri n'est pas plus mort que moi, annonça-t-il et lorsque je plongeai à nouveau dans ses yeux dorés, il était à nouveau lui, tout en force et en puissance. As-tu une idée de ce qu'il faudrait vraiment faire pour tuer Yuri Kosa ?

— Il suffit d'une arme, Logan, ce qu'ils avaient.

— Oui, mais cela n'a aucun sens, dit-il d'un air songeur. S'ils voulaient tuer Yuri, ils auraient pu lui tirer dessus comme ils l'ont fait pour Rahim ou Taj. Ce n'est pas logique.

Je fermai les yeux, inspirant et expirant profondément, tentant de réfléchir avec ma tête et pas avec mon cœur.

Le Hummer arriva au sommet de la colline et les phares éclairèrent une panthère noire dans la pénombre.

— Maître !

Logan sortit de la voiture avant même qu'elle ne soit arrêtée, courant à toute vitesse, les jambes et les bras volant, avalant la distance, puis se laissant tomber près de Jin. J'étais juste derrière lui, cherchant Yuri autour de moi, mais ne voyant rien.

— Vérifiez partout ! ordonnai-je aux hommes dispersés autour de nous.

— Jin ! hurla Logan.

Je le vis enrouler ses bras autour de son compagnon et enfouir son visage dans sa fourrure.

— Non, non, non… je t'en prie.

Je n'avais jamais vu Jin si immobile, il fut difficile de regarder Logan soulever la grosse tête de la panthère sur ses genoux.

— J'ai besoin de toi ! Ton fils a besoin de toi !

186

Rien ne se passa et je me rendis compte que la chemise de Logan se trempait de sang frais.

— Logan, il saigne.

— Je sais qu'il saigne, putain ! s'étrangla-t-il d'une voix que je n'avais jamais entendue auparavant, complètement brisée.

— Rien ? demandai-je aux autres.

— Il y a du sang, Maître... tellement de sang.

Je n'étais pas prêt à perdre Yuri. Peut-être dans une cinquantaine d'années. Peut-être. Mais pas maintenant, pas encore...

Logan rugit et tout à coup, l'air empesta le sexe.

— Que fais-tu... ?

Je tombai à genoux, pas parce que je luttais contre le désir pour mon ami, mais à cause de l'énergie que la chaleur et le désir drainaient de moi. Ses phéromones m'anéantissaient.

Koren s'agenouilla près de moi.

— Domin, Yuri est...

— Non, assurai-je, les mains dans la poussière devant moi, le front baissé, essayant de faire entrer de l'air, trop épais, trop humide, dans mes poumons.

Tous mes hommes, même Kabore, étaient figés. Cette puissance s'écoulant de Logan Church était écrasante. Elle aurait dû avoir de l'importance, elle était chimique, mon corps aurait dû réagir, mais il ne le faisait pas. J'étais un *Semel*, j'étais aussi fort que lui. Logan et moi étions différents à l'extérieur, mais à l'intérieur, là où ça comptait, nous étions les mêmes.

— Qu'est-ce que c'est que ça ? haleta quelqu'un.

— Merde !

Koren retint son souffle et ses mains s'accrochèrent douloureusement à moi.

— Domin, attention !

Je levai les yeux à temps pour voir le corps de Jin se contorsionner, se soulever et s'arquer en un demi-cercle avant de se rompre en deux dans l'autre sens.

Me remettant difficilement sur pied, je tirai Koren en arrière, puis attrapai le bras de Kabore et l'entraînai à ma suite. Je ne voulais pas être à proximité.

Il y eut une fine éclaboussure de sang, puis une chaude pulvérisation lorsque Jin cria et des ailes – d'immenses ailes de dragon – jaillirent de son dos.

Mes hommes furent intelligents et se jetèrent au sol, face contre terre, afin que personne ne soit éventré par la puissance des appendices qui tranchaient l'air.

— Oh, Logan, gémis-je, terrifié pour lui.

La créature qui s'éleva n'était pas Jin. Tout ce que je vis furent les immenses yeux verts d'un oiseau, presque une tête de faucon, quelque chose ressemblant à un bec, une peau noire de reptile et des griffes, mais plus grandes et plus crochues, comme des serres. J'aurais dû être horrifié. Tout le monde l'était sauf Logan, qui se releva lentement en lui tendant la main.

Il y avait quelque chose de... familier.

— Viens à moi, dit Logan, la voix douce comme du miel.

Mais j'avais besoin d'aide, je craignais que si Jin succombait, s'il se retransformait, je ne l'obtienne pas.

— Yuri ! hurlai-je.

— Non ! s'écria Logan tandis que la créature disparaissait de devant lui pour réapparaître au-dessus de moi.

Je compris qu'il avait sauté ou volé, mais ça avait été bien trop rapide pour être vu à l'œil nu. Ça ressemblait à de la magie.

— Bonté divine, gémit Kabore et je me rendis compte à quel point il était réellement effrayé.

La tête de la bête bougea comme celle d'un oiseau, presque de manière robotique, et lorsqu'il frappa mon menton, j'inclinai la tête en arrière, dévoilant ma gorge. S'il voulait me tuer, j'étais mort.

— Seigneur, Domin, chuchota Logan en s'approchant.

Je fermai les yeux, tentant de ne pas trembler tandis que le bec glissait lentement de haut en bas le long de mon cou.

— Ne bouge pas, ne bouge pas, ne bouge pas, psalmodia Koren dans un murmure, la respiration irrégulière et je sentis sa main se refermer sur mon biceps.

Il essayait de me donner sa force, mais je craignais que s'il me tirait en arrière, me bousculait ou me faisait bouger d'une quelconque façon, Jin ne prenne peur et me tue.

— Domin, sombre connard, exhala Logan.

Les serres se refermèrent sur mon épaule et je sentis leurs extrémités, piquantes comme des clous, passer à travers ma chemise, mais sans creuser la peau, accrochant sans serrer trop fort.

— Domin, supplia Logan. Je t'en prie, ne l'envoie pas dans cette caverne…

— Yuri, répétai-je, tentant le tout pour le tout.

Je penchai ma tête en avant et passai ma paume sur la courbe du bec. Je frissonnai lorsqu'il inhala mon odeur, mais aussi celle de Yuri, la sueur sur ma peau, le musc lorsque mon compagnon m'avait marqué et ce qui persistait de nos ébats amoureux. J'observai le *nekhene* et compris d'où venait le terme chat faucon et peut-être même les histoires au sujet d'Horus.

Ses yeux papillonnaient partout, mais il me voyait clairement et, lorsqu'il inclina la tête comme s'il écoutait, j'empoignai son épaule. Il réagit et les serres se refermèrent instinctivement.

Les griffes acérées comme des lames de rasoir rencontrèrent mon corps, transpercèrent ma peau, mon muscle puis l'os. Le craquement me fit hurler.

— Domin !

Un courant d'air, puis je me retrouvai à quinze mètres du sol, suspendu à ce qui restait de ma clavicule et de mon épaule.

— Jin ! rugit Logan en dessous de nous et je le vis commencer à courir.

Pourquoi ne se transforme-t-il pas pour nous suivre ? me demandai-je vaguement alors que ma tête partait en arrière lorsque nous passâmes d'une légère élévation à un envol.

Voilà à quoi ressemblait certainement d'être charrié par un oiseau de proie. Je n'imaginais même pas la vitesse à laquelle nous transpercions la nuit noire en direction du rocher. À la dernière seconde, il plongea et les formations rocheuses, immenses stalactites et cavités devinrent floues lorsque nous les dépassâmes. Une erreur de calcul, une mauvaise trajectoire et, à la vitesse où nous allions, nous mourrions. Ce serait une mort instantanée que d'être pulvérisé sur l'un des murs de cette énorme caverne.

J'entendis un coup de feu, mais il ricocha sur les rochers sans nous toucher. Ils ne pouvaient pas nous voir, il faisait trop sombre, nous bougions trop rapidement, seul le rugissement du *nekhene* nous trahissait.

Il me relâcha lorsqu'il toucha le sol de la caverne et les ailes firent ce qu'elles n'avaient pas fait à mes hommes – quand il se retourna, il décapita deux hommes avant que les autres se jettent à terre.

— Défendez-moi ! hurla Hanif Tarek et je le vis, le nouveau *semel*.

J'avançai en titubant, mon bras gauche en ruine et vis l'un des hommes se relever, arme à la main, et viser Jin.

Lui donnant un violent coup de pied, je le frappai sur le côté de la tête. Il s'écroula rapidement tandis que je tentai d'atteindre Hanif.

— Non ! cria-t-il et je vis qu'il n'était pas terrifié par Jin, mais par moi, en sang, brisé et titubant vers lui.

Il leva une arme.

— Où est mon compagnon ? criai-je.

— Je vais le tuer. Vous êtes vil, impur, c'est une profanation que vous soyez *semel-aten*.

Je ne cessai pas d'avancer.

— Je t'échange ton père contre mon compagnon, mentis-je, car il n'allait pas vivre jusqu'à l'aube. Dis-moi où il est !

— Arrêtez d'avancer ou je vous tue !

— Où est mon compagnon, tonnai-je alors que j'entendais gémir derrière nous.

Ses hommes, à part celui que j'avais assommé, étaient tous éviscérés.

— Je vais…

— Ton père contre mon…

— Vous êtes fou ! cria-t-il d'une voix rauque tout en faisant feu.

Même épaule, ce qui était une chance, en quelque sorte.

— Faites tout sauter ! hurla-t-il dans un talkie-walkie que je n'avais pas remarqué.

Nous étions plus loin que ce que je pensais, alors j'entendis l'explosion, mais il n'y eut aucune répercussion.

Je le claquai contre l'énorme rocher devant lequel il se tenait et refermai ma main autour de sa gorge tandis que je sentis son arme se presser contre ma joue.

— Le prêtre m'a ordonné de tuer votre compagnon, *semel-aten*, et c'est ce que je vais faire.

— Pourquoi ?

Je tremblais de douleur.

— Seul le prêtre avait de l'honneur ; il était tout ce en quoi je pouvais croire. Tout cela était un cauchemar, mon père, les choses qu'il laissait son *sheseru* me faire – tout. Mais il a dit qu'une fois que j'aurais tué votre *sekhem*, une fois que Yuri Kosa serait mort, tout prendrait fin… tout serait fini… toutes ces horreurs… finies.

190

— Oh, ça va prendre fin, lui promis-je et je pris ma forme intermédiaire, écrasant sa gorge, sa trachée, dans ma main.

Tout le monde oubliait que j'étais un *Semel*. Peu importait ce qu'ils disaient, peu importait combien de fois ils avaient dit que j'étais *kadish*, impur, je ne l'étais pas. Mon sang était de la lignée de Menhit, j'étais une panthère.

Hanif Tarek avait été surpris et sa dernière expression le montrait. Le prêtre lui avait menti, l'avait convaincu que je n'étais pas un vrai *Semel*. Mais j'en étais un et il avait payé cette erreur de sa vie.

Relâchant son corps, je trébuchai en arrière et tombai à genoux dans la poussière. Incapable de maintenir ma forme intermédiaire, j'appelai Yuri avant de fixer le *nekhene*.

— Je t'en prie, suppliai-je.

Il frissonna et je vis que lui aussi perdait ses forces. Je n'avais aucune idée du genre de blessures qu'il avait subies avant que les phéromones de Logan ne le forcent à muter et je fus soudain paniqué.

Je tremblai de froid.

— Jin, appelai-je, la voix brisée. Yuri.

Il partit, comme s'il n'avait jamais été là. Il ne laissa aucune trace, aucun son, rien. La raison pour laquelle Logan ne s'était pas transformé plus tôt me frappa, il devait ramener Jin, il devait le faire lui-même. J'enviais sa raison au milieu de ce cauchemar.

Tout était de ma faute.

Jin, contraint à une nouvelle et effrayante forme de *nekhene*, c'était de ma faute. Logan, dehors, la voix probablement éraillée d'avoir crié, pétrifié à l'idée de perdre son compagnon, c'était aussi de ma faute. Aucun d'eux ne serait à Ipsis s'ils ne m'avaient pas suivi. J'étais à blâmer pour tout cela. J'avais conduit Taj, Rahim et tous les autres à une mort certaine. J'étais horrible.

Un courant d'air, et la créature fut de retour, s'avançant vers moi.

Les genoux faibles, la gorge sèche, ma poitrine compressée, je sentis les yeux du *nekhene* fixés sur moi. Je me demandai comment j'allais mourir.

— Jin.

Il inspira et tout à coup, je vis un Jin Church meurtri et en sang.

— Oh, mon Dieu !

Ce fut encore pire. Si je devais choisir, je préférerais mourir plutôt que de le voir succomber. J'étais terrifié de ne pas être capable de le sortir de la caverne. S'il avait été encore sous sa forme *nekhene*, il aurait pu s'envoler, mais maintenant qu'il était revenu à sa forme humaine, qu'étais-je censé faire ?

Il s'effondra au sol et je courus vers lui avant même de me rendre compte que je bougeais.

Je m'agenouillai près de lui, l'attirai sur mes genoux et me drapai autour de lui, essayant de lui donner toute ma chaleur corporelle.

La voix de Jin, sur laquelle je l'avais toujours taquiné, fut la chose la plus douce que j'avais jamais entendue.

— Domin. Ne pleure pas.

Je ne pouvais pas parler.

— J'ai cherché partout et je n'ai vu aucune trace de Yuri, je ne l'ai senti nulle part.

Je fouillai son visage.

— Je te le jure, il n'est pas là.

Il n'y avait aucun moyen qu'il puisse le savoir.

— S'il te plaît, garde les yeux ouverts, supplia-t-il. Je t'en prie, Domin.

Mais il y avait des taches devant mes yeux.

Il se tourna sur mon genou et posa ses mains sur mon visage.

— Tu es glacé.

Mais il était celui qui, nu, frissonnait.

— Tu es si fort. Cette chose dragon, c'était nouveau.

Il secoua la tête.

— Non, je l'ai fait une fois. Logan déteste ça.

— Je peux comprendre pourquoi.

Je toussai et tout mon corps me fit mal.

— Il y a un talkie-walkie près d'Hanif. Si tu le trouves, on pourra au moins voir qui pourrait nous répondre.

— Tu devrais te transformer en panthère, tu aurais plus chaud.

— Je ne suis pas comme toi, répondis-je doucement. Je ne suis pas moi quand je suis en panthère.

Il ne discuta pas, il se contenta de se lever, de se transformer, prenant sa forme intermédiaire. C'était vraiment quelque chose à voir qui ne manquait jamais de m'émerveiller.

Je ne pus m'empêcher de soupirer. Il récupéra le talkie-walkie et le fit tomber sur mon ventre, puis se lova contre mon flanc, la tête posée sur mon torse.

Appuyant sur le bouton de l'appareil, je repris mes esprits et demandai :

— Y a-t-il quelqu'un ? S'il vous plaît. N'importe qui.

Rien.

— Yuri.

Mon cœur se brisa.

Silence de mort.

Je jetai un coup d'œil à Jin.

— Au cas où je… juste pour que tu le saches, c'est moi qui ai tué ton père, pas Yuri. Je veux dire, je sais que Crane te l'a probablement dit, mais il n'était pas là, il ne sait pas ce que j'ai fait et ce que Yuri a fait. Nous ne l'avons jamais dit. Pas même à Logan. Pour les registres, tu sais, c'était moi.

Il releva la tête et croisa mon regard.

— Je voulais le ramener à la vie pour le tuer à nouveau, Jin. Je le détestais. Putain ! Tu méritais tellement mieux. J'aurais aimé que ça se passe différemment, j'aurais aimé être différent et j'aimerais te dire qu'à la fin, il s'est rétracté et qu'il a réalisé ce qu'il avait fait.

Il se blottit sous mon menton.

— Tu es un cadeau, Jin, alors je t'en prie, sors de là et va retrouver Logan.

Il se contenta de se lover un peu plus contre moi.

— Bon sang, personne ne m'écoute, grommelai-je. Je suis le *semel-aten*.

— Domin !

J'avais eu tort. La voix de mon compagnon fut le son le plus doux que j'avais jamais entendu.

— Domin Thorne !

Je soulevai le talkie-walkie.

— Domin, bordel ! Je t'en prie !

Pressant le bouton, je répondis d'une voix étranglée.

— Yuri.

— Oh, merci, mon Dieu, haleta-t-il à l'autre bout.

Même à travers les grésillements de la connexion, il semblait aller si bien que je manquai de pleurer.

— Où es-tu ? voulut-il savoir.

— Avec Jin.

— Avec Jin ? Est-ce qu'il va bien ?

— Non, il ne va pas bien. Est-ce que tu saignes ?

— Non, bébé, ce n'était pas mon sang. Ce n'était pas le sang de Jin. J'étais le *sheseru* de ma tribu, tu te souviens ?

J'oubliais parfois.

— Tu ne saignes pas ?

— Ça va aller, me rassura-t-il. Ne t'inquiète pas.

Tout devint noir, ma vision me lâcha, mais ce n'était pas grave. Je n'avais pas besoin de voir pour appuyer sur le bouton.

— Hanif est mort. Il n'y a qu'un seul homme en vie avec nous, mais il est inconscient pour le moment.

— D'accord, nous arrivons, nous devons juste aller chercher plus de gens et des bulldozers. C'est un petit effondrement, cependant suffisant pour nous ralentir. Mais, tu vas bien, n'est-ce pas ? Tu n'es pas blessé ?

— Viens chercher Jin.

— Nous venons pour vous deux.

— Je pourrais ne pas… Jin a froid, dis-je et j'entendis un faible gémissement de la panthère ronronnant sur mon torse.

Puis, rien d'autre.

XII

J'ENTENDIS MON compagnon. Il semblait hystérique.

— Il doit se transformer.

— Si je force le changement, il pourrait en mourir.

— Il mourra s'il ne le fait pas ! cria Logan.

J'entendis la voix douce et patiente de Jin.

— Yuri. Que veux-tu que je fasse ? La décision t'appartient.

— Essaye, souffla Yuri et je pus entendre les larmes dans sa voix.

— Pousse-toi, ordonna Jin et je l'entendis se déplacer. Domin Thorne, tu vas te transformer pour moi.

Mais je ne le ferais pas, Jin n'avait plus aucun pouvoir sur moi et plus que tout, il n'était pas mon compagnon. Personne n'avait voulu de *moi* avant Yuri Kosa. Tout le monde m'avait laissé tomber. Yuri tenait bon.

Je sentis le pouvoir de Jin m'écraser, une vague chaude et brûlante sur ma peau, s'infiltrant dans mes os, chassant le froid. Je l'accueillis, l'absorbai, essayai d'en avoir plus.

— Oh, merde.

Jin semblait surpris.

— Amour.

Logan, lui, paraissait effrayé.

— J'ai besoin… de toi.

— Je suis à toi.

J'avais envie de voir le grand et fort *Semel* soutenir son compagnon, mais plus que ça, je voulais voir les beaux yeux bleus de Yuri.

— Je ne peux plus le forcer à changer – il est comme Crane maintenant. Mon pouvoir le reconnaît. Il traverse mon *beset*, mais Domin l'absorbe, expliqua-t-il d'une voix tremblante. Oh, Yuri, je suis désolé, je ne peux rien faire pour Domin. Il est trop fort.

Yuri gémit, les larmes éraillant sa voix lorsqu'il parla :

— J'ai besoin de lui.

Jin se mit à pleurer. Je voulais lui dire que tout irait bien, mais j'étais si fatigué. Je lui dirais plus tard.

195

Tout était calme, mais quelque chose me chatouillait le nez. Une odeur que je connaissais, une odeur que j'aimais. Le souffle à mon oreille me fit frissonner, me donnant la chair de poule.

— Domin.

La voix de mon compagnon fut comme un ronronnement.

— Tu dois muter pour pouvoir guérir, j'ai des choses à te dire et d'autres que tu devrais voir.

J'avais l'impression d'être sous l'eau, je devais regagner la surface afin de pouvoir lui parler. Je voulais désespérément lui parler.

— Nous sommes rentrés à la maison, tout le monde est ici.

J'étais à la *maison*.

— Je dois te dire ce que Logan a fait, continua-t-il, comme si c'était un secret, son ton conspirateur roulant en moi. Tu vas aimer ça.

Je brûlais de curiosité.

— J'ai ramené tout le monde, même Koren est venu te parler, mais ça n'a rien fait, dit-il, la voix rauque.

Je voulais tant le toucher.

— Et Jin a fait remarquer que je n'étais pas venu une seule fois seul.

Je le sentis glisser la paume de sa main sur mon ventre.

— Ce qui me fait m'interroger sur mon manque de confiance en moi. Jin sait qu'il est ce dont Logan a besoin, mais ce n'est pas seulement eux. Chaque couple accouplé, tout comme les couples mariés, suppose que le mari, la femme, ou la compagne, sont ceux que l'autre désire. Alors je pensais, et si je manquais l'évidence ?

Sa main remonta sur mon torse alors qu'il déposait ses lèvres sur mon ventre. C'était si bon qu'un son remonta dans ma gorge.

— Oh, j'aime ce son, gronda-t-il.

Sa voix fut basse, sombre, emplie d'une douleur décadente.

Mon sexe tressauta et mon souffle eut un accroc.

— Je n'en sais rien, reprit-il, d'une voix affamée. Je veux dire, je sais que tu aimes être avec moi au lit – tu ne peux pas simuler ce que nous avons fait –, mais je ne savais pas que le sexe était enveloppé dans tellement plus. Pardonne-moi d'avoir douté. Je savais que tu m'aimais, je savais que tu avais failli mourir pour me retrouver, mais je ne savais pas que quand tu prononçais le mot 'compagnon', il voulait réellement dire ça. Je suis un crétin, mais pour ma défense, je ne peux que dire que tu es ce que j'ai toujours voulu. C'est Noël pour moi depuis six mois. Je continue de penser que je vais me réveiller.

Cette main chaude se refermant autour de ma verge me fit haleter.

— Le docteur dit que ton cerveau ne fait pas la connexion avec ton corps et que lorsqu'il le fera, tu pourrais te réveiller.

Instinctivement, je me cambrai dans sa main.

— Tu me veux ? chuchota-t-il.

C'était sensuel, sexy, il me caressa jusqu'à ce que je sois dur et palpitant.

— Est-ce que tu m'aimes ?

Je voulais répondre.

— Je te laisse si tu n'ouvres pas les yeux pour me répondre.

Ce fut comme traverser d'épaisses couches de brouillard.

— OK, dit-il et sa main s'éloigna. Je reviendrai.

— Non.

Ma voix était rauque, graveleuse et, quand mes yeux papillonnèrent pour s'ouvrir, je les refermai vivement à cause de toute la luminosité.

— Oh, bébé.

Sa main fut de retour, sur mon visage, il embrassa chaque parcelle de peau qu'il pouvait atteindre, de petits baisers légers qui réchauffaient ma peau froide.

Je souris, car je pouvais le sentir dans ses mains qui se crispaient, le goûter sur mes lèvres lorsqu'elles grignotèrent les miennes, l'entendre dans sa respiration irrégulière : il m'aimait.

— Domin ?

— Je ne te laisse pas.

— Promets-le-moi, insista-t-il.

— Je te le jure, répondis-je en ouvrant à nouveau les yeux.

Je vis combien il était heureux, à quel point il était fatigué.

— Pourquoi fronces-tu les sourcils ? demanda-t-il alors que des larmes coulaient le long de ses joues.

— Parce que tu as une sale tête.

Ses mains prirent mon visage en coupe.

— Je me suis réveillé pour m'envoyer en l'air, plaisantai-je, même si toute cette discussion était éreintante.

Il se pencha et m'embrassa, riant dans ma bouche, si heureux lorsque mes lèvres s'entrouvrirent sous les siennes, sa langue glissant contre la mienne, me goûtant, me savourant, me ravissant.

197

— Tu m'as manqué, dis-je, alors qu'il embrassait mes paupières, mon nez, mes joues, mon front, mon menton, avant que ses lèvres ne fusionnent une fois de plus avec les miennes.

— Dors, ordonna-t-il. Tu te transformeras quand tu te réveilleras.

— Reste avec moi, demandai-je. Juste là. Je veux te sentir quand je me réveillerai.

— Oui, mon *Semel*.

— Et je m'attends aussi à de l'action.

Je fus à nouveau embrassé et ce fut si bon.

JE ME réveillai affamé.

— Transforme-toi, ordonna Yuri à la seconde où j'ouvris les yeux.

Ce fut douloureux, mes muscles étaient endoloris, mais je le fis et perdis la notion du temps, comme toujours lorsque j'étais sous ma forme de panthère. J'avais faim et il avait de la viande et de l'eau, tellement de nourriture que je mangeai et bus tout mon soûl. Lorsque je fus rassasié, je trouvai mon compagnon dehors, allongé au soleil. Je me faufilai et le rejoignis sur une couverture sur l'herbe. C'était agréable, il y avait de l'ombre et je pouvais entendre la fontaine. Je m'endormis roulé en boule contre son flanc.

Lorsque j'ouvris à nouveau les yeux, j'étais dans mon lit. J'avais été lavé ; je le savais parce que je ne sentais plus le sang, la poussière et la sueur. Je m'étais senti sale, mais à présent, je me sentais bien, propre, allongé dans des draps fraîchement lavés, je me sentais mieux. La meilleure partie fut que, lorsque je tournai la tête sur le côté, je trouvai Yuri, endormi près de moi sur les draps, pieds nus, en jean et vieux tee-shirt élimé. Cet homme était magnifique, tout chiffonné, j'eus envie de tendre la main, de le réveiller pour qu'il me prenne dans ses bras, mais un raclement de gorge attira mon attention. Je me retrouvai prisonnier du regard du Dr Pakhom.

— Oh, bâillai-je. Salut.

Elle inspira brusquement.

— Quoi ?

Rapidement, elle secoua la tête.

— Bonté divine, femme, reprenez-vous, grommelai-je.

— Tu m'as fait une peur bleue, dit-elle avant de pincer les lèvres en une ligne mince. Mais j'imagine que tu vas le faire encore beaucoup.

— J'espère que non.

Elle prit ma main sans ma permission.

— Tu es sur la pente glissante, grognai-je.

— J'ai envie de te tenir la main, avoua-t-elle.

Je secouai la tête.

— Prévois-tu vraiment de rendre visite à chaque tribu dans le monde ?

— Oui.

— Et prévois-tu de m'emmener ainsi que mon équipe avec toi ?

— Oui, si tu es prête pour l'aventure.

— Je le suis.

— Alors, oui, tu es invitée.

Ses larmes furent instantanées.

— Oh, allez, me plaignis-je.

— Non, toi, allez ! me réprimanda-t-elle. Me donner une peur de tous les diables, comment oses-tu ! Une clavicule cassée, de profondes plaies perforantes, une balle, pour l'amour de Dieu – et tu n'as pas encore pleinement récupéré d'une tentative d'assassinat ! Qui es-tu ?

Je laissai échapper un soupir pour lui faire comprendre que ça m'agaçait aussi.

— As-tu sauvé Taj et Rahim ?

— Bien sûr que j'ai sauvé Taj et Rahim !

— Où sont-ils ?

— C'est à ton intendant de te le dire, souffla-t-elle et je la vis commencer à gigoter.

— As-tu besoin de me serrer dans tes bras pour te rendre compte que je vais bien ? demandai-je, pince-sans-rire.

— Oui. Est-ce que ça te dérange ? demanda-t-elle tout aussi pragmatique.

— Non.

Et avec ça, elle se pencha et m'étreignit durant une longue minute. Lorsqu'elle se redressa, je la complimentai, lui disant qu'elle était très belle pour un médecin.

— Eh bien, j'ai vu une centaine de *semels* plus beaux que toi.

Je gloussai et elle m'informa de me tenir prêt pour les visiteurs.

— Pas dans ma chambre, rouspétai-je.

— Non. Sers-toi de tes yeux. Que vois-tu ?

Elle avait raison ; je n'étais pas dans ma chambre.

— Pourquoi avons-nous déménagé ?

— C'est seulement le temps que tu récupères. Ton *sekhem* ne voulait pas que tout le monde traîne dans les quartiers privés qu'il partage avec toi, mais dès que tu seras guéri, tu pourras y retourner. C'est une longue marche pour s'y rendre. N'as-tu jamais remarqué ?

— Non, soupirai-je, heureux que Yuri veuille que notre chambre reste seulement la nôtre.

J'aurais fait exactement la même chose.

— Alors c'est juste temporaire ? Jusqu'à quand ?

— Jusqu'à ce que tu puisses grimper sans t'essouffler.

— Je le peux dès maintenant.

Elle me dévisagea.

— Attendons quelques jours de plus, d'accord ? Fais plaisir à ton docteur.

Je me renfrognai.

— Le *semel-netjer* aimerait te dire un mot. Je vais aller le chercher.

— Merci.

Elle sortit et je me tournai vers Yuri. Posant ma main sur sa joue, je notai le bleu qui s'y trouvait, les cernes noirs sous ses yeux et la nouvelle cicatrice sur son sourcil droit. À présent, une ligne le barrait, le coupant presque à la moitié. Je voulais savoir ce qui s'était passé.

Alors que j'ouvrais la bouche pour le réveiller, Logan pénétra dans ma chambre, suivi de Jin portant son fils.

— Laisse-moi voir ton fils ! ordonnai-je.

Jin m'adressa un grand sourire et se pencha. J'aperçus sa copie conforme, hormis qu'il avait hérité de la mâchoire angulaire de Logan et de son nez aquilin. Le reste – les sourcils dessinés, les longs cils, les lèvres pleines et les cheveux noirs – appartenait à Jin.

— Réveille-le afin que je puisse voir ses yeux.

— Non, répondirent Logan et Jin d'une même voix.

— Un problème ? les taquinai-je.

— Ton intendant nous a foutu dehors, dit Jin d'un air espiègle. Nous ne pouvons pas revenir avant qu'*il*, sous-entendu Ilia, ait appris à contrôler son pouvoir.

— Qu'a-t-il fait ?

— Apparemment, avant que je revienne il y a une semaine, quand Ilia était ici avec Crane et Yusuke, un certain nombre de personnes de ton personnel ont été forcées à se transformer à intervalles réguliers.

— Oh, charmant, raillai-je. Et Kabore veut que vous partiez ? Je me demande bien pourquoi.

Jin passa Ilia à Logan avant de s'asseoir et de me prendre dans ses bras.

— Merci, Domin.

— De quoi ? Tu m'as sauvé, pas le contraire.

— Non, insista-t-il en me serrant fort. Crane m'a rappelé qui je suis ; tu m'as enfoncé la vérité dans le crâne et m'as poussé dans le droit chemin.

Je m'écartai pour pouvoir voir son visage.

— Il n'y a qu'un seul endroit sur Terre auquel tu appartiens.

— Je sais. C'est juste que toi, tout comme Logan, vous ne me passez jamais rien. Je te remercie de m'avoir aidé pendant ma crise.

— Merci de m'avoir sauvé la vie.

— Tu as sauvé la mienne aussi, m'assura-t-il. Demande à Logan.

— Lève-toi, grogna Logan à son compagnon.

Jin obéit et Logan passa devant lui, déposant Ilia dans ses bras. À l'instant où ses mains furent libres, Logan fit courir une main dans les longs cheveux brillants de Jin, comme il le faisait toujours. Il ne pouvait s'empêcher de poser les mains sur lui.

— Qu'as-tu fait ?

— Je ne t'ai pas tué pour avoir entraîné Jin dans les catacombes et à nouveau quand nous sommes entrés et que j'ai retrouvé mon compagnon enroulé, nu, autour de toi.

— Merci. Je devrais être mort.

— Oui, tu le devrais, répondit-il en posant sa main sur ma joue. Mais je me suis pris d'affection pour ce visage après toutes ces années.

— Et ?

— Mon compagnon aurait été énervé si je t'avais éviscéré et je n'énerve jamais mon compagnon.

— C'est bon à savoir.

Il tapota ma joue et se releva.

— Crane a nommé Kabore comme nouveau *maahes* de la tribu. C'est ce que tu voulais, n'est-ce pas ?

— Oui.

— Crane rentre avec nous, mais tu le savais.

— Oui.

Il se racla la gorge.

— Je prends aussi Koren.

201

— Oh, c'est une tragédie.

Il grogna.

— Vous lui avez fait du bien, toi et Yuri.

— Nous essayons.

Je lui souris, rejetai les couvertures et commençai à me redresser.

— Qu'est-ce que tu fais ?

— Je vais te serrer dans mes bras pour te dire au revoir.

Il en parut heureux.

— D'accord. Voyons voir si tu peux te lever. Tu es allongé depuis deux semaines, le sais-tu ?

— Connard ! grondai-je le *semel-netjer*.

Logan émit un petit bruit et pointa Yuri du doigt.

— Ne le réveille pas, s'il te plaît, ne le réveille pas. Cet homme court dans tous les sens...

— Il a fait en sorte que tout soit parfait pour quand tu te réveillerais quand il a su que tu irais bien, m'apaisa Jin. Je me souviens quand je l'ai vu discipliner tes *khatyus* et que ton *sheseru* a...

— Pourquoi Yuri et Taj se sont-ils battus ?

— Ils étaient en désaccord sur le nombre de *khatyus* à placer en garnison à Ipsis.

— Tu m'as perdu.

J'étais toujours un peu confus. J'avais l'impression que mon cerveau était rempli de plumes.

— Ne te préoccupe pas de ça, intervint Logan. Yuri a gagné et je suis d'accord avec le nombre. Jusqu'à ce que les deux *djehus* remettent la tribu en ordre, ils ont besoin d'aide.

J'étais confus.

— Les *djehus* ?

Il hocha la tête, m'aida à me redresser, ce qui fut plus difficile que ce que j'aurais cru.

Jin mit en garde son compagnon.

— Fais attention avec lui.

Logan haussa un sourcil.

— Ne réponds pas quelque chose d'horrible.

— Très bien, marmonna Logan. J'imagine que je vais être doux alors.

— Les *djehus* ? répétai-je tout en passant une jambe sous moi afin de me redresser et prenant une profonde inspiration tandis que Logan s'asseyait derrière moi.

— Je leur ai confié la responsabilité d'Ipsis, expliqua-t-il. La maisonnée de Feran a pris fin. La lignée est terminée.

— As-tu tué Hakkan Tarek ?

— Non. Crane a nommé Kabore au poste de nouveau *maahes* et pour son premier acte, il a lu les charges et Taj l'a exécuté dans la fosse.

— Donc Kabore a pu, en un seul acte, montrer à tout le monde qu'il n'était pas le genre de *maahes* à remettre en question.

— Oui, également qu'il te suivait, toi et la loi.

— Il sera bon, tu ne penses pas ?

— Oh, si. Je suis impressionné. Il est très compétent, loyal et personne ne le fera trébucher sur le protocole ou les coutumes de la langue. Excellent choix.

— Merci.

— Et en amenant Crane à Sobek, tu l'as reconstruit, tu lui as prouvé qu'il était compétent et lui as laissé le choix de rentrer à la maison ou non. Il sait qu'être le *beset* de sa *reah* est d'une importance vitale et que c'est un gros problème pour les autres depuis que Jin est un *nekhene*.

— Bien.

— Il veut te voir. Peux-tu marcher jusqu'au hall principal pour dire au revoir à tout le monde ?

— Je pense que oui, répondis-je en tendant la main vers mon plus vieil ami.

Logan passa un bras autour de ma taille et, avec lui, me soulevant et moi, m'en servant comme levier, je me mis sur pied.

— Je pourrais te porter.

— Et dans un univers parallèle, je suis sûr que je te laisserais faire.

Un doux bruit roula dans sa poitrine tandis qu'il m'aidait à sortir de la chambre. Au moment où nous arrivâmes dans le hall, je marchais seul et appréciais de sentir le sol en marbre sous mes pieds nus.

Je vis Mikhail et Samani, Koren et Danny, Kabore, Taj, Rahim, Ebere et Jamal. Ce fut agréable qu'ils applaudissent tous lorsque j'arrivai d'un pas traînant entre Logan et Jin.

— Arrêtez ça, demandai-je.

Ebere vint rapidement à mes côtés et je passai un bras autour d'elle, la serrant doucement contre moi.

— Tu m'as fait une sacrée frayeur.

— Ça se reproduira très certainement.

— S'il te plaît, non. Tu m'as fait perdre des années de ma vie.

Elle paraissait fatiguée.

— Pardonne-moi.

— Peut-être, acquiesça-t-elle. J'ai tellement de choses à te dire.

— Laisse-moi dire au revoir à toutes ces gentilles personnes d'abord, dis-je en levant mon bras vers Koren.

Il s'avança vers moi et enroula doucement son bras autour de mon cou.

— Prends soin de toi, dis-je en me tournant pour embrasser sa joue. Et prends soin de ton joli petit compagnon.

— Je le ferai, marmonna-t-il. Fais la même chose.

Nous nous écartâmes, c'était bon de le voir si heureux.

Danny s'avança et me tendit la main. Il ne parvint pas à contrôler ses tremblements.

— Que votre maisonnée soit bénie, *akhen-aten*, dit-il, sa voix se brisant juste un peu.

— Merci.

Je souris et couvris nos mains jointes de ma main libre un moment.

Il recula et Koren prit sa main dans la sienne, la leva à ses lèvres et embrassa ses jointures. Ce fut très tendre, rien de ce que je l'avais déjà vu faire auparavant. L'adoration et la dévotion sur le visage de Koren étaient belles à voir. J'étais heureux pour lui et j'espérai vraiment qu'il ne briserait pas le cœur de ce joli garçon.

En me tournant, j'aperçus Crane et Yusuke approcher de nous.

— Oh, *maahen*, vous êtes splendide, dis-je sincèrement.

Elle rougit violemment, lâchant la main de Crane lorsqu'elle passa près des autres pour me prendre dans ses bras.

— Merci d'avoir gardé mon amour en sécurité, *akhen-aten*, et pour le libérer maintenant afin qu'il puisse revenir à la maison avec moi pour nous accoupler.

Je la serrai dans mes bras.

— Félicitations. Envoyez-moi une invitation, d'accord ?

Elle gémit dans mon épaule.

Me penchant en arrière, je tendis la main à Crane.

Il la prit et la serra dans la sienne, les yeux rivés aux miens.

— J'ai dit au revoir à Yuri la nuit dernière. Et tu viendras à ma cérémonie d'union, pas vrai ?

— Je viendrai.

— Amène-le avec toi, ainsi que le reste de ta maisonnée, mon *Semel*.

Je soupirai et relâchai sa main.

— Prends soin de ta *reah*.

— Toujours.

— File, dis-je en inclinant la tête.

Il prit la main de Yusuke et dit au revoir aux autres tandis que Jin s'avançait devant moi.

— Encore merci.

— Je prends, je donne, répondis-je d'un air espiègle en me penchant pour déposer un baiser sur son front. Maintenant, sors de ma villa.

Son sourire fut magnifique et lorsqu'il se déplaça, Logan Church emplit mon champ de vision.

— Tu viens pour la cérémonie.

C'était une affirmation ; je n'allais pas y échapper même si je le voulais.

— Je viendrai.

— Et quand tu feras cette balade dans le monde entier que tu prévois, appelle-moi des endroits où tu seras, je viendrai te retrouver.

— Vraiment ?

— Ouais, j'aimerais beaucoup.

— Ça va être plus... Je t'ai en quelque sorte jeté dans le grand bain avec moi. Je ne sais pas si tu as parlé avec Kabore quand j'étais évanoui, mais...

— Oui, nous avons discuté, assura-t-il en prenant son fils des bras de Jin, puis me passant Ilia. Comme ça, je serai avec toi lorsque tu démarreras ta nouvelle aventure. Merci de m'emmener avec toi.

— Ce ne serait pas réel si tu n'avais pas été au courant, soupirai-je en baissant les yeux vers Ilia, remarquant à nouveau combien il était beau avant de relever les yeux vers Logan. Pourquoi est-ce que je tiens cet enfant ?

— Tu dois l'embrasser pour lui dire au revoir.

— Tu sais que tu n'es pas censé exiger que les gens donnent de l'attention à ton fils.

— Non ?

Ilia était si petit, si doux, et, à l'instant où sa petite main se referma sur mon doigt, ce fut comme si on frappait un diapason dans ma poitrine.

— Qu'est-ce que c'était ? m'étonnai-je.

— Oh, tu l'as senti ? demanda Logan, ses yeux chaleureux soutenant mon regard. C'est ce qu'il fait. C'est comme s'il vérifiait la force de celui qui le porte. Il t'envoie une sorte de résonance qui lui revient. Si elle ne lui revient pas, il pleure. Mais avec toi, elle est revenue... il est content.

Ilia bâilla, il se tortilla d'avant en arrière puis s'endormit.

— Il t'aime bien.

Je fronçai les sourcils.

— Arrête ça. C'est un bébé.

— Et pourtant.

Logan était très content de moi – je pouvais le dire.

— Il se sent bien avec toi, voilà la raison.

— La raison de quoi ?

— Tu le sais bien.

J'avais peur de demander.

— Logan ?

Il prit une grande inspiration.

— Qui d'autre pourrait élever le fils du *semel-netjer* et du *nekhene* ? Qui d'autre pourrait même essayer ?

Je fus complètement terrassé.

— Tu n'es pas sérieux ?

— Je suis on ne peut plus sérieux. Quand m'as-tu déjà vu plaisanter ?

C'était vrai. En réalité, Logan n'était pas très porté sur les blagues en tout genre. Il riait, pas souvent, mais il riait. Il le faisait plus qu'à n'importe quel autre moment de sa vie depuis qu'il avait trouvé Jin. Pourtant, des mots comme réservé, sérieux, ou intense le décrivaient mieux. Alors je savais qu'il ne me faisait pas marcher. Si Jin et lui mouraient, Ilia viendrait vivre avec moi. J'eus du mal à avaler ma salive.

— Est-il sage de faire de moi son tuteur ? Je veux dire... que vont dire tes parents, Koren et...

— C'est ma décision, assura Logan tandis que son compagnon s'avançait vers moi et posait sa main sur mon bras. Et Jin est d'accord. J'ai confiance en toi, tout comme lui. Et puis, on doit aussi prendre Yuri en considération. Je confierais ma vie et celle de Jin à Yuri. Évidemment que je remettrais mon enfant entre ses mains.

Ma vue se troubla et pendant un instant, je ne pus parler.

— Ohhh, s'extasia Jin en frottant son visage contre mon épaule. Ton cœur est tellement tendre, Domin.

Je l'ignorai, tentant de me débarrasser de lui.

— C'est la vérité, me flatta Jin, pas le moins du monde intimidé. Je sais que Yuri et toi veillerez sur Ilia.

Je me raclai la gorge.

— Je suis absolument certain que Yuri ferait un père merveilleux.

— Tout comme toi, Domin, m'assura Logan.

Mes yeux se posèrent sur Ilia, endormi dans mes bras.

— Est-ce que Yuri l'a vu ? L'a tenu dans ses bras ?

— Bien sûr, répondit Logan, d'une voix douce alors que je lui rendais Ilia.

— Lui avez-vous dit au revoir ?

— Oui, répondit Jin. J'apprécie que tu veuilles t'en assurer.

Je me renfrognai.

— Oh, Domin…

Lorsque sa voix se brisa, il réessaya :

— Tu l'aimes vraiment.

— Cassez-vous maintenant, râlai-je.

Logan éclata de rire, embrassa ma joue et enroula un bras autour de mon cou.

— Je serai toujours près de toi.

Cela me réconforta encore plus qu'il ne pouvait l'imaginer.

Je posai mes mains sur ses flancs, inspirai brièvement son odeur terreuse puis le repoussai. Il prit la main de Jin et partit en direction des escaliers sans un autre mot.

Koren et Crane étaient encore là à me fixer avec leurs compagnons respectifs.

— Vous feriez mieux de le rattraper, leur suggérai-je.

— Oui, acquiesça Koren avant de se détourner.

— Domin… commença Crane. Je…

— Je sais, l'apaisai-je. Dépêche-toi ; tu sais que Logan déteste attendre.

Il s'éloigna alors, conduisant Yusuke dans les escaliers qui menaient du second au premier étage.

Après plusieurs minutes profondément plongé dans mes pensées, je pris conscience des gens qui m'observaient depuis le rez-de-chaussée que les autres venaient juste de traverser. Il y avait le nombre habituel de personnes s'affairant près des multiples étagères, assis aux tables ou allant et venant dans les jardins. Ce qui me rappela une cour de lycée. Lorsque toutes les mains se levèrent pour me faire signe, je leur rendis leurs salutations.

— Cessez de vous donner en spectacle, grogna Kabore d'un air irrité.

Il me fit signe de m'éloigner de l'espace ouvert où tout le monde pouvait me voir et me conduisit dans une grande alcôve.

— Tu as bonne mine, dis-je avant de jeter un regard autour de moi – Ebere, Jamal, Taj et Rahim.

— Toi aussi, s'immisça Mikhail en nous rejoignant.

— Où est Samani ?

— Elle s'est inscrite à l'université. Elle suit des cours en ligne pour terminer son master.

— C'est un bon compromis.

— C'est ce qu'elle a trouvé quand j'ai craqué et que je lui ai avoué la vérité.

— Et quelle est-elle ?

— Que je veux vraiment l'épouser et avoir des enfants avec elle.

— Était-elle contente ?

— Oui, répondit-il avec humeur. Pourquoi ? Je n'en ai aucune idée.

Son aveuglement aux nombreux cadeaux de la vie était mignon.

— Logan a-t-il célébré le rituel d'union ?

Mikhail fut surpris.

— Oui. Comment le sais-tu ?

— C'est logique. Tu aurais souhaité que Jin et Crane y assistent. Yuri est-il ton témoin ?

— Oui.

— Et il y avait beaucoup de gens pour vous féliciter, pas vrai ?

Il eut l'air perplexe.

— Oui.

Mais je comprenais. Les gens de la tribu respectaient Samani Baro. Elle était connue pour être intelligente et une femme d'honneur, et maintenant, Mikhail était son âme sœur. C'était une bonne chose pour un *sylvan* de prendre une bonne compagne et l'épouser au sein de la tribu était tout aussi bénéfique pour lui.

— Bien.

Je lui donnai une tape amicale sur l'épaule avant que mon regard se porte sur Kabore.

— Logan dit que vous avez discuté.

— En effet.

— Je suis content.

— Comme je l'avais prédit, dit-il en se penchant pour me chuchoter à l'oreille. M. Morris et M. Yadin du *Iusaaset* arriveront la semaine prochaine.

208

Il s'écarta afin de parler plus fort.

— Je leur ai dit que vous alliez suffisamment bien pour les rencontrer.

— Je suis impatient.

— Tout comme eux, comme j'en ai été informé.

Je rivai mon regard dans le sien.

— Je suis désolé de t'avoir laissé l'exécution de Hakkan Tarek.

Il secoua la tête.

— Non. C'était *maat*.

— Oui, acquiesçai-je avant de tendre la main vers Ebere.

— Dis-moi, où vous allez tous ? Vous semblez prêts à partir.

— Je vais à Ipsis, m'informa-t-elle en me serrant la main. Le *phocal* du *Shu* et moi y allons pour surveiller les deux *djehus*.

— Excellent, répondis-je en tendant la main vers Rahim, qui s'approcha afin que je puisse la poser sur son épaule. Aimes-tu être *phocal* ?

— J'imagine que je le suis autant que toi, Maître. J'ai trouvé ma voie.

— Je suis content que tu ailles bien.

— Je ressens la même chose pour toi.

Je lui donnai une tape sur l'épaule, me penchai et embrassai la joue d'Ebere, puis leur souhaitai un bon voyage. Lorsqu'ils ne furent plus à portée d'oreilles, je me tournai vers Taj et Jamal.

— Qu'en est-il de la *yareah* et de sa fille ?

— Nous les avons installées ici, à Sobek, Maître. Masika a été testée et sera ensuite inscrite à l'école. C'est Alana Tarek qui nous a suppliés de déménager. Elle veut que sa fille ait les meilleures opportunités. Elle est entièrement concentrée sur l'idée de lui offrir une meilleure vie.

— Bien.

— Je reviens de Satis, m'informa Jamal. Il y a beaucoup de choses à superviser là-bas.

— Combien de membres du *Shu* as-tu avec toi ?

Il m'expliqua qu'il avait vingt-cinq hommes avec lui et que les choses se passaient bien. Shahid Alon était revenu après avoir emmené Elham El Masry et Rahab Bahur en Mongolie et, à son retour, sa femme et ses jumelles l'attendaient.

— Des jumelles ?

— Oui.

— Hum… d'accord, et comment va Shahid ?

— De ce que Rahim m'a dit, il va bien. Ton *phocal* envisage même de nommer Shahid en tant que second, ce qui, je pense, serait un bon choix.

Shahid a toujours eu la tête sur les épaules, il serait difficile pour Rahim de ne pas l'envisager. Je veux dire, même avec son tempérament, il est la panthère la plus rapide, à l'exception de Jin Church.

— Je pense qu'on peut lui faire confiance, dis-je en bâillant.

— Nous sommes tous d'accord.

— Vous êtes nouvellement ressuscité, intervint Kabore. Avec un peu de chance, Taj, Mikhail et moi pourrions partager le repas de ce soir en votre compagnie et celle du *sekhem*, si vous vous en sentez capable.

— J'aimerais beaucoup, répondis-je en concentrant mon attention sur Mikhail. Viens avec Samani, d'accord ?

— Je le ferai. Merci, Domin.

Je n'avais aucune idée de la raison pour laquelle il me remerciait pour quelque chose qui était une évidence.

— Ça signifie beaucoup pour moi que tu l'acceptes.

— Bien sûr.

— La plupart des *semel-atens* ne le feraient pas. Tu t'en rends compte, n'est-ce pas ? Tu penses à nous comme à une famille, pas seulement comme *sylvan*, *sheseru* ou *maahes*, mais beaucoup plus. Je sais que tu suis l'exemple de Logan avec sa tribu, mais qu'un *semel-aten* fasse fonctionner sa maisonnée de la même manière est tout simplement extraordinaire.

— Je suis d'accord, ajouta Taj. Tu considères ta maisonnée comme une famille et nous sommes tous honorés d'en faire partie.

— Je ne peux pas imaginer que ça se passe d'une autre manière. Je vous confierais ma vie.

— Et nous en sommes tous fiers, souffla Taj avant de me sourire. Être ton *sheseru* est un cadeau.

— Ouais, se faire tirer dessus est fantastique.

— J'étais à ton service. J'espère l'être pour toujours.

— Tu le seras, promis-je en jetant un œil à Mikhail. Aucun de vous ne va nulle part. Je dois avoir une confiance implicite en mon cercle intime.

— Tu l'as, affirma Mikhail. Et maintenant que Kabore a été promu, car Taj et moi sommes des lâches…

— Lâche est un vilain mot, le coupa Taj.

— Mais approprié.

— Je ne savais pas que tu l'avais fait.

J'avais besoin qu'on me remette sur les rails.

— De quoi parlons-nous ?

Kabore croisa les bras.

— Je suis désolé, Maître, ça devait être fait. Je sais que le *semel-netjer* et sa *reah* sont comme une famille pour vous, mais vraiment entre le bébé et le volume de leurs disputes et de leurs...

Il se racla la gorge.

—... leurs autres activités, ils perturbaient tout le monde de manière très efficace. Toute votre maisonnée voulait les voir partis.

Je réprimai un rire.

— Tout le monde en avait assez, hein ?

— Maître, je parle pour l'ensemble de la villa en vous disant qu'à l'unanimité des voix, nous sommes très heureux que ce soit vous qui ayez gagné le *sepat*.

Taj sourit, Mikhail toussa et Kabore répéta pour faire bonne mesure.

— Très heureux, Maître.

Il était agréable d'être apprécié.

LORSQUE J'ARRIVAI dans mes quartiers, je trouvai Yuri endormi, mais remarquai qu'en mon absence, un grand plateau de fruits et un pichet d'eau avaient été déposés. Je verrouillai la porte extérieure avant de grimper sur le lit.

Il semblait épuisé et je voulais qu'il se repose, mais quand ses yeux s'ouvrirent et que je plongeai dans ses yeux bleu clair, je fus trop content pour lui dire de les refermer.

— Tu es réveillé, dit-il, de toute évidence, d'une voix rauque très sexy.

— Oui, répondis-je en tendant la main pour toucher sa joue, puis faire courir mes doigts le long de sa mâchoire. Parle-moi de la cicatrice sur ton sourcil.

— Oh. La nuit où Hanif Tarek a essayé de me tuer, l'une de ses panthères m'a griffé le visage. J'étais plus inquiet au sujet de mon œil que de mon sourcil.

— Je ne l'avais pas remarquée avant.

Il sourit paresseusement et mon cœur se serra.

— Tu étais tellement dans les vapes que je suis surpris que tu savais même que tu me parlais la moitié du temps.

— Pourquoi es-tu si fatigué ? lui demandai-je en posant ma main sur sa hanche, puis le rapprochant jusqu'à ce que nos jambes s'entrelacent.

— Je voulais juste que tout soit en ordre pour quand tu te réveillerais, c'est tout. De plus, j'ai fait quelques changements dans la villa, comme

211

rendre l'entrée accessible aux fauteuils roulants. Samani et moi allons aussi construire un abri pour les fugueurs, les femmes battues et quiconque ayant besoin de protection. Je pense que parfois, nous supposons que, parce que nous sommes des panthères, il y a toujours un *Semel* ou une tribu sur lesquels on peut compter. Mais si on y pense, même quelqu'un d'aussi remarquable que Jin Church a été rejeté de sa tribu d'origine. La maison du *semel-aten* doit toujours être un endroit où tout le monde peut venir et être en sécurité.

— Oui, mais les enfants, disons, d'Omaha dans le Nebraska, ne viendront pas jusqu'à Sobek pour trouver un endroit où dormir et manger s'ils sont jetés de chez eux.

— Non, cependant il devrait y avoir un sanctuaire comme celui que nous allons construire ici dans chaque ville, murmura-t-il en glissant sa main sous mon tee-shirt, à la recherche de ma peau nue, avant de la déplacer dans le bas de mon dos. C'est un changement que tu dois mettre en œuvre.

— Je… quoi ?

Sa paume chaude me pressant contre lui brisait le fil de mes pensées.

— Dans chaque ville que tu visiteras, tu donneras de l'argent au *Semel* afin qu'il construise un refuge. Nous l'appellerons Maison Menhit, d'après ta tribu.

C'était une douce attention, mais Menhit représentait tout ce que j'avais été, pas qui j'étais maintenant ou qui je voulais être à l'avenir.

— Non, nous les appellerons Refuge Sekhem, car, comme tu es mon bras, ils seront les bras qui protégeront tous ceux qui en ont besoin.

Ses yeux s'emplirent de larmes.

— Viens là.

— Je ne… tu es encore fragile et…

— Je vais bien, assurai-je en lui ouvrant les bras.

Il roula au-dessus de moi et enroula ses bras autour de moi avant de passer une main dans mon pantalon.

— Je reconnais des larmes de joie quand j'en vois, dis-je, tentant d'être sensible alors même que je me cambrais du lit, appuyant mon aine contre la sienne. Mais ça ne te ressemble pas d'être sentimental.

— Je suis juste fatigué, grogna-t-il, sa main posée sur ma cuisse se déplaçant vers ma hanche. Et tu dis toutes ces jolies choses comme le fait que tu m'aimes et…

— Oh, bébé, je t'aime, ris-je avec espièglerie, en me tortillant sous lui, m'écartant juste assez pour déboutonner mon jean. Je t'aime tellement.

Il fronça les sourcils et je fus perdu, éclatant de rire, empli de soulagement et de bonheur.

Incroyable que le fait d'être au lit avec cet homme ait tout changé à bien des égards. Je lui étais redevable et j'étais heureux de le rembourser pour le restant de mes jours.

— Tu ne m'aimes pas, s'indigna-t-il, me débarrassant de mon jean et de mon sous-vêtement tandis que je passais mon tee-shirt par-dessus ma tête. Tu veux juste t'envoyer en l'air.

— Je t'aime, répondis-je honnêtement, en me tordant sous lui afin d'atteindre la table de nuit lorsque j'entendis le cliquetis de la boucle de sa ceinture.

— Le lubrifiant est sous ton oreiller.

Je croisai son regard brûlant.

— C'est vrai ?

— Quoi ? Pourquoi te moques-tu de moi maintenant ?

— Je ne le crois pas ! Tu me reproches de ne pas être romantique alors que tu caches le lubrifiant sous l'oreiller !

— Je... quoi ?

Il se mit à rire tout en se levant du lit pour ôter son jean plus vite.

J'attrapai le lubrifiant et je lui lançai lorsqu'il descendit du lit.

— Moi ? T'es sûr ?

— Oh, oui, murmurai-je et je vis l'effet que mes paroles eurent sur lui.

Sa joie fut instantanément remplacée par une faim primale, brute.

— S'il te plaît.

Il lubrifia rapidement son membre ; je n'étais jamais aussi brutal avec sa chair, j'étais plus prudent, car il était à moi. Je comprenais sa hâte, cependant, son besoin absolu.

— Viens là, m'ordonna-t-il d'une voix basse.

Je rampai vers lui et soulevai les jambes en signe d'invitation.

Il laissa tomber le lubrifiant, attrapa mes cuisses et me tira brusquement vers lui. Puis il m'écarta largement tandis qu'il se positionnait entre mes jambes.

— Je vais bien, affirmai-je. Tu n'as pas à être prudent avec moi.

— Bien sûr que si.

— Non, ne t'avise pas d'être doux.

Il drapa mes jambes sur ses avant-bras tout en appuyant contre mon entrée.

— Ce n'est pas toi qui commandes ici, mon *Semel*, dit-il, sa voix déraillant lorsqu'il commença à pousser en moi. Jamais ici.

Je me cambrai contre le lit, la tête en arrière, bouche ouverte, haletant quand il se glissa en moi.

— Tu m'appartiens, Domin Thorne, gronda-t-il tandis qu'une vague de chaleur me déchirait. À moi seul.

— Oui, haletai-je alors qu'il s'enfonçait profondément, mon corps s'ouvrant pour l'accueillir. Je n'ai toujours été qu'à toi.

— C'est un serment que tu me fais, dit-il en me soulevant plus haut, enroulant ses bras autour de mes cuisses. Une promesse.

— Oh, oui, gémis-je, en levant les bras, voulant douloureusement le toucher. Donne-toi à moi.

Son sourire – la joie aveuglante, envoûtante que je vis sur son visage – me fit savoir que cette lueur de doute qui lui restait avait disparu. Lorsqu'il se pencha afin que je puisse l'envelopper dans mes bras et sceller ses lèvres aux miennes, je sus qu'il était enfin, indéniablement, mon compagnon.

— Tu es à moi, murmura-t-il.

Il n'y avait jamais eu le moindre doute.

Mary Calmes vit à Lexington dans le Kentucky avec son mari et ses deux enfants et espère un jour quitter l'île pour emménager dans un endroit où ses enfants pourront découvrir l'automne et l'hiver. Elle a fait ses études à l'Université du Pacifique, à Stockton, en Californie, où elle a obtenu une licence en Littérature anglaise. Vu qu'il s'agit de littérature et non de grammaire, ne lui demandez pas de vous détailler un texte, elle ne le fera pas. Elle aime écrire et s'abandonne complètement à son travail. Elle peut même vous dire quelles odeurs ont ses personnages. Elle aime acheter des livres et aller à la rencontre de ses fans lors des conventions.

CŒUR SAUVAGE
Mary Calmes

Le Clan des Panthères, tome 1

Jin Rayne est un jeune homme – mi-homme mi-panthère de surcroit – qui n'aspire qu'à une vie des plus ordinaires. Il a fui son passé pour prendre un nouveau départ, mais on ne se débarrasse pas si facilement d'aussi lourds secrets. Son arrivée dans une nouvelle ville l'amène à rencontrer le leader d'une tribu d'homme-panthères. Cette rencontre avec Logan Chruch, bel homme envoûtant, s'avère être un choc pour Jin qui panique à l'idée qu'il puisse s'agir de celui à qui il est destiné, c'est à dire l'amour de sa vie. Jin refuse de vivre selon les rites des hommes-panthères et se donner à son destiné le contraindrait à s'y soumettre.

Jin est pourtant bel et bien le compagnon dont Logan a besoin pour diriger sa tribu et il ne renoncera pas si facilement. Il aura besoin de temps et de se sentir en confiance pour découvrir le bonheur d'appartenir à Logan et apprendre à l'aimer sans borne.

www.dreamspinner-fr.com

Cœur CONFIANT
Mary Calmes

Suite de *Cœur sauvage*
Le Clan des Panthères, tome 2

Jin Rayne a bien du mal à se faire à sa nouvelle vie, qu'il est pourtant censé adorer. Au lieu d'apprécier simplement d'être le compagnon du chef de tribu Logan Church, il ne parvient pas à accepter le fait que son amant ait été hétéro avant de le rencontrer. Il a trouvé le bonheur en se livrant entièrement à Logan, mais reste terrorisé à l'idée que sa nouvelle vie puisse disparaître du jour au lendemain, malgré l'affirmation catégorique de Logan que leur relation est pour la vie.

Jin veut vraiment croire Logan, mais ce souhait va être mis à rude épreuve par le chef d'une tribu rivale, mais aussi par une révélation cruciale concernant son existence même. C'est la vie de Jin et son rang dans la tribu qui seront en jeu. S'il veut survivre à cette épreuve et retrouver Logan, il lui faudra se défaire de ses craintes et accepter pleinement leur lien sacré, condition sine qua non pour qu'il puisse lui faire pleinement confiance.

www.dreamspinner-fr.com

CŒUR *et honneur*

Mary Calmes

Suite de *Cœur confiant*
Le Clan des Panthères, tome 3

Les nouveaux pouvoirs effrayants de Jin Rayne en tant que nekhene continuent de s'accroître ainsi que sa place en tant Reah de la tribu de Logan Church, lorsqu'il apprend qu'un sepat, un défi d'honneur, a été lancé. Logan, qui n'a jamais voulu faire autre chose que diriger sa tribu dans sa petite ville, doit voyager au bout du monde jusqu'en Mongolie et se battre pour devenir le leader le plus puissant dans le monde des panthères.

Logan ne sera pas le seul à faire ce voyage. En tant que compagnon, Jin doit se battre avec lui pour honorer son engagement envers Logan, sa culture et sa tribu. Mais le processus est long, impliquant une séparation prolongée entre les deux hommes, et l'humanité de Logan est en jeu. Afin de réussir à traverser ce sepat cauchemardesque, Jin et Logan doivent accepter leur sort, se faire confiance, et honorer les vœux qu'ils se sont fait, peu importe le coût.

www.dreamspinner-fr.com

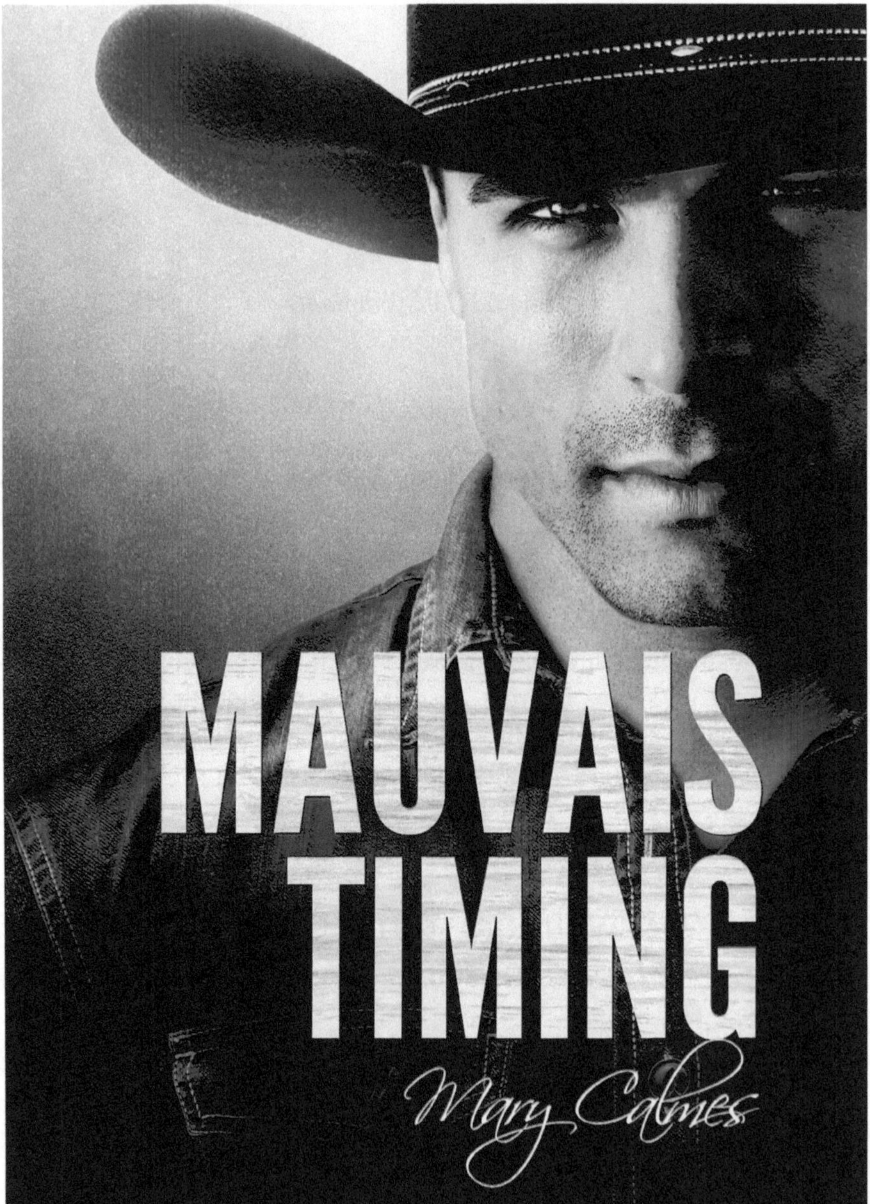
MAUVAIS
TIMING
Mary Calmes

Dans les temps, tome 1

Stefan Joss connait une période difficile. Non seulement, il doit se rendre au Texas, en plein été, pour le mariage de sa meilleure amie, Charlotte, dont il est le témoin, mais on le charge en plus de négocier un marché de plusieurs millions de dollars. Pire encore, il se retrouve face à face avec un homme qu'il espérait bien de jamais revoir : Rand Holloway, le frère ainé de Charlotte.

Stefan et Rand se détestent depuis le jour de leur première rencontre, aussi Stefan a-t-il du mal à croire à la trêve que lui propose son ennemi juré. Peu à peu, leur hostilité mutuelle se transforme en passion dévorante. Malgré ses doutes devant une volte-face aussi brutale, Stefan décide de faire confiance à Rand, et de lui donner une chance de prouver sa sincérité.

Leur entente est vite menacée : le marché que Stefan devait négocier tourne mal, et la propriétaire du ranch qu'il devait acquérir au nom de sa boite est assassinée. À sa grande surprise, Stefan est désormais en danger…

www.dreamspinner-fr.com

Trevan Bean exerce un travail qui flirte avec l'illégalité, a un petit ami qui n'a peut-être pas toute sa tête ainsi qu'un ange gardien qui pourrait effectivement être le mal incarné. Ajoutez à cela la réapparition de la famille de son petit ami, des menaces de mort, un enlèvement et la lutte pour mettre suffisamment d'argent de côté afin de réaliser un rêve… Autant dire que Trevan ne chôme pas. Mais il est du genre à relever les défis : il a promis à Landry une fin comme dans les contes de fées et Landry va l'obtenir, même si cela doit le tuer !

Et c'est bien ce qui pourrait se passer.

Il y a deux ans, Landry Carter était une poupée cassée lorsqu'ils se sont rencontrés. Mais il a grandi pour devenir un partenaire qui peut se tenir fièrement aux côtés de Trevan… enfin, la plupart du temps. Maintenant que la vie de Trevan prend un tournant inquiétant – et que Landry se retrouve kidnappé – il espère que l'amour de Landry restera suffisamment fort pour relever ce nouveau défi, parce que sa fin heureuse n'arrivera jamais si Trevan doit faire cavalier seul.

www.dreamspinner-fr.com

Par MARY CALMES

L'ange gardien
De nouveau
La grenouille du prince
Le mien

LE CLAN DES PANTHÈRES
Cœur sauvage
Cœur confiant
Cœur et honneur
Cœur destiné

DANS LES TEMPS
Mauvais timing
Bon timing pour un Rodéo
Question de timing
Timing parfait

LES GARDIENS DES ABYSSES
Son foyer
Bec et ongles
Le cœur sur la main

QUESTION DE TEMPS
Question de temps, tome 1
Question de temps, tome 2

Publié par DREAMSPINNER PRESS
www.dreamspinner-fr.com

www.ingramcontent.com/pod-product-compliance
Lightning Source LLC
Chambersburg PA
CBHW022135240626
47153CB00007B/2375